他记得阳光与月光
记得自己的心脏不仅仅是在为自己
一个人而跳动。

李科棠

SHENYUANSIYANGYUAN

深渊饲养员

SHENYUANSIYANGYUAN

李科棠 主编

长江出版社
CHANGJIANG PRESS

漫娱图书

目录

画中仙·昆吾律

✦ 湛蓝利刃　　　七茭白　005

✦ 透析茧房　　　暧昧散尽　057

✦ 另一个我　　　朱奕璇　093

"谢谢你把我画出来，为了报恩，我允许你做我的仆人。"

* 画中狐的"报恩"   穆戈   117

* 溯流巡游   存风涤光   161

* 提线之偶   明戈   191

"他并不在意外界对他的辱骂诋毁，他在做一件非常重要的神圣的事——看管一头凶兽。"

狐狸饲养员·马小良

"他 × 深渊限定"

退役上校·雷恩
"只要你记得我的名字,我就永远都不会死。"

虫王·艾伦
艾伦在意着雷恩,以一种奇特的虫族的方式。

深海研究员·孟识
"他漂在不会窒息的海中,像做着一个不着边际的梦。"

异世界·邪神
"在清理中被扔下的怪物,直直地望着宿主的背影,伸出比量的触须——要长到多大好呢?"

实验员·何青翰
"我是何青翰,我是人类。"

缺爱魔物·B37/子规
"什么情都好,让我尝一尝,我也就心甘情愿了。"

救世航行员·晏舟
"逆水行舟,溯流而上,一直到海水变蓝,哪怕明知不可而为之。"

外星王族子嗣·阿斯特
"我是虫族,我却从不属于虫族。"

文★七茭白

外冷内热退役上校——

——"白切黑"少年虫王

湛蓝利刃
Zhenlan Liyuan

艾伦扬起一边翅翼，带着巨大的光弧滑翔而去。让世界替雷恩永远铭记那些名字。现在，他要带着雷恩去未来。

湛蓝利刃

文 ★ 七菱白

坚定的理想主义者，
欢度妙趣横生的每一天。

他的眼睛可真蓝。

雷恩专注于眼前这个玩意儿：人？怪物？一个虫族。

虫族。其实雷恩觉得叫他怪物更合适。他不同于雷恩熟悉的任何一种虫族——那种有着铠甲一样坚硬的甲片，长刀一样锋利的触肢，嚼人腿骨和嚼压缩饼干没什么区别的该死玩意。不，这个小怪物不是这样。如果忽略他身上那些非人的东西，这个小怪物还挺好看的。

金发，蓝眼睛，雪白的皮肤看起来吹弹可破。他蜷缩在笼子里，只看背影，会让人觉得这是个无辜的孤苦无依的小可怜，只要你不看他的脸，只要你不知道他在干什么。

大概这就是别人都不乐意靠近这个铁笼子的原因。不过雷恩恰恰相反，他拽了一把椅子坐在笼子前，正对着这个小怪物。雷恩现在决定给这个小东西起名叫艾伦，因为他有一头金发，尽管现在看起来更像一团抹布。

"金发艾伦。"雷恩一边喃喃自语，一边摆弄着新到手的辐射枪。他竖起枪管的时候怪物艾伦的动作停住了,畏惧地缩成了一团。

"很好,你认识枪。"雷恩满意地点头,"而且知道害怕。你比那些恶心虫子好多了,是不是,艾伦?"

艾伦转动碧蓝的眼珠,定定地看着雷恩。清澈的、美丽的、水汪汪的蓝色眼睛,带着一种勾魂摄魄的深邃感。

这其实是一对虫族的复眼,成千上万个蓝色小眼珠共同组成了酷似人类的眼眸,连瞳孔的收缩、视线的转移都模仿出来了,这真的很酷。雷恩想起他在阿尔法战场遇到的那些拟态虫族,它们的复眼总是控制不好,模拟出来的人形全都有着令人毛骨悚然的眼神。

可眼前这个小怪物不一样。他甚至能模拟出"凝视"。雷恩注意到他那碧蓝的瞳孔收缩了,眼神甚至可以称得上楚楚可怜。

不过雷恩没有被蛊惑,雷恩铁石心肠。他知道在这个虫族眼中自己是什么模样——他用过那种虫眼模拟器,镜头下人体的血液流向、神经分布、体温清晰可见,连放个屁都看得清清楚楚。那可不是弱小者求救的眼神,那是一个杀手在冷酷评估猎物。

对付虫族,最重要的一点就是,不要暴露弱点。

雷恩若无其事地摆弄着辐射枪,甚至吹起了口哨,全身的肌肉适度紧张,既不焦虑,也不过分放松。在虫族眼中,这大概是个"不好惹"的信号,于是艾伦低下头,继续干自己的事情。

他张大嘴,开始啃咬铁笼的钢筋。那可不是普通的张嘴,他的下颚彻底打开,嘴角一直撕裂到耳边,两排锋利的牙齿咯吱咯吱地磨着钢筋。他把铁笼里的钢筋全都磨得锃亮,更吓人的是,他在出血。

他太用力了,他的重生能力也太强了。牙齿不停被崩掉,又不停长出来,铁笼边积起了一堆掉落的牙齿、骨渣之类的东西,

那是一个普通人看到会做噩梦的场景。

雷恩怀疑艾伦根本就没有痛感。他猜测，这只虫族大概在幼崽期就被抓住了，他还没能长出锋利的骨刺和甲壳就暴露到了人类环境中，只能保持类人的拟态保护自己。

雷恩宁愿艾伦保持虫子的模样。看着一个小家伙在这里咬钢筋咬得自己鲜血淋漓，实在太刺激神经了。

于是他踹了笼子一脚，吼道："停下！"

艾伦停下动作，抬起头来。他的下半张脸蠕动着，可那双蓝汪汪的眼睛实在太无辜也太可怜了。于是雷恩不自觉地放低了声音，用对狗狗一样的语气说："好孩子安静些，你太无聊了是不是？让我找找有什么能给你玩的。"

现在正是中午。废弃仓库的角落里，雇佣兵们正围着折叠桌大吃大喝。雷恩在一堆薯片、比萨、可乐、香肠之类的乱七八糟的东西中翻了翻，问："有什么能喂虫子的？"

"什么都可以喂。"一个叼着烟卷的雇佣兵咧开嘴笑了，"就看他敢不敢吃。"

他拎起一块比萨，走过去放在笼子外，还吹了声口哨。

艾伦飞速扑了上去。可辐射光弹的速度比他更快，一道火焰闪过，艾伦惨叫着后退，半边脸被烧得焦糊。

雇佣兵们哈哈大笑起来。他们用辐射枪射烂了那块比萨。

雷恩感到一阵愤怒的火焰灼烧着他的胸膛。"三万块。"他冷冷道，"你们付的佣金里，包括三万块的活物保价。如果你们把他折腾死了，这不是我的责任，三万块不退。"

雇佣兵们彼此看了一眼，耸耸肩。

"好吧。"叫约翰的雇佣兵首领把一大块比萨塞进嘴里，口齿不清地说，"这个虫子交给你了，喂喂他。"

雷恩拿了一大盒比萨，回到艾伦身边。

才这么一会儿工夫，艾伦脸上的灼伤就已经愈合了。他比刚才更着急地啃咬着铁笼，想把脑袋探出笼外，目标很明确，就是刚才掉在铁笼外烧糊的比萨。

雷恩怀疑这帮雇佣兵根本就没有好好喂过他。艾伦是饿得不行了才会啃咬铁笼的。

雷恩很生气，但是没有办法，他只是这些人高价请来的"导游"。现在边境活体走私抓得很严，这帮雇佣兵抓到了艾伦，却没办法把他运出去，不得已才雇了熟悉本地情况的雷恩帮忙。不问，不听，不干涉，是雷恩干这行的职业道德。

雷恩并不喜欢虫子艾伦，他只是不喜欢欺凌，至少不要在他面前这样。他拿起一小块比萨塞进笼子里，低声说："吃吧。"

艾伦没有动。他那蓝莹莹的眼睛一动不动地盯着雷恩，简直像某种冷血动物的视线。

"你害怕辐射枪是不是？"雷恩低声说，"吃吧，没事，看不见就是没有。"

他挪动身体，让自己完全遮挡住身后的雇佣兵们，然后把比萨递到艾伦嘴边。

就一瞬间，快得雷恩都来不及眨眼睛，艾伦就把那块比萨吞了下去。他继续一动不动地盯着雷恩，好像刚才什么都没有发生过。

雷恩甩了甩手，有点懊恼自己的粗心大意——无论笼子里的家伙外表再怎么弱小可怜，那可是虫族。雷恩在内心提醒自己：这家伙能一眨眼就把你的手指头咬掉。

他不敢再用手拿食物喂艾伦了，只是把剩下的比萨一分两半，一半塞进铁笼，一半自己吃。

可他才吃了一口，艾伦已经把自己那份吞进了肚子里，继续眼巴巴地盯着他。

雷恩叹了口气。在阿尔法战场他见过很多饥饿的虫子，在好不容易得到食物后，他们能吃到把自己肚皮撑破。他拍了拍笼子，安慰道："饿坏了吧？小东西。我知道你饿，但是不能吃了知道吗，你需要一点时间消化。"

他拿了罐可乐，递给艾伦："喝这个，你会喜欢的，等过上一两个小时，我再找点什么东西给你吃。"

艾伦接过可乐罐，和刚才一样，他立刻就把罐子塞进嘴里，尝试咀嚼。

金属罐在他嘴里发出吱吱的声响，把艾伦的整个下巴都撑开了。雷恩意识到自己的疏忽："该死，我忘了给你打开，吐出来，吐出来给我！"

他再次把手伸进铁笼，去敲艾伦的脑袋。艾伦发出了威胁的呜呜声，但最后还是让雷恩从自己嘴里掏出了饮料罐。

雷恩再次检讨了自己的大意。毫无疑问，艾伦是一只刚孵化出来的虫族幼崽，他还没有长出锋利的牙齿和节肢，可光那副拟人的牙齿，真要狠劲咬起来也够他受的了。

他不再直接用手，而是把饮料倒进一次性纸盘，推进笼子里。

"喝吧，喝。"他做了个喝水的姿势。

艾伦紧张地盯着这一盘深色液体。他下半张脸上那些肉芽的蠕动速度突然加快了，肌肉连接，皮肤覆盖，几秒钟之内他就长好了一个完美的下巴和一张殷红的嘴唇。他看看雷恩，又看看盘子里的饮料，再看看雷恩，最后终于下定决心一样，伸出舌头舔了舔可乐。

一开始，他被饮料里的气泡吓了一跳。但尝到甜蜜的滋味后，他的眼睛一下子就亮了，他扑上去以最快的速度喝掉了可乐，然后开始依依不舍地舔盘子，舔嘴唇，舔手指。

他都快把纸盘子舔坏了。雷恩不得不再次出手，把盘子抢了回来。"我可以再给你一杯,但是你得答应我,"雷恩嘟嘟囔囔地说,"就保持这个人样子,行吗?不准再啃铁笼,也不准再把下巴撕裂恶心人,能做到吗?"

他没指望艾伦能听懂他的话,只是又给小怪物倒了半盘子饮料。

"嘿雷恩!"雇佣兵们在叫他。

休息时间结束了。

一整个下午和晚上,雷恩都在忙碌。在边境骑兵的严密监控下走私一个虫族可不是件容易的事情,他们要准备物资、各种证明文件和配套设备,还要规划路线,要干的事情有一大堆,但雷恩只要有闲暇,就会拿点吃的喂艾伦,直到他进食的速度明显慢下来为止。

"你吃饱了是吗?"雷恩笑着问。

艾伦没理他,专心致志地啃着比萨上的水果块。他开始挑食了,把比萨饼边全剩下来,堆放在身边。他没再啃笼子,保持着拟人的模样,看起来像一个迷惘的少年,蜷缩在笼子里。

到了夜里,他们需要的运货车到了。

雇佣兵们在夜色的掩饰下把艾伦的铁笼挪到了货车里。艾伦全程都很安静,但是在大家准备关上车厢门的时候,他突然大叫了一声:"嘿雷恩!"

那声音尖锐又稚气,听起来真的很像小孩子说话。大家都吓了一跳,可艾伦继续:"嘿雷恩!嘿雷恩!嘿雷恩!"

一阵短暂的寂静后,雇佣兵们疯狂笑了起来。他们知道发生了什么。

高等虫族不仅可以拟态,还可以拟声。有时候他们莫名其妙就学会了一句人类语言,然后能重复念上一辈子。很明显这只虫

子挺喜欢雷恩的，大概他观察到，只要别人这么叫一声，雷恩就会过去，就把这句话记住了。

　　被一只虫子惦记上，这可够搞笑的。

　　雷恩没有笑，也没有过去。他只是关上了车厢门。

　　雇佣兵们回到车库里，很快就都睡觉了，只有雷恩睡不着。"嘿雷恩！嘿雷恩！"一想到虫子艾伦会永远把这几个音节重复下去，他觉得心里可太难受了。

　　雷恩叹了口气，最后还是出去打开了卡车车厢。

　　"嘿雷恩。"一片黑暗中，艾伦小声地叫。

　　"嘿艾伦。"雷恩回答。他爬进车厢，敲了敲铁笼的栏杆，"给你带了点吃的。你安安静静地吃完就睡觉，忘掉那句话，知道吗？"

　　雷恩用一种和小狗聊天的语气说道。实际上艾伦也的确很像小狗，他捧着雷恩倒给他的饮料，埋头舔个不停。

　　"喝，不要舔。"雷恩隔着笼子教他。

　　"嘿雷恩。"艾伦一边舔着可乐，一边不忘重复自己新学会的词，"嘿雷恩。"

　　"别叫了。"雷恩说，"你是好虫子对不对？好虫子不学人说话。"

　　艾伦不理他。"嘿雷恩嘿雷恩嘿雷恩。"他说，连雇佣兵们那个上扬的语调都模仿得很像，"嘿雷恩嘿雷恩。"

　　"我让你别叫了！"雷恩突然爆发，狠狠一拳打在笼子上，"闭嘴！闭嘴！你这个黏糊的恶心虫子，我让你闭嘴！"

　　艾伦吓呆了。他立刻抱着脑袋蜷缩成一团，好像一个无助的准备挨揍的小孩子。

　　"唉。"雷恩立刻后悔了。他把手伸进笼子，抚摸艾伦的脑袋，"对不起啊，不是针对你。我太冲动了。"

　　艾伦凑了过来，把自己的脑袋整个贴近雷恩的掌心，像一只讨要抚摸的小猫,他蹭着,小声嘀咕:"雷恩。"

"唉,别叫了。"雷恩低声说,"你知不知道阿尔法战场?就是你们虫子的老家,你是从那边来的吧,艾伦?那边有一片雨林,3.46×62.21 区域,我们叫它呓语森林,因为那里面的虫子特别爱学人说话。"

"现在你要是到那边去,会发现整个一片森林都在叫'雷恩,别过来危险',你知道这有多蠢,多好笑吗?艾伦这个混蛋。是艾伦,不是你。"雷恩乱七八糟地说,"是金发艾伦。不过他的头发没有你这么好看。我们一共八个人出任务,我和他一组,他走丢了。

"找到他的时候,他只剩下一只胳膊,手里还握着联络仪。鬼知道那地方怎么有那么多酸液沼泽,他陷进去了,知道完蛋了,就录了一句话循环外放——'雷恩,别过来危险','雷恩,别过来危险'。这就是他最后的遗言。

"你猜我后来是怎么找到他的?是虫子。联络仪播放了一晚上,他们都学会了。我一进入那片区域,天哪,整片森林都是艾伦的声音。几千几万只虫子在合唱,'雷恩,别过来危险',那场面真壮观,跟听音乐会一样。虫子就是这么一种可怜的东西,学会一句话,就重复一辈子,自己学了还不够,还会互相教,一代传一代,念叨上几百年。艾伦,你不会这样对不对?你是一只聪明的虫子,不要再念我的名字了,我受不了了。"

艾伦真的不说话了。他抬起头怔怔地看着雷恩,在昏暗的车厢里,他的眼睛亮得慑人。

雷恩再次把手伸进铁笼,理了理艾伦乱七八糟的金发。"金发艾伦。"他嘟囔着。

他起身准备回去继续睡觉,可这个时候艾伦突然开口:"不。雷恩。"

雷恩吓了一大跳。

这可超过了模仿的范围。

"你会说话？"雷恩惊奇地问，"你想说什么？"

"不。"艾伦抓着铁笼的栏杆，拼命朝雷恩伸出手，"不。不。"他表达的意思很明显，不想让雷恩离开。

雷恩咂了下嘴。这绝对是只王虫，他想。虫族里能拟态还能模仿人类语言的高等虫族已经够珍稀了，至于不仅像人，还能像人一样思考，简直闻所未闻。

他缓缓走近铁笼："艾伦，你知道你在说什么吗？"

"不。艾伦。"艾伦立刻跟着重复，"雷恩。"

"我是雷恩，你是艾伦。不走，这个是你的意思吗？"

"是，雷恩。"

天哪，雷恩想。他感到有点激动。虫族的世界对人类来说一直是个谜。有人说他们和那些六条腿的昆虫没什么两样，只是个头大一些；有人说他们有群体智慧，还有些人神神道道地搞起了虫族崇拜，说这世上有一个神，而虫族是神的万千化身。

如果艾伦会说话，岂不是意味着人类和虫族从此能沟通了？

当然雷恩也没有那么崇高的追求。他主要是自己好奇。

当他晚上，他教会艾伦说"饿了""比萨"和"可乐"。

之后的几天，雷恩只要一有时间就去陪艾伦，教他说话。艾伦很快就学会了简单的表达。

但是艾伦只对雷恩说话。如果有外人在，他就什么都不说。雷恩测试了几次，发现艾伦其实连攻击都不会，他的牙齿和爪子只会对着钢铁栏杆使劲，面对雇佣兵们的戏弄，他唯一的防御手段就是受伤之后快速愈合。

无论是打他一枪，还是打他一拳，艾伦从来都不挣扎也不反抗。他只会收拾好破烂的自己，尽快愈合伤口，然后睁着凄惶的大眼睛等待雷恩。

雷恩不忍心看他那副可怜的模样。他开始保护艾伦，不准雇佣兵们欺负他，而这一点让雇佣兵们很恼火。"你就是个奸细。"首领约翰有一天晚上借着酒意说，"虫族的奸细。"

他这话的语气有点恶狠狠的，但雷恩没有在意，他只是来赚钱的，并不需要交朋友。雇佣兵里和虫子有仇的人太多了，但约翰有点奇怪，他看起来恨艾伦恨得要死，可同时又紧张得要命，把艾伦看得很紧。

对面很快就传来消息，他们可以出发了。

出发前雷恩建议把艾伦放出来，他找朋友做几个证件，大家打扮成观光客混过边境检查站，这是最简单也是最安全的方法。可无论雷恩怎么保证，约翰都不同意。他坚持说艾伦必须待在铁笼子里，原封不动地交给雇主。

雷恩不知道什么雇主会提这种古怪的要求。那铁笼子是钢筋焊死的，抬起来足足有几百斤重。想到要带着这么一个大家伙过边境，雷恩头都大了。

没办法，雷恩只得绕开边境防线，带他们穿越阿尔法雨林——过去这里叫阿尔法战场，两国交战的时候，大部分血腥战争都是在丛林的掩映下进行的。这里除了茂密的植物、凶猛的虫族，还有可怕的酸性沼泽和战争时期遗留下的雷区，如果没有一个熟悉地形的当地向导，雇佣兵们根本就没可能活着走出去。

一开始他们走得很顺利，艾伦安安静静的，也很配合。可当他们深入雨林腹地，困难就来了。

最大的问题就是这个装艾伦的铁笼，它太沉了，雨林里又没法推动，只能靠人抬。为了防备突然出现的边境巡警，他们在铁笼外面又裹了很多皮毛遮挡，搞得笼子里特别闷热。为了让艾伦好受些，雷恩每隔上几个小时就叫停，往笼子里喷水，让这些

雇佣兵们烦不胜烦。终于这天，在雷恩又一次往笼子里喷水的时候约翰爆发了："够了！"他掏出辐射枪对准了雷恩的后脑："这是我的虫子，导游。再碰他我就杀了你。"

雷恩无言地举起手，表示服从。

雷恩不再管艾伦了，可艾伦却一直等着他。当发现该浇水时雷恩没有来，艾伦开始哭泣："雷恩……呜呜呜……"

在厚厚的皮毛遮挡下，艾伦的声音显得特别微弱，不仔细听根本就听不清。

雷恩硬着心肠不理他，到了晚上也没有接近艾伦的笼子。第二天他们正常出发，可是到了中午雷恩觉得不大对劲了。

太安静了，艾伦。

他掀开毛皮的一角，把手臂伸进去，发现艾伦的额头很烫。笼子里面也特别热，仅仅一会儿，雷恩手臂上就出了一层薄汗。

"艾伦？"雷恩低声呼唤。

艾伦连回应的力气都没有了，他只是费力地向雷恩的方向看过去，蓝眼睛里雾蒙蒙的。

"停！停一下！"雷恩猛地掀开笼子，"他中暑了！该死，你们把他闷坏了！"

他打开水瓶，拼命往艾伦身上浇水。

"雷恩。呜呜呜。"艾伦小声啜泣，叫他的名字。

就在这个时候，雷恩的后脑遭到了一次重击。他的头一下子就磕到铁栏杆上了，鲜血流了下来。

"雷恩！雷恩！"艾伦尖叫起来。

视线全被血挡住了，耳朵里嗡嗡直响。雷恩蒙了一下，就听见首领约翰的声音，咬牙切齿地说："我说过，再碰他你就去死。"

"咔。"一支枪管顶上雷恩的脑袋，保险栓被拉开了。

就在这个时候，变化突然发生了。雷恩透过模糊的视线只看到铁笼一下子变了形,一只虫族的粗壮触肢伸了出来,以极快的速度击穿了约翰的脑袋,紧接着艾伦爬了出来,尖声叫道:"雷恩!"

雇佣兵们惊恐地开枪。辐射波一瞬间笼罩了艾伦瘦小的身体,可这丝毫没影响他扑向雷恩的速度。雷恩来不及思考,只感到自己怀中一沉,带着艾伦就跑。

无数绚丽的光团在身前身后炸开。这可是辐射枪攻击,只消一下子,就能把雷恩烧个稀巴烂。雷恩知道自己一定挨了好多下,可奇怪的是,他没有感觉到疼。

他带着艾伦在密林中狂奔,直到把雇佣兵们甩掉他才松了一口气,一低头,不由骂了出来:"艾伦!"

艾伦受了重伤。他的身侧伸出很多粗壮的触肢,环护着雷恩的后背,保护他不被辐射光弹伤到。可他自己却被打得浑身是伤。雷恩一动,那些被灼烧得焦黑的触肢就整个垂落了下来。

好消息是,艾伦没有死。那些可怕的伤口里面,再次生出许多肉芽,努力地修复着这具小小的身体。

雷恩抱着艾伦爬上了一棵高树。他把艾伦放在树上,倒水冲干净伤口,然后就坐在一边,等待艾伦复原。

可是一直等到下午,艾伦也没有复原,他融化了。

雷恩以自己少得可怜的虫族知识判断并推测,艾伦是要进化了。大部分虫族都要经过两次进化才会变成成虫,每次进化都会有一个结茧期。

艾伦长出了利爪和触肢。他应该马上就要结茧了,可这次意外受伤,刺激了他的身体提前开始进化。

雷恩望着艾伦,有点发愁。他不知道怎么才能帮助艾伦。

他把艾伦留在树上,然后回去把自己刚才一路过来的痕迹全都清除干净。在茂密的树丛中,雷恩瞥见了雇佣兵们搜寻的身影,

很专业。雷恩推测这些人应该和自己一样,也是从阿尔法战场退下来的,只不过他们没有像自己进入战场那么深。

雷恩不敢再跟踪雇佣兵们了。他回到艾伦身边。

艾伦变得更糟了。他现在已经看不出形状。雷恩坐在树上,边嚼压缩饼干边看着他努力蠕动的模样,突然想起了"烤肉汤姆"。

烤肉汤姆是他的队友。他热衷烤肉,但烤的可不是一般的肉,他专门烤虫子肉。虫子肉非常恶心,里面黏糊糊的,还有股腥味。大家都宁可啃压缩饼干也不碰虫子,只有汤姆吃。他会花上一整天的工夫弄干净黏液,剔掉里面带腥味的筋,把虫子肉烤得吱吱响,然后热情地推销给大家。

当然,根本就没人吃。那玩意烤熟之后会变成一种诡异的青绿色,吃完会把牙齿和舌头都染成绿色。整个连队只有汤姆自己吃。"棒极了!你不尝点是人生的最大遗憾。"烤肉汤姆总是边这样说边摇着头,好像他们不吃一定会后悔,"尝一口吧,糯糯的超好吃。"

雷恩尝过一点,可刚嚼了两下他就吐掉了,口感很奇怪。"一点都不好吃!"雷恩粗鲁地说,"不要弄了,味道让人恶心。"

"我练习嘛。这么多虫子,又不花钱。"汤姆兴致盎然地说,"看,这是幼虫,口感发软。这是成虫肉,很紧实。等这该死的战争打完,我就开个烤肉店,专门烤虫子。你们全是我的vip,打八折。"

说完这个的第二天,汤姆就死了。他踩到了地雷。那玩意是重力感应的,踩上去没动静,只要脚一拿开,准炸。汤姆让他们快走,别管他了。

"我吃了这么多烤虫子,该给虫子们也端一盘了,哈。"

这是汤姆说的最后一句话。后来他们就走了,离开那片区域后,爆炸声响起,热浪把周围的树木都烧得发黑。

那天晚上虫鸣声特别密集。不过当时大家没有时间悲伤,战斗就是从那天晚上开始的，那天晚上他们死了三个人，安迪、威尔逊和琼斯。琼斯死得快，被一枪爆头。然后威尔逊就气疯了，冲出去杀掉了七八个。安迪最搞笑，他临死前整理了头发，平躺着。"真正的绅士从不谈论分手的女人和交纳的税金。"他总这么说，可实际上他老是吹嘘自己多有钱，有过多少个女人，但他死的时候确实像个绅士。

雷恩感到自己又要沉进回忆里去了。可是不行，他现在还有很多事要做。那帮雇佣兵也不知道什么来头，但确实不好对付。雷恩强迫自己不再想战场，他专注地盯着艾伦。"好肥的虫子啊。"他耳边似乎响起了烤肉汤姆的赞叹声。嘿，汤姆，这只不能动，这只让他好好长大吧。雷恩在脑海中与汤姆对话。

他不知不觉睡了过去。

等再次醒来，天已经亮了。雷恩感到有一个毛绒绒的东西在自己身边。

是艾伦。

雷恩支起身体，震惊地看着面前的金发少年。

艾伦变成人了。

这么说好像有点奇怪，但这确实是雷恩的感觉。之前那个艾伦，雷恩一眼看过去就能断定，那是一只拟人态的虫族。

但是现在的艾伦，无论怎么看，雷恩都觉得他就是个人类：他的眼睛变得像正常的蓝眼睛一样，下巴的形状也很完整，之前那些突兀的不协调感都已经消失了。而且他长大了，现在的艾伦看起来，就是一位长相英俊的优雅金发少年。

"雷恩。"艾伦小声地叫他。他缩成小小的一团，含着眼泪小心翼翼地从睫毛底下窥探着雷恩，好像随时准备好被暴揍，或者被欺负。

"雷恩。"

"哎，艾伦。"雷恩回应。他挠着乱七八糟的头发，开始发愁。

毫无疑问，艾伦进化了。他说话的语调不再古怪，表情也更丰富，变得更像人，也更聪明了。

这和雷恩了解到的虫族不太一样。一般来说，虫族的拟态是为了保护自己。它们越是弱小，就越会把自己伪装成其他物种的样子，当进化出利爪和强壮的触肢后，它们就不这么做了。

可艾伦正相反，他更像人了。

雷恩本来打算等艾伦进化出虫形，就把他带到密林深处放生。可现在望着这个眼泪汪汪看上去毫无自卫能力的小少年，雷恩拿不准了。

把这个小家伙扔到森林里真的没问题吗？不会犯什么遗弃罪吧？

"你到底是虫子，还是人啊？"雷恩头疼地自言自语。

"人啊。"艾伦跟着学舌。

他那双澄澈的蓝眼睛里流露出再明显不过的依恋和讨好，像是急于证明自己很聪明，求雷恩不要丢下他。唉。雷恩心软了。

先别管将来怎么样了，雷恩决定。至少现在，他们得先想办法摆脱雇佣兵的追杀。

雷恩带着艾伦在密林中潜行。艾伦看上去比他还要不习惯，一片叶子掉落、一声虫鸣，都能把他吓得瑟瑟发抖，一个劲往雷恩身边靠。中间有几次他们差点就被雇佣兵抓到了，但雷恩凭着自己在当地十几年的生活经验，还是顺利走到了森林的边缘。

他们的目的地是山脚下的一个伐木场。厂房里有一辆旧车，车钥匙藏在脚垫下，是雷恩早就给自己准备好的。干他这一行，就得随时随地准备退路，雷恩早就积累了丰富的经验。

雷恩让艾伦坐在副驾座，然后发动汽车。临走的时候雷恩看到伐木场的办公室里有个糖罐子，就随手抓了一把五颜六色的水果硬糖，放到了艾伦怀里。

艾伦立刻定住了。他紧张地盯着这几块糖，浑身僵硬地捧着，好像松鼠捧着从天而降的松果，模样特别可笑。雷恩大笑着剥开一颗糖果递给他，说："吃，是甜的。"

艾伦的眼睛亮了。他目瞪口呆地咂了几下嘴，紧接着就把剩下的糖一股脑全塞进了嘴里。

"哎，不能直接吃！"雷恩急忙伸手去掏，"要剥糖纸！剥开才可以放嘴里，你想噎死吗？吐出来！"

他想让艾伦吐出来。

艾伦一下子就疯了。他从喉管深处发出凶猛的咆哮，嘴角裂开，露出里面螺旋状排布的獠牙。艾伦挣脱的力气大得惊人，那个瞬间雷恩感觉自己完全不是在和一个生物打交道，而是被一种强大力量给震撼住了。

失控只在一瞬间，艾伦立刻就清醒过来，在咬断雷恩手臂的前一秒猛地合拢下巴，獠牙发出了令人毛骨悚然的金属撞击一样的声响。

然后他赶紧讨好地、谄媚地看着雷恩。

雷恩怔住了。

一种紧绷的沉默在狭小的空间里蔓延。多年战斗的本能让雷恩立刻就意识到了危险——虫子艾伦，他已经不是弱小的幼虫了。他有触肢，有翅膀，还有獠牙。

紧张和恐惧让雷恩起了一身的鸡皮疙瘩，他下意识摸向腰间——那里有一支辐射枪。

"雷恩……呜……"艾伦哭了。

他把沾满口水的糖捧到雷恩面前，漂亮的蓝眼睛里溢满泪水，抽噎着说："雷恩，好吃……雷恩。"

好像刚才那个疯狂又满怀仇恨的虫族完全不是他一样。

雷恩沉默着。

他知道自己错了。

不管外表多么像人类，艾伦也是只冷酷的虫子——虫子没有感情，虫子不会思考，虫子有护食的天性，它们从不分享食物。

更重要的是，虫子很强大。

一只蚂蚁能举起自己体重几百倍重的东西，一只跳蚤能跳出身长数十倍甚至上百倍远的距离，更不要说这些和人类体形差不多的虫族生物了，它们中最弱的那种，吐出来的胃酸都足以腐蚀钢铁。

在阿尔法战场出生入死这么多年，见识了成千上万的虫族，为什么面对艾伦，反而疏忽了呢？雷恩深深反思着。可是越是多想，他就越是迷茫。刚才他只想着要带艾伦逃脱雇佣兵们的追杀，可逃脱之后怎么办呢？

他想把虫子艾伦带到哪里去呢？

毫无疑问，虫子应该回到森林里去。在那里它们可以尽情解放天性，搞破坏，吃掉看不顺眼的闯入者——可是艾伦，雷恩给他取了名字，教会他说话，给他吃人类食物，雷恩觉得自己对他有某种责任。

雷恩不知道怎么办。要是雅各在这里就好了，他想。雅各是他们小队中知识最丰富的，他是指挥官。过去有不知道怎么办的事，雷恩第一个就去问雅各。

雅各死于虫族的偷袭。那是一只被刻意虐待过的虫子。那帮人很擅长搞这个，抓一批攻击性强的虫子，使用各种方法折磨它们，直到虫子疯掉，对人类产生深刻的仇恨后，就把它们投放到敌军的必经之路上。

这种勾当敌人干，他们自己人也干，所以谁都不知道那只攻击雅各的虫子到底是哪里的。它只是突然跑出来，一爪子捅穿了雅各的胸膛。

雅各临死前看到了虫子前爪上被折磨灼烧过的伤痕。他摸着那里，艰难地说："我原谅你。"

雅各原谅了它，但是雷恩没原谅。最后他们拿辐射枪扫射了那只虫子，可那并不能换雅各回来。

"虫子没有好坏，人类才有。"这是雅各反反复复和他们讲的，因为这个，他和烤肉汤姆一直不对付。如果雅各在，一定又要搬出那一套陈词滥调了，雷恩想。

你会后悔，你一定会后悔，你根本就搞不定。雷恩疯狂对自己说。可实际上，他只是踩下油门，带艾伦去了最近的一家商店。

在商店的货架前雷恩挑了最大的一袋糖果塞进艾伦怀里："挑吧。"他说，"你想吃什么就拿什么。"

艾伦吓坏了，泪水溢出他美丽的蓝眼睛："雷恩。"他不知所措地哀求，"我不吃。雷恩，再也不吃……"

他还不太会说话，但是那副自责又害怕的模样已经表达了他的意思。他知道自己刚才和雷恩抢糖的举动是错的。

雷恩叹了一口气，他拍拍艾伦的脑袋："没关系，艾伦。你总有吃腻了，不介意让别人吃的时候，等到那个时候，我再教你分享。现在，你想吃什么就吃什么。"

无论他说话的语气还是动作都像在安慰一只小狗。没办法，雷恩没有朋友，没有家人，也没有小孩。没有人教过他应该怎么和小孩子打交道。但是艾伦明显很吃这一套，他仰起脸，眼里流露出无比喜悦的神情。

最后雷恩买了所有艾伦能吃的东西——连调味酱和面粉都买了一份，把车后座彻底塞满了。他们重新上路，雷恩开了一袋零食："这是薯片。"

他突然想起烤肉汤姆常玩的那个把戏。他把薯片夹在指缝中，

往艾伦身上一拍，薯片没了。

"咦？"艾伦睁大眼睛。

"没啦！进到你身体里啦！"雷恩逗艾伦。

艾伦惊奇地在自己身上乱摸，可是什么都没有，最后雷恩拍拍艾伦后背，薯片重新出现在指间。"这是来自汤姆叔叔的问候，他帮你找到啦。"雷恩呵呵笑着说。

艾伦吃惊地看着雷恩把薯片变来变去，却总是变不到自己的嘴巴里。他难耐地到处乱找，最后在雷恩袖子里找到了。

"薯片！"艾伦兴高采烈地大笑，"没有进我的身体，在雷恩袖子里。"

他终于得到了薯片，先拿了一片给雷恩吃，然后自己才吃，一边吃一边笑："进到我身体里，进到我身体里！"

他学得多快啊，雷恩想。只要教会他基本规则，他就全掌握了。

雷恩感到一种奇妙的混杂着骄傲和欣慰的感觉在胸膛中热乎乎地涌动。

就在这个时候，雷恩从车的后视镜里发现了异常。

有人在跟踪他。

雷恩试探性地拐下高速，右转再右转，身后那辆车穷追不舍。好吧，雷恩发现，他遇到麻烦了。

雇佣兵这么快就找到了他。

雷恩开始加速，尝试甩掉尾巴。紧张的气氛显然也感染了艾伦，他的身体绷紧了。

表面上看，艾伦只是很乖、很安静地坐在副驾座，可他那美丽的蓝色眼睛完全转到了眼眶边，瞳孔放大，颤动着一次一次对焦调整。

那是昆虫观察事物的方法。"三个人。"艾伦突然说，"……

三把大枪。"

艾伦的后背悄无声息地裂开了,皮肤下面,是巧妙连接的骨关节和强韧的肌肉群。那些细小的身体组织迅速蠕动着,探出了一只细长的触肢。

一只锋利的、带着无数狰狞倒刺的、属于虫族的武器。

"不行!艾伦!"雷恩厉声吼,"收回去!"

艾伦吓得一哆嗦,一瞬间就恢复了原样,可雷恩没工夫安慰他。他在车流中左冲右突,直到把雇佣兵们甩掉,他们重新走在了乡间的小路上,雷恩才松了一口气。

他摸出通信仪打了个电话。

"蒂娜格林杀虫公司,竭诚为您服务。"对面甜美的声音说道。

"我想定制一个vip全屋杀虫,要确保虫子彻底消失,不知道你们还做不做?"雷恩说。

对面立刻道:"请和我们的经理聊。"

一个陌生的男人接了电话。一开始雷恩很谨慎,对面也很谨慎,他们聊了一会儿才进入正题,最后雷恩说:"是的,一大一小两个人。要彻底消失,办全套身份手续。"

电话挂断后,雷恩才松了一口气,看向艾伦。

艾伦已经完全恢复了正常。他津津有味地吃着一根棒棒糖,看上去对雷恩打的电话毫无兴趣。

可雷恩发现他的耳郭在微微抽动,调整着接纳声波的方向。他在听,用一种隐秘的不引人注意的虫族的方式。

雷恩想,也许早在雇佣兵那里,艾伦就学会了语言。他太聪明了。

雷恩摸了摸艾伦的脑袋。"我在给一个朋友打电话,让她帮我们逃走。"他解释说,"一个老朋友,我们很久没有见过面了。她有门路,可以为我们做一套新身份,帮我们逃走。这样那些雇

佣兵就找不到我们了。"

艾伦仰起头，凝视着雷恩。他那湛蓝的眼眸中倒映出雷恩的影子。雷恩不知道他听没听懂："明白了吗？艾伦，你看，我们安全了。不需要杀人，一样可以解决问题。你想在人类的社会里生活，就要使用人类的方法。人类有情感，有道德，不乱杀人。"

艾伦思考了一会儿。

"他们，杀人。"艾伦慢吞吞地说，"他们有枪。"

"是的，是的，他们杀你，欺负你。"雷恩试图解释清楚，"你已经复过仇了。他们很强，人很多。你不可能全杀掉。"

"我能。"艾伦伸出触肢给雷恩看，"我很强大，很快。"

"噢噢是的，你可以。"雷恩开始头疼了，"不是强不强大的问题……人不可以杀戮。明白吗？无论是人类还是虫子，剥夺生命，是一件不好的事情。"

"当然也不是说绝对不可以。别人威胁到你的生命的时候，你可以反击，或者有比生命更重要的东西要守护时。总之你要有一个标准，一个，一个底线。"雷恩说，"一个让你晚上安心睡着的理由——剩下的我忘了。差不多就是这个意思吧。"

雷恩潦草地结尾，最后感叹道："唉，要是雅各在这里就好了，他讲得比我好。"

艾伦问："谁是雅各？"

雷恩答："雅各是我的朋友。我当特种兵那会儿，我们一支小队有八个人。智者雅各，烤肉汤姆，绅士安迪，琼斯和威尔逊，面包师巴纳，金发艾伦和我。"

"金发艾伦！"艾伦高兴地叫起来，"我！是我！"

"是的，是你。因为你的头发也是金的，我才叫你艾伦，但是你比他好看多了。"

艾伦问："我们是去找他吗？"

雷恩说："不是。他们已经死了。我们最后一次出任务，穿越了整个阿尔法战场。最后他们七个都死了，只有我活了下来。"

艾伦安静下来。想了一会儿，他问："你也会死吗，雷恩？"

雷恩很惊讶艾伦居然开始思考生存和死亡。

"所有人都会死。"雷恩简单地说。

艾伦猛地抱住了雷恩，大叫道："不要死！雷恩不要死。"

他扑过来的力气太大了，雷恩慌忙稳住方向盘，腾出一只手让艾伦抱着："艾伦，不要闹！这样很危险！"

"雷恩不会死。"艾伦喃喃说。他那双美丽的蓝眼睛噙着泪水，马上就要哭出来了，"雷恩永远不死，永远和艾伦在一起。"

"好的，不死。"雷恩揉了揉艾伦的金发，"只要你记得我的名字，我就永远都不会死。"

"记得名字。"艾伦重复雷恩的话，"真的吗？雷恩不会死？"

"是的。我老家有这个说法。人的名字是连接灵魂的。人死之后，只要他的名字没有被遗忘，这个人的灵魂就不会消散，会永远活在记得他的人身边。只要你记得我的名字，我就永远不会死。"

"我记住了，雷恩。"艾伦拼命点头，"雷恩雷恩雷恩雷恩，我永远都不会忘掉。"

"好。"雷恩笑了，"你们虫子的记性都特别好。"

艾伦得到了夸奖，骄傲地仰起头："是的，虫子的记性特别特别好。你还有什么需要记住的，雷恩？我帮你记。虫子艾伦永远不会忘。"

雷恩思索了一会儿："嗯。帮我记这个吧：金发艾伦，烤肉汤姆，智者雅各，绅士安迪，威尔逊，琼斯，面包师巴纳，七个名字。"

"雷恩！还有雷恩！"艾伦兴奋地大叫，"一共八个名字，我记住了！"

他准确无误地把八个名字重复了一遍，然后问："记住名字，他们就不会死了，对吗？"

雷恩也不知道。只要这世上有人还记得你，你就不会真正死去——他听到的说法是这样。

所以他不让自己忘记，他们一支队伍有八个人，七个死于阿尔法战场。艾伦只记得名字，这算记住吗？雷恩也拿不准。但是总比这世上只有自己一个人孤独地反复回忆要好。于是他微笑着说："我希望如此，艾伦，谢谢你。"

艾伦终于能为雷恩做一点事情，兴奋得脸都涨红了："雷恩，好。好雷恩。"

雷恩发现艾伦并不能完整地表达自己的情绪。是啊，毕竟他只是一只虫子，想完全适应人类社会的生活，要学习的东西太多了。

雷恩开始教艾伦。长时间开车总是让人无聊又疲惫，但艾伦永远精力充沛，一路好奇地问东问西，这让雷恩也跟着高兴起来。

几天后，雷恩顺利地带着艾伦到了朋友蒂娜的家。

蒂娜住在一个农场里。当这个身材瘦小、永远乐呵呵的老太太出来迎接时，跟着她的，还有一只名叫大卫的伯恩山狗和一群母鸡以及两只羊。

"呀！"艾伦快乐地叫了起来。于是老朋友的欢迎仪式变成了艾伦兴奋地尖叫追逐和满院子的鸡飞狗跳。等这一切终于平静下来，蒂娜和雷恩走进餐厅，艾伦也和大卫成了好朋友。

晚餐已经准备好了。

雷恩在餐桌旁坐下，怀念地深深吸了一口气："嗯，土豆饼和奶油浓汤。蒂娜长官，这么多年，你的手艺一点儿都没变。"

"是啊是啊。"老太太笑呵呵地给自己铺好餐巾，"我就会做这么两道菜，足以应付你们这群恶狼了。"

雷恩怀念地笑了。

蒂娜是他们小队的传令官。以前每次有了新任务，蒂娜都会把大家叫到一起，亲手准备一份好吃的土豆饼，里面夹着厚厚的烤肉，再搭配巴纳做的面包，这些是雷恩最怀念的食物。

果然，蒂娜也想起了面包师巴纳："还记得那个总带面包来吃饭的小伙子吗？嘿他的面包真不错，他叫什么来着？"

"巴纳。面包师巴纳。"雷恩说，"他以前是个面包店学徒，做面包特别好吃。"

"嘿，对，是叫巴纳！"蒂娜塞了一大块土豆饼在嘴里咀嚼着，"你还记得他的名字。我都忘得差不多了。"

"你手下人多嘛，记不住很正常。对了，还记得威尔逊吗？就是那个有点秃头的、胖乎乎的小伙子，他和琼斯关系最好！意外吧！"

"噢噢琼斯。"蒂娜茫然点头，很明显已经彻底想不起来了。

"琼斯·林顿。你夸过他做事利落来着，还有雅各，那个捧着一本书成天自言自语的神经病，他们三个成天在一起，每次去你家，他们三个都会提前帮你先收拾好烤炉。"雷恩提醒，"还有艾伦！艾伦你记不记得？金色头发，你说过要给他介绍女朋友来着，哈哈哈哈。只有汤姆你没见过几回，他不喜欢吃烤肉，总不来参加聚会。绅士安迪你肯定记得，瘦高个，总穿礼服……"

"雷恩，够了。"蒂娜沉声说。

雷恩没有停，依旧往下说："安迪真的，好样的，死的时候，跟睡着了一样……"

"我说够了！"蒂娜大吼。

雷恩猛地闭嘴。

一阵令人窒息的沉默在小小的客厅中弥漫。过了好一会儿蒂娜才开口，声音颤抖："你在干什么啊，雷恩？这么多年，你一

直和死人生活在一起吗?"

"他们不是死人。"雷恩固执地辩解,"他们都活过。"

"是的,他们活过,可现在战争已经过去十几年了,你还没有走出来!"老太太的脸上露出一种严厉的神色,"还记得我们分别时你答应过我的事吗?你说过你会好好活下去,我才救了你!"

雷恩当然记得。当他终于完成伏击任务,遍体鳞伤地走出丛林,联系上蒂娜,却发现等待他的并不是迎接英雄凯旋的庆贺,而是处决战犯的枪口。

他不知道怎么回事,蒂娜也不明白,但是上级的命令无法违抗。最后蒂娜冒着巨大的风险把他藏在地下室,上报他已死亡。

雷恩"阵亡"之后没多久,蒂娜也退役了。在最后一次联系中蒂娜告诉雷恩自己开了个杀虫公司,兼营伪造身份业务,不仅可以把虫子,也可以把任何人存在的痕迹从这个世界上抹去。如果雷恩有了麻烦,可以来找她做"蒸发"。

雷恩保存了蒂娜的联系方式,但是从来都没有找过她。

"对不起,蒂娜。"雷恩嘟嘟囔囔地道歉,"我走不出来。我骗了你。我也没法好好生活,我没有保护好他们,我也不能忘掉他们。金发艾伦,烤肉汤姆,智者雅各,面包师巴纳,琼斯,威尔逊,绅士安迪……如果我忘掉他们的名字,他们就,永远真正地死去了,他们的档案已经被销毁,名字也被抹去,这个世界不会知道他们存在过。我做不到。"

"他们的档案没有被销毁。"蒂娜平静地说。

雷恩怔住了。

"你知道我是做什么的,雷恩。我帮别人做过很多很多假身份,非常可靠,从来没有出过差错。"

"其实那些身份不是假的,是我通过内部关系,从军部偷出来的士兵档案。前一段时间,我偶然发现了你的档案。

"这很奇怪。你阵亡的报告是我亲自递上去的,可档案里写的却完全不一样。有人篡改了档案,杜撰了一个新的雷恩出来,我认得笔迹,是克劳德干的。你记得克劳德吧?"

雷恩点头。克劳德是他们的长官,一个留着小胡子的男人,听说这家伙后来在军部升到了很高的职位,但雷恩不关心也不好奇。

"喏,就是克劳德。简单地说,当年克劳德在阿尔法雨林里发现了一个了不得的东西,那是一个庞大的进化了一半的虫茧。

"那时候想要不惊动交战的双方,悄悄把一个大家伙从战场上偷出来可挺不容易。克劳德就想了个办法。

"他派出一支特种部队去攻击敌人防守最严密的地方,吸引了敌人的大部分火力,自己偷偷带着人潜入丛林,把虫茧弄到了手。

"你们,就是那支特种部队。你们真正的任务并不是打击敌人,而是掩护克劳德的走私,然后全部死掉,这样克劳德就可以说你们是擅自行动,把自己做过的事情全都隐瞒下来。

"结果你活下来了,还真的完成了克劳德交代的任务。没有办法,克劳德只好把你灭口。其实那个时候,两国高层已经达成了停战协议,克劳德早就知道,但还是把你们派出去,让你们牺牲。"

"雷恩,这不是你的错。"蒂娜握着雷恩的手,缓缓说,"不要谴责自己了。这件事情,从头到尾都不是你的错,你也护不住你的队友,你自己能活下来,已经是个奇迹了。"

雷恩感到全身都在发抖。

这么多年,他每一天都在想,要是当时这样做就好了,那样做就好了,只要再聪明点,就可以救下队友。原来,他想什么都

是没意义的，他们已经注定要死去吗？

"所以，这不是殉职。"雷恩沉声说，声音嘶哑，"他们死于一场谋杀。"

"是的。"

"凶手应该被制裁，蒂娜长官，这个世界就是这么规定的，克劳德，应该付出代价。"

蒂娜苍老的眼睛中流露出一丝怜悯："我告诉你这个，是想让你停止自责，好好生活，而不是让你去复仇。雷恩，谁在战争里没有伤心事呢？你撞上的是命运。"

"我的人就白死了吗？！"雷恩蓦地大吼，"他们连名字都没留下来啊！我到处找，找不到他们的档案，他们存在过的痕迹就这么消失……"

他的愤怒被一阵突如其来的巨响和尖叫声打断了。雷恩和蒂娜慌忙出去查看，发现艾伦和大卫滚成一团，撞翻了客厅的桌子。

更要命的是，大卫把自己的狗粮让给艾伦吃了。雷恩冲出去的时候，艾伦正咧着大嘴，用獠牙疯狂啃大卫磨牙的牛棒骨。

"天哪！艾伦，你给我吐出来！"雷恩慌忙扑上前，从艾伦嘴里抠出了一大堆狗粮和骨头渣。艾伦一个劲挣扎，大卫也兴奋地直往艾伦身上扑。

"为什么不能吃？这是大卫给我的！"艾伦委屈地抱怨，"大卫吃得很香！为什么我不能吃？为什么？"

唉，要怎么解释人和狗不一样，不能吃一样的东西呢？

雷恩开始头疼。

等这一堆乱七八糟的事情解决完，艾伦和大卫都乖乖的了，雷恩和蒂娜才重新回到餐桌前，可是刚才那种沉重的气氛已经被打断，雷恩甚至回忆了一会儿，才想起刚才在谈什么。

蒂娜微笑着说："雷恩，你已经不需要我劝你什么了，这个孩子，会带你去未来。"

"什么未来。"雷恩阴郁地说，"艾伦也不是个孩子。"

他把怎么遇到艾伦，又因此被雇佣兵们追杀的事情告诉了蒂娜。蒂娜一开始还微笑着倾听，越到后来脸色越难看，等雷恩讲完，蒂娜用一种无比严肃郑重的语气说："你惹大麻烦了，雷恩。你得想办法把艾伦送走。"

雷恩怔了怔。他把事情告诉蒂娜他要做的事，是希望她能教自己一些养育小孩子的知识，没想到蒂娜会反对他要做的事。

"你碰了克劳德的东西，雷恩。"蒂娜说，"这几年我一直在追查克劳德，他后来离开军部，成立了一家公司，叫凯撒生物医药集团。他们生产一种生物修复液，能够迅速治愈伤口，很厉害，赚了大钱。"

雷恩点头，他听说过这家公司。

"这种修复液，就是从当年克劳德走私回来的虫茧里提取出来的，他们称之为'虫神之赐'。"

"虫神？"雷恩皱眉问，"就是比虫王还高级的虫子吗？"

"不，比那还厉害。虫王只不过是某片区域内比较聪明、比较强壮的首领而已。可虫神，是整个种族孕育出来的主宰。他是虫族的大脑，只要他诞生，虫族就有了意识和智慧。

"克劳德之前发现的那个虫茧，就是一只孵化了一半的虫神。可是当时克劳德不懂，粗暴地把虫神弄死了。

"克劳德十分后悔，开始投资研究虫子。最近他们研究了十几万种虫族的语言和交流方式，最后发现，所有的虫子都在重复说一句话。

"这句话翻译过来，表达的是对即将诞生的虫神的赞美与期待。

"也就是说，虫族凝聚了所有力量，重新又孵育了一只新的

虫神。克劳德十分高兴，派了很多雇佣兵进入阿尔法雨林，寻找这只新虫神。"

雷恩问："他们不是已经提取了足够多的修复液了吗？还找虫神干什么？"

"在虫神的身体里，有一个被称为虫核的力量之源。这个东西可比那些生物提取液厉害多了，据说只要人没死，什么绝症都能被治愈。军部一直在资助凯撒集团研究这个项目，为的就是得到虫核。

"你遇到的艾伦，很有可能就是他们找到的虫神，或者至少，是怀疑对象。"

雷恩皱紧了眉头："艾伦不是虫神，他只是比较聪明的虫子而已。我见过他受重伤的样子，根本就没有什么虫核，就是一团虫子肉。"

蒂娜说："不管是不是，艾伦都是克劳德想要的。克劳德背后不仅仅有凯撒集团，还有军部的支持，那是你我根本无法抗衡的力量。你惹上大麻烦了，我劝你把艾伦还回去，或者把他放归雨林。否则那些雇佣兵会追杀你到天涯海角，我的假身份可瞒不了他们多长时间。"

雷恩瞥了一眼客厅里的艾伦。金发少年现在安静下来，正兴致勃勃地给伯恩山狗狗扎小辫子。

仅仅只是想到艾伦一个人孤零零在树林里的画面，雷恩就开始心疼了。

"不。"雷恩坚定地说，"艾伦很聪明，他需要生活在人类世界，而不是像虫子一样在森林里捕猎动物。我会保护好他。"

蒂娜没有再说什么。

制作假身份需要几天的时间，雷恩就带着艾伦住了下来。农场里的生活对艾伦来说可太新鲜了，他在院子里和动物们一直玩到天黑，直到雷恩去找他，才不情不愿地回来上床睡觉。

"我喜欢大卫，喜欢小鸭子，不喜欢鸡。"熄灯后艾伦依旧很兴奋，他的眼睛在黑暗中发亮，"鸡一见到我就跑，不让我碰。"

"嗯嗯。"雷恩敷衍地回答，"快睡吧，明天再玩。"

艾伦乖乖地睡着了。雷恩在黑暗中想了一会儿战友，又想了一会儿克劳德，不得不承认，蒂娜是对的。

他如果想为战友复仇，就没人照顾艾伦了。

艾伦确实在把他带往未来——那个，没有人记得他的战友，也没有人知道他们名字的世界。

"金发艾伦，烤肉汤姆，智者雅各……"雷恩喃喃自语，"如果我忘记，这个世界上还会有谁知道你们的名字。"

雷恩感到很难过。他不知道自己是什么时候睡着的，但是等他醒来，天已经大亮了。

吃早饭的时候，雷恩发现农场里的气氛有点怪怪的，工人们全都在窃窃私语。

"昨晚农场来了只野兽。"蒂娜轻描淡写地解释，"把鸡都祸害了。"

雷恩跟着工人去看，果然，鸡舍里的鸡全死了，好像全都被锤子砸扁了一样。

这不是野兽干的，雷恩在心里嘀咕。野兽会吃鸡，但他们不会杀戮。

他满怀疑虑地回到房间，结果客厅里大卫和艾伦又在闹，大卫不知道吃错了什么药，对着艾伦一个劲狂吠，而艾伦却非要抱它，一虫一狗满屋子打架。

"够了艾伦！"雷恩大吼，"不要闹，安静点！"

"是大卫在闹！"艾伦说。

确实是大卫。这只伯恩山狗不知道怎么搞的，突然疯了一样

地冲艾伦咆哮,哪怕被赶到屋子外面都不停歇。雷恩被狗叫声吵得心烦,说:"怎么搞的,你们昨天不还是好朋友吗?"

艾伦无辜地说:"我没有好朋友,只有雷恩。"

雷恩发现艾伦又长大了一点点,现在能够正确理解朋友的概念了。他感到很高兴。

一整个白天,雷恩都在帮忙收拾鸡舍。晚上他带着艾伦很早就睡了,可到了半夜,警报声忽然响彻整个农场。

雷恩立刻跳起来,冲向警报响起的地方——就在他们客房外的谷仓里。他第一个到达,一拉开谷仓的门,就被里面浓郁的血腥味逼退了一大步。

雷恩惊呆了。

谷仓里,躺着三个,哦不,是四具尸体。

其中三个都穿着雇佣兵的衣服,带着武器。

而第四个……雷恩走上前,先看到的是几根纤长的布满锐利倒刺的银色触肢。流线型的骨甲看上去非常美丽,在昏暗的灯光下闪动着钢铁般的令人心生寒意的冷光。

雷恩想,他知道那些鸡是怎么回事了。

但现在不是追究鸡的问题的时候,现在,那些触肢正吃力地在地面剐蹭着,而躺在地上的,只能说是一个人形。

雷恩听见身后倒抽一口冷气的声音。

是蒂娜。老太太非常冷静,立刻对雷恩说:"这里交给我,你去处理你的事情。"

雷恩点点头,带艾伦回了房间。

艾伦又变回了少年的模样。

虫族的复原能力太厉害了,它们伪装的能力也很厉害。

雷恩想,人类怎么可能战胜它们呢。

激烈的水流冲走了那些恶心的黏液和血迹,艾伦在浴缸里瑟瑟发抖，像一只小狗。

"雷恩……"他哀求，"我错了，雷恩。我听见外面有奇怪的响声，就出去，看到他们，他们在商量怎么杀掉你，杀掉大卫和蒂娜奶奶。我很生气，一不小心，他们就死了。我真的错了呜呜呜呜，我太害怕了，我就动了手，我错了，雷恩。"

你没有错，有错的是我，雷恩想。

虫子有什么错呢？它们杀戮，吃掉猎物，残忍而冷酷地活着。艾伦只是凭本性做事。

有错的是他，竟然想要把虫子改造成人。

雷恩没有生气，他的思绪也很冷静。

把艾伦弄好躺到床上之后，他又去谷仓查看了一下，蒂娜把现场处理得很干净，时隔多年，他们合作得依然默契。

雷恩向蒂娜告别。蒂娜什么都没问，只是说假身份马上就办好，建议他再等一天。

"不需要了。"雷恩平静地说，"谢谢你，蒂娜。"

他最后拥抱了蒂娜一下，就带着艾伦离开了。

"我们要去哪里，雷恩？"艾伦战战兢兢地问。

可是雷恩没有回答。

艾伦那双湛蓝的大眼睛里噙满泪水。那是一双绝望又无助的眼睛，无声地向他祈求。

但是雷恩不为所动。他开着车一直走一直走，一直走进森林深处车再也开不了的地方，才下车把艾伦拎了出来。

"就这里吧，艾伦，"雷恩冷酷地说，"这里是你的家乡，你比我更了解这片森林，你会活得很好，再见，艾伦。"

"不！"艾伦尖叫起来。他哭得恐惧又伤心，"别扔下我，雷恩，求求你，雷恩，我害怕，呜呜呜呜。"

雷恩叹了一口气。

"别装了，艾伦。你不害怕，也不伤心。"

艾伦一下子止住了哭声。

他的眼神直直的，眼泪消失，睫毛也不再颤动，眼球好像变成了一种没有任何情感的东西，定定地凝视着雷恩。

虫族的注视。

"这里才是你最熟悉的地方，对吗艾伦？"雷恩环顾着茂密的树林，伤心地说，"他们说你是虫神。我不知道，我希望你不是，但是不管怎么样，艾伦，把你带进人类社会，是我的错误。"

"我可以，可以装得再像一点。"艾伦说，他的语气变得很平静很刻板，缺乏语调变化，"什么样子，我都可以装。我也不会再杀鸡。是因为鸡吗，让你不高兴？"

天啊，他就是这么骗我的。雷恩心想。但是比起愤怒，他心中升起的更多是一种无奈。

看，虫子艾伦什么都不懂。你没有教会他任何东西，他只是学会了伪装。

雷恩摇摇头。

他转身离开，可是艾伦紧紧跟着他。

"雷恩别走。"他说。

他先尝试用少年艾伦稚嫩又无助的声音祈求，但是雷恩不会上当了。虫子艾伦就换了一种急切又悲伤的声音："雷恩别走。雷恩，求求你，雷恩，别丢下我。"

雷恩没有回头。他加快了脚步，就在这个时候，艾伦猛地扑上来，几条粗长的触肢从艾伦的后背伸出来，包围了雷恩。那些触肢彼此交错，组成了一个坚不可摧的牢笼，把雷恩围在了里面。

"你疯了艾伦！"雷恩怒道，"放开我！"

"不。"艾伦平静地说。他放开雷恩，蜷缩起身体，从触肢牢笼的缝隙中退了出去。他像完全感受不到疼痛一样，伸展了一下身体，后背那些伤口立刻就愈合了。

"雷恩。"他喃喃自语，"我的。我的。"

他推着触肢组成的牢笼，带着雷恩走进森林深处，就像那些雇佣兵曾对他做过的那样。

三天后。

雷恩盘腿坐在笼子里，心情很平静。

他身边摆满了水果、烤肉，还有各种乱七八糟的零食，但是他什么都没有吃。

肚子很饿。一个人被困在树林里，这种感觉让他想起了那个时候，他们小队完成了轰炸任务，只剩他和面包师巴纳逃了出来。

逃亡的路上他的腿受伤了。敌人在外面巡查，巴纳就把他藏在一个山洞里，自己出去找食物。

他好像也是等了两三天吧，巴纳回来了，带了许多面包给他吃。"你从哪里搞到这么多面包？"他又惊又喜，问道。

巴纳打了个响指："我是面包师嘛。"他笑眯眯地说。然后就又离开了，说去给他找药。

他走了就再也没回来。

雷恩靠着那些面包熬过了最艰难的几天，等他一瘸一拐地走出敌军的地盘，他看到了巴纳。

巴纳死了。他被人挂在树上，旁边歪歪扭扭刻了一行字——偷面包的贼。

那一刻雷恩感觉自己吃下去的面包全都变成了石头，沉甸甸地压在胸口。

不管怎么样，他活下去了，带着八个名字和一腔仇恨。

"雷恩。"头顶传来一阵窸窸窣窣的声音，艾伦扒开树丛，跳了下来，怀里还抱着一大堆薯片。

"雷恩吃薯片。"艾伦说。他把薯片递了过来，但是雷恩不理他。

这三天雷恩什么都没吃。而艾伦则竭尽全力找到了所有能吃的东西给他。

"薯片？雷恩？"艾伦卖弄着新学的词语，"烧烤味薯片，好吃！"

意识到雷恩连薯片都不打算吃之后，艾伦生气极了。他的下巴一下子裂开，獠牙毕露，对雷恩咆哮。然后一瞬间又换成了少年的模样，无比委屈地说："雷恩，不生气。"

雷恩长长地叹了一口气。

"不要用拟态，艾伦，用你的本来面目面对我。"雷恩说。

艾伦脸上的表情一下子消失了。他美丽的蓝眼睛定定地聚焦在雷恩身上，用虫族特有的冰冷视线凝视着他。

"你不喜欢我这样。"艾伦说。语调没有起伏，听起来带着冰冷。

"我更不喜欢你装人。"雷恩说。

艾伦定定地凝视雷恩。过了一会儿，他再次把薯片递过去："薯片，雷恩。不要饿死。"

雷恩冷笑："我死了，或者活着，对你有区别吗？"

艾伦说："没有。"

雷恩长长地叹了一口气："我不明白，艾伦，你和我在一起想干什么？拟态也很累吧，还要违背你的本性。明明在森林里你才最舒服不是吗？"

艾伦长久地凝视着他。

"艾伦想要，"他费力地思考着词语，"……情感。"

"雷恩快乐，雷恩不快乐，我都看得到，但我不知道，那是什么感觉。我想……体验雷恩的情感。"他说着露出一个无比灿烂的笑容，"但我的心里没有感觉。雷恩快乐的时候，心跳会加快，血液流速也快了，肺部扩张。我学得很好，可是我不知道那种心情，是什么感觉。"

雷恩明白了:"你想要人类的情感。"

艾伦点头:"雷恩身上有……很深的、很沉重的情感。"

雷恩粗暴地说:"你是只虫子,哪有什么情感?你没有心,就是个冷血动物。"

"不,我有!"艾伦大声否定,指着自己的胸口,"我照着雷恩的心做的,看,会跳。"

意外就在这个时刻发生了。

艾伦的背后突然袭来了一道火光,巨大的冲力让艾伦一个趔趄。

他尖叫着,紧接着下一秒叫喊又变成了,"雷恩!"

更多的辐射光弹射向两人,强烈的光芒刺得雷恩什么都看不清,只感到周身一片炽热。

意识消失前,雷恩看到艾伦变大了。他的身体变得又大又扁,像个盾牌,为自己挡住了所有辐射光弹攻击。

雷恩昏了过去。

等再次醒来,他发现自己躺在一个白色的空间里。准确地说,他躺在一间雪白的囚室里。四壁没有窗户,只有一扇铁门,门上开了一扇小窗。

他受伤了。辐射光弹曾经贯穿了他的身体,但现在伤口已经愈合,只在腹部留下一个新鲜的伤疤。从伤口恢复的情况来看,雷恩觉得自己至少昏迷了三个月。

但是他看不了太仔细。

他穿着拘束衣,坚实的皮带紧紧束缚住他的手脚,让他连抬头都很费劲。

"不用看了,你伤口恢复得很好。"身后突然传来一个声音。

雷恩猛地回头,透过铁门上的小窗,他看到了一位留着小胡子、

穿着医生制服的男人。

远去的记忆开始苏醒。

雷恩想起绅士安迪有一阵子特别喜欢留胡子,就是在模仿这位神气的克劳德长官。

"长官。"雷恩平静地打招呼。

男人意外地挑挑眉:"你还记得我?"

他命令看守打开铁门:"雷恩,这几年,你干得不错。"

他走进囚室,在雷恩对面坐下,用一种欣慰的语气说:"我给你用了最新研发的生物修复液,才几天伤口就已经痊愈了,不错吧。"

这么说,才过去了几天,不是几个月。

雷恩松了一口气,问:"艾伦呢?"

克劳德没有理他,继续讲解生物修复液:"这一款是最新科技研发的,对外伤特别有效,还没有推向市场,但是我们前期的宣传已经开始了,预计盈利……"

雷恩大吼:"艾伦呢?"

克劳德顿了顿:"你叫他艾伦吗?"

"对,金发艾伦。"雷恩用一种挑衅的语气说。

但是看到克劳德一副完全漠然的样子,他意识到对方早就不记得他们的名字了。

"他还有名字啊。"克劳德笑了一下,继续说,"这款修复液,我已经决定改名叫雷恩一号,所有盈利的30%,会直接打进你的账户。"

雷恩怔了一下:"什么意思?"

克劳德耸耸肩:"是感谢费。感谢你为人类的健康幸福和生物科技的发展作出贡献。"

雷恩心中升起了一丝不好的预感:"你们把艾伦怎么样了?"

"没有怎么样,只是想要请求你的一点配合。你可是杀了我不少人哪。"克劳德说。

克劳德的要求很简单。

弄丢艾伦后,雇佣兵们一直在跟踪寻找他们。中间有好几次差点抓到他们,但都被机警的雷恩躲开了。

尤其是最后一次,艾伦出乎意料的攻击,让他们损失了好几个人。但克劳德也由此确认了艾伦的身份——只有虫神才能在拟型的时候还保持这么强的攻击力。

克劳德要求雇佣兵们不惜一切代价也要把艾伦抓到。

有雷恩在,要抓到艾伦挺难的。可想不到他们很快就闹翻了,艾伦把雷恩关起来,自己在外面活动,没几天就被雇佣兵们跟踪到了。他们本来想把雷恩打死,只带艾伦走,没想到艾伦拼命保护雷恩,最后只得把两个人一起带了回来。

"我们需要在他身上放一个医疗设备,但艾伦不肯配合,他闹着要见你。所以我想,你应该会愿意帮我一个小忙。"

"帮你控制他,杀掉他,研究他吗?这种事我做不来。"雷恩冷冷回答。

"当然不是。"克劳德诧异地说,"你知道虫神在虫族中的地位吗?他可是它们的力量之源,甚至,很有可能是整个星球的力量之源。毕竟虫子可比人类多多了,它们比人类更了解这个世界。我不可能杀掉一位神的。"

他说着,从兜里掏出一个小小的装置:"喏,就是这个,用于监控虫族的各项身体数据,虫子不像人类,呼吸心跳血压什么都可以从外部测量,它们的器官构造很复杂,这东西需要放进身体的核心里才能工作。艾伦现在很不好,我们正在抢救他,但是他不配合。"

一听到艾伦不好,雷恩立刻急了:"你们把他怎么了!"

他大声咆哮："我要杀掉你们！"

"冷静点，冷静点。"克劳德柔声劝阻，他那张俊美的脸上，露出了一丝志得意满的微笑，"看，我们是同一条战线的，都不希望艾伦死，对吗？虽然过去我们有一些小误会，但现在不是追究的时候，只有你能救艾伦了。"

雷恩答应了。

他跟着克劳德离开了房间。

房门外是一条长长的走廊，透过一侧的窗户，雷恩惊讶地发现自己在一栋高楼里。

"这里是生物研究院的园区，"克劳德一边带路一边说，"我们公司最核心的部分。我对你没有敌意，否则也不会让你进到这里。毕竟，我们将来合作的机会也许还有很多。"

克劳德走得很快，雷恩发现自己跟不上了。

他变得无比虚弱，好像有一个无比沉重的东西压在了他身上，让他抬手都很困难。

"忘了告诉你。"克劳德放慢脚步，轻描淡写地指了指头顶，"楼顶装了防暴力系统。本来是用来限制虫子的，但对人也有作用。你现在没有力气，对吗？那只是一个小小的防范措施。如果我们合作愉快，我会取消对你的限制的，让你照顾虫神，还会给你很大一笔钱。你会配合的，对吗雷恩？"

雷恩沉默着没有回答。他太担心艾伦了，已经没心思再对抗克劳德。

他们一起到了监禁室，隔着透明的玻璃幕墙，雷恩看到了艾伦——在那一瞬间，他觉得自己的心都碎了。

艾伦变成了乱七八糟一团，被一种激光一样的东西束缚着，在地上痛苦地挣扎。

每次当他挣得太厉害，身上的束缚都会发出光芒，让他疼得尖叫。

"艾伦!"雷恩扑上前,拼命拍打玻璃窗,咆哮着,"你们放开他!"

克劳德耸耸肩,打开音响系统,艾伦的声音一下子传了出来,那是一种尖厉的、虫族特有的咝咝声。在听到雷恩的声音后,艾伦的咝咝声立刻换成了尖叫:"雷恩!"

克劳德把那个小小的医疗装置放进了雷恩的手里:"你看到了,他伤得很严重,而且拒绝人接近。希望你能安抚他的情绪,另外,找机会把这个放到他的虫核里,这样我们才能更好地治疗他。"

雷恩同意了。

他刚一进房间,艾伦就兴奋地一边发出大叫,一边努力地变形。他的上半身又变成了漂亮的少年艾伦,可是下半身无论怎么努力都是乱七八糟的一团。

"雷恩,呜呜呜呜呜。"艾伦美丽的蓝眼睛里流下了泪水,他试着蜷缩起来,藏起自己难看的下半身,"雷恩别看。"

雷恩扑过去,那些束缚激光发出了警告的红光,可雷恩毫不理会。

"别变了别变了,这样就很好。"雷恩语无伦次地说,"疼不疼?"

艾伦摇头,含着泪,无比可怜地看着雷恩。

这当然只是一种拟态,雷恩心里很清楚。

虫子艾伦没有人类的情感,他的一切都是装的。但是在最后一刻,被雇佣兵们包围的时候,艾伦没有反抗,也没有逃跑。他宁可自己被打得稀烂,也要为雷恩挡辐射弹。

他检查着艾伦的身体,看到了熟悉的黏糊糊的一种虫族状态。

"艾伦,你是不是要进化了?"雷恩忧虑地问。

艾伦摇头。他装可怜简直装得上瘾了，紧紧攀着雷恩的手臂，小声说："我不知道。我没有力气。"

雷恩问："进化需要很大的力气吗？"

艾伦说："嗯，要用力挣脱。"

雷恩撕扯着艾伦身上的束缚激光线，大声道："克劳德，听见了吗？放开他，你妨碍到他进化了！"

克劳德冷淡的声音从音箱中传来："先完成你的任务，雷恩。我的医疗团队已经在等待了。"

雷恩想起了那个小小的医疗装置。他拿出来在手里掂了掂，问艾伦："艾伦，你有虫核吗？"

艾伦睁大眼，点点头。

这么说艾伦真的是虫族之神。

雷恩心中升起了一种很复杂的感觉，又问："你的虫核在哪里？我想看看。"

艾伦收起了拟态。

他又变成了虫族平静冷淡的模样，慢吞吞地说："虫核，是很重要很重要的东西。"

他摸了摸肚皮说："我藏在这里。"

艾伦的肚皮裂开了，无数层精妙的结构张开，袒露出了被保护在最中间的一个亮闪闪的东西。

"雷恩！快！就现在！"克劳德蓦地大吼。

艾伦吓了一跳，猛地合上了肚皮。

雷恩拿出了那个小小的医疗装置。

"艾伦，我要把这个放在你的虫核里。"雷恩用一种缓慢的语调说，"还记得我们以前玩过的游戏吗，汤姆叔叔的问候？他可以把所有东西都放在你的身体里。"

雷恩说的时候有点担心。

因为那时候烤肉汤姆到处跟人变这种幼稚魔术,如果克劳德记起烤肉汤姆,就会知道他在玩什么把戏。

可是显然克劳德不记得,倒是艾伦的眼睛一下子变亮了:"记得!我可以!"

雷恩说:"你要像汤姆叔叔那样,让我把这个放进你的虫核里。"

艾伦兴高采烈地说:"我可以我可以!"

艾伦的肚皮再次张开了,那个宝贵的虫核露了出来,和刚才一模一样。雷恩真的很担心艾伦根本就没听懂他的话,可是克劳德在外面盯着,他不能说更多了。

他咬咬牙,把那个装置放了进去。艾伦的肚皮一下子合上了,兴奋地说:"在我的虫核里。"

雷恩问:"艾伦,你真的会变成神吗?"

艾伦一秒变得哭唧唧:"我不能。我没有力气。"

雷恩问:"你的触肢呢?"

艾伦给他看自己被激光束缚的后背,那里闪动着危险的红光:"一动会痛。"

"够了雷恩!"克劳德威严的声音传出来,"可以了,你出来。"

"艾伦。"雷恩抓紧最后的机会,迅速对艾伦说,"只要你有力气,你就快跑,跑出去,好好长大。"

几个保安冲了进来,在艾伦的尖叫声中把雷恩拖走了。

在监禁室的外面,克劳德狠狠打了雷恩一个耳光。这很羞辱人,但雷恩没计较。

"你那个防暴力系统妨碍艾伦进化了!"他大吼,"看看他的腿,他已经进入进化期了!"

虫族一生中会进化两次,中间如果被什么事情打断,它们就会永远停留在进化期,长成奇形怪状的模样。

雷恩想起艾伦第一次进化时乱糟糟的样子。可那时候有他在，艾伦没有受到任何打扰。

克劳德不耐烦地挥挥手，看上去毫不在意这个问题。他的注意力完全放在另外一个地方，实际上，这个屋子里所有人都在关注着一台庞大的仪器，直到绿色指示灯亮起，所有人都松了一口气，开始鼓掌。

"太好了连上了！"

"心跳、血压、呼吸数据都读出来了！"

屏幕里出现了一个小东西。那是刚才雷恩放进去的医疗装置，现在已经开始运行，它弹出了八只金属爪，把自己牢牢固定在艾伦的身体内部，然后调整摄像头，正对着艾伦的虫核。

克劳德兴奋地攥紧拳头，说："开始吧。下管子，准备提取虫核液。"

工作人员犹豫了一下："再等等吧，他现在很激动，虫核在发光。现在提取，对他伤害很大。"

克劳德冷冷地说："我让你现在做。"

玻璃幕墙内，几支机械臂开始运作。他们抓着艾伦，把一根细长的导管插进艾伦身体里。

艾伦一直在挣扎，他身上的激光束缚变成了深红色。可所有的挣扎都没什么用，他还是被固定住了，身上插了一根管子，他茫然地看着机械臂在自己身体上操作。

屏幕上，那个所谓的"医疗装置"弹出了一枚刺针，正对着艾伦的虫核。

雷恩明白了。

这个医疗设备，其实就是一根吸管，他会永远留在艾伦体内，提取艾伦虫核里的液体。

至于医疗监控，他们当然会关照艾伦的健康情况，会尽一切努力让艾伦活着,给他们提供源源不断的提取液。

雷恩被骗了。

"你告诉过我这个只是医疗监控装置。"雷恩质问。

克劳德不耐烦地回答:"医疗监控是它很重要的一项功能。"

雷恩很愤怒。

但越是愤怒,他就越平静,如果雷恩的战友在这里,看到雷恩现在这副模样,他们一定知道要出大事了。

可现在已经没有人了解雷恩。

他最后看了一眼玻璃幕墙后的艾伦。

插进身体的管子看起来并没有对他造成什么伤害,他正茫然又好奇地盯着管子上闪烁的指示灯,完全不知道自己将被刺穿。

雷恩挡在了克劳德面前,说:"我照你的指示做了。现在,我想谈谈报酬。"

克劳德皱了皱眉。他看了监控仪器一眼,上面的进度条显示准备工作已完成了80%,大概在15分钟之后,才会开始提取虫核液。

克劳德冷淡地说:"好吧,我给你十分钟。"

他带着雷恩到了旁边的小办公室。

办公桌上放着一摞资料,克劳德拿起来翻了翻:"让我看看。嗯,雷恩·琼斯,服役于第六陆军纵队,资料上写着你已经阵亡,还是我当年亲自给你批的死亡证明。"

雷恩惊讶地看了克劳德一眼:"长官,你真的不记得我了吗?我在'尖峰'小队,除了我,其他人都牺牲了。"

克劳德冷冷道:"你知道我手下有多少人吗?如果每个人我都得记,那我也不用干别的事情了。比这重要的事情有很多。"

可能克劳德从一开始就根本不知道他们的名字。

他手下的特种部队确实有很多。

"哼。走私、故意伤人、抢劫、造假……你的罪名可不少啊。"克劳德把资料扔到雷恩身上，"你自己看吧，我们可是把你调查了个底朝天。"

官场的常用伎俩。

雷恩知道克劳德在干什么——先用犯罪证据威胁，等自己害怕了，再压价谈酬劳，收买人心。

雷恩不吃这一套，他把那几张纸卷了卷，慢吞吞地说："调查了这么多，您都没想起来我是谁吗？"

"您派我们出了一趟必死的任务啊。还记得吗，阿尔法丛林反击战那次？艾伦、汤姆、雅各、威尔逊、琼斯、安迪、巴纳，还有我，一共八个人，全死了。为了掩护您的走私。"

"那又怎么样？"克劳德耸肩，"这是必要的牺牲。为了赢得战争，为了人民的胜利，为了生物医药的发展，身为领导人，我不得不作出一些你们无法理解的选择。包括现在，你知道艾伦将会给我们带来多么重大的医学突破吗？"

雷恩说："可是我听说，你们寻找虫神，是为了给大佬研发不死药。"

克劳德冷冷道："这不是你需要关心的事。我们谈谈酬劳吧，如果你配合我们，让那只虫子乖乖听话，我会很慷慨的。30%够多了吧，你还想要什么？"

雷恩展开手里的几张纸，说："你。"

好像只是拂开一片羽毛，雷恩抬手在克劳德面前轻轻一挥。

纸页锋利的边缘染上了一片血色。

克劳德的脸上浮现出一种茫然又难以置信的神情。他的脖颈上先是出现了一线白痕，然后变成了鲜红的颜色。他想说点什么，可是一张嘴，喉咙里发出了一阵咯咯的声响。

"这是来自我们八个人的问候。"雷恩轻声说。

雷恩扶着克劳德，把他放倒在椅子上。

克劳德忘了雷恩的名字。

如果记得，他绝对不会在雷恩面前如此毫无防备。

早在十几年前，雷恩就被称为特种部队里的"利刃"。他擅长的不是暴力，而是暗杀。一张纸，一支笔，任何一件不起眼的东西，在雷恩的手里，都会变成利器。

所谓的防暴力系统根本就防不住雷恩。

雷恩悄无声息地离开了克劳德的办公室。

走之前他向关押艾伦的监禁室瞥了一眼，还剩8分钟。

8分钟后，他们将刺穿艾伦的虫核。雷恩不知道艾伦有没有听懂他的话保护自己，不管怎么样，他不能让艾伦受伤害。

雷恩找到了一扇通风的小窗，翻了出去，从外面爬到楼顶。防暴力系统让他的体力下降了好多，好几次雷恩差点从高楼掉下去，但是他越难受，就越担心艾伦，这个破玩意，得让小虫子多难受啊。

雷恩在楼顶看到了一个庞大的、正在隆隆运转的仪器。这难不倒雷恩，他很快就找到了仪器的枢纽位置，只要破坏了这里的电路，所有的系统都会停止运行。

雷恩伸手去拨弄仪器里复杂的电路。可是手刚伸过去，他感到了一阵剧痛。整个枢纽都发出了警告的红光，一层防护光罩浮现出来。

好吧，雷恩现在知道，这里确实是非常重要的枢纽。这层防护光罩是一种高密度辐射光，它产生的热能可以熔化所有物质，把所有胆敢触碰它的人都烧个稀巴烂。

雷恩绝望了。

他试着破坏枢纽的电路板，每次都被防护光罩拦了回去，还触发了报警系统，惊天动地的警报声立刻响彻整个园区。

雷恩知道，这么重要的地方，肯定有警卫随时待命。警报声一响，巡逻机几十秒内就会赶到将他击毙。

更重要的是，八分钟已经过去了。艾伦受伤了吗？他已经没有时间。

雷恩咬了咬牙，扑进了防护光罩中。一道热烈的火光闪过，整栋楼霎时寂静。

雷恩扯掉了那一大堆乱七八糟的开关和电路，与此同时剧烈的辐射光弹也贯穿了他。

艾伦……快逃。

辐射光弹在瞬间烧毁了他的心脏，他没有力气把这句话喊出口，可是在死掉前，雷恩只剩下这个念头。

时间回到三分钟前。

监控室的研究员们不知道克劳德已经死掉，也不知道雷恩就在楼顶，等仪器发出嘀嘀的声响，提示已经准备好，他们就按下开始按钮。

屏幕上能清楚地看到，尖锐的长针刺穿了艾伦的虫核。

研究员们发出了一声兴奋又激动的欢呼，他们等待这个时刻已经很久了。

仪器开始吸取艾伦虫核里珍贵的液体。一切都运转正常，可奇怪的是，艾伦并没有表现出任何不适。他保持着半人半虫的姿态，用一种冷漠的、毫无感情的眼神，平静地注视着玻璃幕墙。

尽管明知道这层玻璃幕墙是单向的，艾伦什么都看不到，可是他那种冷酷漠然的眼神，还是让研究人员感到毛骨悚然。

透明的管道中出现了液体，那是一种黑色的黏稠的东西。

"奇怪。"有人说，"提取液应该是透明的呀。"

"位置没错。"研究员们研究了一会儿屏幕，"看，确实从这里刺进了虫核。"

黑色的液体流进了监控室的仪器里。研究员们取出液体，小心翼翼地轮流尝了一点，但是很快，每个人都开始疯狂呕吐。

　　"这不是虫核液！"一位研究员大吼，"仪器被污染了！"

　　一阵噼里啪啦的声音传来，艾伦身上的激光束缚突然消失了。

　　艾伦怔了怔，翻了个身，他的身体开始舒张。随着他的动作，监控屏幕上一黑一亮，之前那个亮闪闪的虫核不见了，镜头里只有一大堆黑乎乎的东西。

　　研究员们的脸色全都绿了。他们全都是虫族专家，熟悉虫子的身体构造，这些黑色的玩意，明明是艾伦的排泄物啊！

　　艾伦用拟态骗了所有人——他把自己的消化系统伪造成了身体器官，又把一大堆排泄物变成了虫核的模样。而消化系统和排泄物对于虫族来说，是随时都可以抛弃的东西。

　　现在，艾伦懒得再拟态了。他像海参一样，迅速喷出了自己的一部分排泄物，"当"的一声，那个还来不及收回长针的仪器被他排出体外，打在了玻璃幕墙上。

　　这是研究员们最后看到的东西。因为下一秒，银亮修长的虫族触肢就击碎了玻璃幕墙。

　　监控室里一片狼藉，人们尖叫着奔逃，到处都是玻璃碎片和虫族的排泄物。

　　而艾伦平静地漠然地站在混乱的最中央。

　　"雷恩。"艾伦低声喃喃。他的后背伸出了六根钢铁一样坚硬的触肢，支撑着他的身体，以一种无与伦比的轻盈姿态爬出了监控室。

　　艾伦知道雷恩在哪里。他的呼吸，他的心跳，他的脚步声，艾伦无时无刻不在关注倾听。他像只大蜘蛛一样爬到楼顶，见到了雷恩。

　　雷恩死了。他的身体被灼烧得几乎看不出原本的模样，但是

艾伦知道这就是雷恩。

艾伦用触肢拢起了破碎的雷恩，长久地凝视着他。他知道人类该有的正确反应，他应该哭叫，流下眼泪，肌肉抽搐，痛苦地哀号。他能完美模拟出绝望和悲伤，可是，不会再有人看他表演。

也不会再有人明知道他在拟态，还为他担忧。

艾伦不绝望也不悲伤，但是他的整个身体都开始蠕动。他感到有一种庞大的力量在撕裂他的身体，很疼，很痛苦，无法挣脱。

艾伦猛地仰起头，他脸上浮现出一种十分痛苦的表情。紧接着，他那丑陋的下半身突然裂开了，仿佛有一束光劈开了他的身体。

警卫们目瞪口呆地站在楼下仰望着他，连巡逻机也逡巡着不敢上前。

艾伦变得特别特别大，他的身体整个裂开，从里面绽放出一抹绚丽的光彩。等那光芒完全布满半空，像是风中张起了恢宏的帆，艾伦像脱掉蝉蜕一样脱下了自己原来的身体。从那丑陋蠕动的肉团中挣脱而出的，是一只纤长美丽的虫，他有类人的身体、银光流泻的锐利骨甲和华美的辉煌光羽。

一个新的虫神降临到人世间。

所有人都被他的光芒照得睁不开眼睛。等人们回过神冲上楼顶，那里已经什么都没有了。

太阳沉下去，月亮升了起来。雷恩睁开眼睛，先看到苍茫的雨林山脉在自己身下无尽地延伸，月光洒满广阔的大地。

他躺在一个庞大的虫族身上，虫族宽大的光羽托着他，在空中翱翔。

雷恩低头看了看自己。他明明记得身体已经被炸烂了，可现在所有的伤口都消失了，他变得和以前一样强壮，不，比以前更好。他能感到一种无比充沛又巨大的力量在自己身体里流转。

"艾伦？"

身下的虫族兴奋地振动了一下翅膀，飞得更高了。

"你进化了啊，变得好大。"雷恩说。

艾伦没有回答，但雷恩突然有了一种奇妙的感觉，不需要回答，他自然而然地知道了艾伦在想什么，他现在非常非常高兴，非常非常幸福。这快乐不仅仅是因为雷恩被救活了，更重要的是，艾伦感受到了快乐。

艾伦把自己的虫核分了一半给雷恩。艾伦给出自己一半的生命，与此同时，他体会到了雷恩的情感——那些心碎、思念、幸福、痛苦，艾伦终于全部都能体会到。

于是艾伦学会了快乐。他在大笑，在叫喊，在兴奋地蹦跳。他所有的情绪和想法，雷恩也全都感受得到。

"艾伦啊……"雷恩趴在艾伦后背上，闭上了眼睛。战友们的笑脸在他心中一一浮现，他们笑着，挥手向他告别。

雷恩感到了前所未有的平静。

艾伦展平巨大的光羽，向下俯冲。整个世界像一幅巨大的画在他们眼前展开，虫族的新神开始了他第一次对世界的巡视。

整个世界都安静下来了。森林寂静，田野空旷。城市阴暗角落里的虫子们停止了活动，整个世界屏声静气，等待虫神的第一声长鸣。无论那是什么，都将会被虫族永远铭记，世世代代传颂，在这个世界的每个角落反复吟唱。

艾伦开口了，悠长的气音轻柔地吟唱出八个名字，遥远地、深沉地回荡开去。

"雷恩、艾伦、汤姆、雅各、威尔逊、琼斯、安迪、巴纳。"

整个世界响起了一片喧嚣的回音。艾伦扬起一边翅翼，带着巨大的光弧滑翔而去。

让世界替雷恩永远铭记。现在，他要带着雷恩去未来。

文 ✹ 暧昧散尽

冷漠阴沉研究员

异世界桀骜邪神

透析茧房

Shenyuan Siyangyuan

吃了睡，睡了饿。这哪是怪物，分明是废物。

透析茧房

文 ✱ 暧昧散尽

喜欢黑色幽默，笑点很低，反射弧很长。
新浪微博 @暧昧三斤

01

当地的渔民将这片海域称为海妖的领地。

海上的气候总是多变的。

阴雨频繁袭来，起伏的海浪间夹杂着泡沫般密集的死鱼，以及与死鱼一样翻着肚皮的动物残骸。

久而久之这座海岛人人畏而远之。

——怪物究竟是什么？

孟识赤着脚走在岸边的廊桥上，手上的鱼甩着尾巴挣扎着。

男人手指施力抠开鱼猩红的鳃盖，取掉这个苟延残喘的实验品身上的追踪器后，他将其扔进了海里。

他脱去身上的潜水服，白净的皮肤从胶质的包裹中剥离出来，偏瘦的躯体颀长，屈身时凸显的脊骨从后颈向下排列延伸，又似能从中生出鱼类的背鳍来。

孟识眨掉挂在眼睫上的海水，通过装有虹膜识别装置的实验室大门。

他擦着冲洗过的头发，赤着身子坐在摆满各种试剂与仪器的案台前清理起手臂上的伤口。

伤口是在潜水时被水下的礁石划破造成的，而本该露出血肉的伤口正被一层黑色焦油状的不明黏稠物附着着。

看起来很恶心，闻起来亦腥臭到令人作呕。

大概是过往船只漏油后沉淀出的垃圾形成的海洋污染物。

这令孟识觉得他所进行的一系列的实验更加有实施的必要。

孟识用蘸取过消毒液的棉球在创口边缘擦拭了一下，酒精带来的尖锐刺痛感令痛觉神经发达的男人颤抖了一下。

黏稠物仿佛与酒精产生了化学反应，翻腾起味道呛鼻的气泡。

与此同时，一阵彻骨的剧痛感从伤处传来，仿佛附着在伤处的黏稠物变成了活物。

孟识倒吸一口气，闷哼出声。

不知是不是他听错了，在气泡碎裂的声音之后，被酒精触到的黏稠物似乎学着他小声地发出"咝"的一声。

在放大镜下，一切细微的变化都将无所遁形。

光照下，他手臂的皮肤白得像浸泡过福尔马林。

手背青筋绷起，附在伤口上的污物，这会儿又跟一块没生命特征的泥巴似的没再冒泡泡，也没再咝咝叫。

孟识却在看向它的过程中，感受到了某种诡异的视线。

污物如同有生命般朝伤口深处钻去。

孟识咬紧后槽牙，忍痛挤开创口，用镊子将附着的脏物从伤处扯了下来，连同镊子一起扔到了垃圾桶里。

他的痛觉神经较一般人更为发达，将伤口包扎完已经是满头冷汗。

孟识舔了舔被自己咬出齿痕的下唇，换上工作服，将白大褂

的扣子一丝不苟地系好，将从实验体中取出的微型芯片插入设备。

电脑屏幕随着他的操作显示出追踪结果。

画面中是幽静深海，一群银鳞如星的鱼群聚在一起，游移时仿佛摆尾的巨鲸，有种壮丽的动态美。

然而当实验体混入其中，近看时才会发现这些美丽的小生物并不是自主地游动，而更像是在磁石引力下随波漂流的傀儡一般，只有少数的鱼会在实验体靠近时仓皇游开。

海妖是近些年才开始作祟的，孟识的研究也是同一时间开始的。

不过他们机构研究的初衷却是爱护自然，保护自然。

为了让生物能适应被人类污染的环境，在防患未然的前提下，进行一系列的实验——投放声波与放射物质，催化孕育中的动物进行异变，让生物提前适应在恶劣的环境下生存。

极端，疯狂。

孟识是这一计划的首席执行员，但操刀者并不无辜，他正是因为认可这一方案才举起了屠戮的刀。

沉浸在工作中的孟识在抬手拿高处的资料时，通过灼痛的提醒才想起自己手臂受伤的事。

工作的记录已经进入尾声，孟识顿了下，下意识看向垃圾桶。

然而下一刻，他彻底愣住了。

套着白色塑料袋的垃圾桶里只有纱布与棉花，上面孤零零地躺着一把镊子。

镊子上脏污的附着物与沾染的鲜血都不见了踪影，干净到反光，像是被人仔细地擦过。

孟识被自己的联想惊到。

他非常确定从刚刚到现在，实验室里只有他一个活人存在。

孟识不能理解地轻轻偏头，缓步走到关着实验动物的笼子前，一个个巡视过去。

笼中大小不一的动物原本死气沉沉，在孟识弯腰靠近时，却如同嗅到了天敌的气息般，突然应激似的扑腾起来，鸣叫着瑟缩进笼子的角落，似想要顺着笼子的网格缝隙逃出去。

被豢养的家畜能闻到屠夫身上的杀气，不过以往这些动物不会有这么剧烈的反应。

孟识清点过后，并未发现有漏网之鱼。

他看向关押室侧上方透气的天窗——或许是这些"囚犯"的叫声过于招摇，吸引了偷吃鱼的猫。

这座曾经被当作驿站停歇的海岛上，有很多被渔民弃养的猫，这种鬼鬼祟祟、落脚无声的小动物，偷溜进来时总是令人难以发现。

孟识不喜欢动物，但他喜欢亲近生命。

孟识在一间笼子前站定，跟笼子里蹦跶得有些神经质的兔子对视着。

消失在垃圾桶里的黏稠物不知何时爬上了孟识的肩头，吸收过血液后松散的体形胀大了少许，随着挪动透迤出一片黑渍，像是粘在洁净衣物上讨人嫌的泥。

它伸出一根蜗牛一样的触角，学着孟识偏头的样子，姿势诡异地弯了弯触角，随即将"眼睛"转向孟识的脸，蠕动着靠近孟识的颈侧。

它饿了，要进食。

孟识没有感受到它的不怀好意，倒是闻到了黏稠物身上的腥臭味，他将气味的来源误认为是伤口上的残留。

于是他解开衣扣，大步走向淋浴间，将脱掉的白大褂连同衣领上的黏稠物一起留在了实验室里。

被抛下的黏稠物从衣服里爬了出来，直直地望着孟识的背影，伸出测量的触须——要长到多大才好呢？

02

孟识最近总有种被监视的感觉。

实验室里是没有监控器的，但是他觉得自己或许有部署监控的必要——在笼子里的动物一夜之间离奇死亡之后。

垃圾桶旁，用托盘盛着的实验体兔子并没有受到入侵者的青睐。

而笼中的活物无一幸免地僵死在了笼子的角落。

孟识抽样解剖了这些动物的尸体，专业如他却难以对这些动物的死因做出明确判断。

没有任何一种已知的野兽能透过生物完好的皮囊啃食血肉，也没有任何一种寄生虫食谱这般挑剔，且如此具有侵略性，可以轻易地腐蚀肌理、脏器，甚至洞穿兽类的骨骼。

这究竟是何物所为？

孟识很快就知道了，在他布下监控之前，他见到了"犯人"，然而这物种之谜并没有随之解开。

入夜后，孟识在卧室的床边看到了模糊的真相。

骤然开启的台灯下，黑色的不明物质周身弥漫着肉眼可见的黑雾，像是一块被污水浇熄的炭。

在感受到孟识的注视后，它软化成了一摊液体，灵敏地钻进了床头的缝隙。

然而它似乎受够了躲藏的生活，抑或是对一切充满好奇，又攀着床沿从暗处缓缓地探出"头"来。

它变幻着形态，散发着令人不安的气息，震颤着躯体发出古怪的嗡鸣声。

孟识没有像一般人那样尖叫出声。

他从瞳孔收缩的惊吓状态中回过神，比起惊吓更像是看到了无与伦比之物的惊喜。

"你是什么？"

不明物质似是感受到了孟识的情绪。

它臃肿的身躯直立着向着孟识的方向延展，淤泥过境般，留下一串潮湿的痕迹。

它在捕食笼中动物的过程中得到了生长。

现下的它已经不必再躲藏了，尽管体形比一只兔子大不了多少，却已经有了可以和人类正面对抗的力量。

它不畏惧人类，脑回路异于常人的科研人员同样不怕它。

孟识揉了揉因为突然起身开灯有些眩晕的眼睛，闭眼，复又睁开，确认眼前的一切不是他过度劳累而产生的幻觉。

它的存在足以刷新孟识对这个世界的认知。

坍缩的死兆星，有形的恶灵，仿佛他的噩梦从身体里流淌了出来，凝成了具象化的实体。

孟识主动与这团不可名状的怪物拉近距离，声音变得沙哑不堪，喃喃自语："你是什么？"

怪物安静了下来，弯了弯触须。

很遗憾，它还未能掌握人类的语言。

诡异的外形与熟悉的水腥味。

孟识又问道："你是那天被我从海里带上来的对吗？"

怪物伸出的触须极近地一动不动地"注视"着孟识。

它明明没有眼睛，却像是有着细密的视线。

孟识被这种异类的目光"刺"得脊背汗毛倒竖。

一阵阵战栗，这是人类陷入惊惧的表现，这种感受却又能很好地和兴奋混在一起。

孟识渴望从这种诡异的交流中得到答案，放轻声音道："你能听懂我说的话对吗？"

灵智初开的怪物似懂非懂，翕动着躯体上类似嘴的部位发出

了一个"是"的音。

它诞生于污染物，是不洁的化身，是被自然透析出的污秽，是大自然有形的控诉。

孟识是造就环境污染的一环，理应对它负责。

它辗转着胶质的躯体，如同古老的刺胞动物一样，分裂出众多海葵般密布的细小绒毛的卷须，伸长触角。

孟识突然明白了它的意思。

确切地说是在与它接触时，脑内接收到了它传达的进食意图。

伤处已经结痂，但痛感还在，该有的危机意识这会儿才被他正视，孟识将即将缠上手臂的怪物触角拉扯了下来。

遭到阻止的怪物发出愤怒的"嗞"的一声。

"我不是你的食物，你想吃什么，我可以带给你。"

怪物捕捉到孟识情绪过激的呼吸，有着生命体特有的热度。

"吃。"怪物不伦不类地学舌，又通过接触直接将意念传达到孟识的脑中。

"饿，吃。"

遇害的笼中动物有的有着坚实的毛皮，有的有着强悍的爪牙，它们都不会温驯地接受死亡。

孟识徒劳地反抗，肢体所能触碰到的被褥、台灯，甚至实木的床头柜，全都随着他的挣扎被打翻在地，然而却无法将怪物逐出。

室内随着台灯的碎裂陷入黑暗，无形的怪物彻底融入黑暗。

动物与人类的区别之一是人类更加识时务。

孟识意识到二者间绝对的力量差距后立即安静了下来。

他以人类的狡猾哄骗着单纯的怪物："我可以想办法帮你。"

凝成固态的怪物松软下来，放松了对孟识的压制，但并未妥协。

看不见的黑暗放大了体感，孟识能清晰地感觉到冰冷黏稠的怪物在身边蠕动。

这种感觉令人毛骨悚然又很奇妙，孟识居然有这样疯狂的念头。

孟识意识到，这个东西在接近自己。

孟识热衷于亲近生命。

生命就该强大且多样，而它可能是进化的尽头，是生命最高等的形态。

它的存在要比孟识曾有过的所有极端念头都要疯狂。

孟识有一瞬间被眼前生物怪异的魅力所迷惑，想将自己变成实验品，任由危险靠近、缠绕。

是这个人类的血肉开启了它的灵智，怪物并不想宿主就这么死去。

它的生长还需要宿主的奉养。

这些人类是很脆弱的，它在进食笼子中的猎物时已经学会了如何将伤害降至最低，以便获取长期的供给。

它最大程度地延展着躯体，将人类的思维当作书本一样翻阅，并试图理解这些思维。

怪物模仿孟识对实验体的安抚，嗡鸣出字词："听话，你要听话……"

孟识有逃跑的想法，却没有实施的勇气。

在被脏污缠上的短暂时间里，他进行了数次无意义的反抗。

怪物察觉到了他的不安分，以无形的精神力进行压制。

以意念的形式沟通时，它变成了更加令人难以接受的存在，如在脑中回荡着的嗡响的丧钟，又像是哀恸的声音在哭诉着不幸。

孟识头痛欲裂。

在重压下无力地妥协，他将眼睛闭得更紧，把自己当成一具无知无觉的尸体。

可怪物的存在感太强了。

它不停地改变着外形。

分裂融合，变成了一团尾巴系在一起向着不同方向挣动的蛇，变成破裂的脓疱，变成以人类再疯狂的想象力也创造不出来的存在。

孟识什么都看不到，但什么都能感受到。

他忍不住去想象怪物的样子，努力忽视因为黑暗与不适而产生的难受。

孟识身体发抖，恨不得以最大的声音放声尖叫，或许是脑里的弦已经紧绷到了极限，声音反倒很平静。

"把灯打开……"

人类与飞蛾一样趋光，哪怕获得光亮的代价是自燃，此时的孟识也心甘情愿。

怪物停下了动作，开始人性化地思考。

用他还算不上聪明的思维。

不聪明的怪物却并不好糊弄。

它"咝咝"地叫了几声，伴随着精神层面上奇怪的韵律，重复着它知晓的极少数的词语："你要听话。"

孟识胡乱地点头保证："嗯……"

怪物收到了一个满意的信号，答应了宿主的请求。

怪物以跟它臃肿体形不符的迅猛动作灵活地跳下了床，围着那台摔坏的台灯，伸出触手这儿戳戳，那里摁摁。

它在暗中观察时，已经偷学到怎么启动这个东西了，可是这台破灯竟然一点都不配合。

怪物愤怒地发出"咝"的一声，将台灯的残骸踩得更碎了。

孟识摸索到被踢到脚边的手机，打开了手电功能。

这是见识短浅的怪物没有见过的全新科技，对光芒不抱好感的怪物与突然袭来的光线对峙着，支起躯体，摆出要威慑人的架势。

"这个灯已经坏掉了。"孟识在与怪物进行意识交接时,相对应地对怪物也有了些许的了解,换了种它更能理解的说辞,"就是死了。"

直面未知的恐惧,孟识的生理素质远没有心理素质那么好,腿软得站不起来,他只好将手机光柱移向墙壁:"开这盏灯。"

怪物再度展现出它超越人类的一面,以肉眼无法捕捉的速度移向孟识示意的开关,将灯摁亮,虚化成了一道残影,又扑到了孟识的近前。

天花板上明亮的人造光源照亮了屋中的每一个角落,却依然无法清晰地照出怪物的影子。

它以凝聚的本体形态现身时,本身就像是一团浓稠的影子。

从人类的审美来看,它无疑丑陋至极,令人恐惧生厌,然而它的存在又会令人不由自主地被其深深吸引。

怪物慢吞吞地爬过来时,孟识甚至没有躲。

他在明亮的灯光下看着一切的发生。

畸形的生物伸出数道触须,对人类的一切都很感兴趣般,不时伸长触角,在它曾爬过的地方再次留下一层黏液。

怪物最终将触手放在了孟识的颈动脉上。

这次没有任何犹豫,锐化的触手向着血液最充盈的血管扎了进去。

随着血液的摄入,怪物的身躯肉眼可见地胀大了起来。

怪物兴奋地嘶鸣,胶质的躯体上生出无数海绵一样不断张开又融化着闭合的声孔,发出长鸣的汽笛般的回声,随后又分出无数细小的触须,与人体的每一条血管对接。

孟识眼前一黑,哀叫出声,就连冷汗都像是从骨髓里渗出来般,带着极大的痛楚。

从生理感受上说或许不该称为疼痛，更像是被恐惧、悲伤、幽闭这类无穷尽的负面情绪给污染了。

怪物泵动着，化成一张古怪的滤网，以孟识的血液充盈自身的同时，又将自身的体液反哺到宿主的身体里。

孟识仿佛成了某种媒介，某种循环装置。他处于崩溃边缘，却因为驻扎在他意识里的怪物只能清醒地承受着一切。

在人类的医学里也有将病人体液中的毒素以及代谢物透析出体外的治疗方法。

直至精力彻底耗尽陷入昏厥前，孟识终于想通。

这种名为透析的治疗方法是为了完成净化。

饱食一餐的怪物餍足地围着宿主转了两圈。

昏迷中的孟识一动不动。

据它观察，人类睡觉是要盖被子的。

怪物将躯体液化，平摊着盖在了宿主身上。

盖得住肩膀，盖不住膝盖。

这床"被子"要想将宿主全部笼罩起来还需要再多吃几顿。

该怎么用人类的思维去定义它和宿主的关系呢？

是孟识变相造就了它，是孟识直接饲育了它。

人性化思考的怪物从有限的知识储备里翻出一个满意的称呼。

怪物爬向孟识，宛如散播不安的梦魇，脑海中的呼唤令昏迷的人都不得安宁。

❧03❧

孟识从梦中惊醒。

他感觉自己像经历了一场漫长的冬眠，在潮湿的雪地里不住地下陷。

他像被魇住了，脑中突然被载入了庞杂如海的信息，无数光怪陆离的画面在他眼前飞速闪现，耳边回荡着风的窃窃低语，溺水者语言破碎的气泡，巨鲸悠扬空灵的咏叹调，直到……直到……他在这些画面中看到了属于他的一帧，想起了昨夜的一切。

孟识突然清醒，从怪物的精神海里逃离了出来。

他正以一个诡异的姿势趴着。

头疼，耳鸣，全身生疼，不过他竟然还活着。

孟识忍着不适起身，望向不远处的怪物。

怪物似是进入了短暂的休眠，躯体微微起伏，像一颗霉烂却依然在搏动的心脏，那跳动的频率与他的心律竟然是一致的。

这令孟识产生了一种与超然的至高存在共鸣的惊悸感。

阳光从窗帘的缝隙洒下，照在怪物的本体上，反倒将这肮脏的极恶之物镀上了一层闪耀的金辉。

很显然他不会被阳光杀死。

孟识想用眼神将它杀死。

孟识愤恨地看着这团夜袭他并为他带来惊喜与恐惧的怪物，又怕与突然苏醒的怪物对视。他做了个深呼吸，轻手轻脚地起身穿衣。

一定要把这个鬼东西抓去做研究。

孟识原本想将这个奇诡的生物当成自己的发现，将其藏起后囚禁，但经历了昨晚一遭，孟识已经亲身领略到什么叫自食恶果，再不向组织上报，被圈禁的就是他了。

全身的关节如同被拆开后又被粗暴地拼合上，孟识抚摸着完好的颈部，面无表情地抬起小臂，垂下的眼睫动了动，眼睛黑沉沉的，有种肃杀的冷意。

手臂上的擦伤,以及周身被吸血时扎破的地方竟然全部愈合了。

他抬眼看向沉眠的怪物。

这个怪物拥有治愈能力。

孟识的研究思路又多了一条。

在他下床时,一根不知何时伸出的触手悄然抓住了他的脚踝。

孟识后脊一凛,回看过去。

怪物依然沉眠在梦里,似乎只因察觉到宿主的离去,触发了潜意识的捕捉本能。

孟识顿了顿,将掌心覆在怪物黏腻的触手上,在感受到收紧的力度放松下来后,将其从脚上扯了下来。

怪物发出一声意味不明的沉闷低鸣,有一瞬竟像是要醒来。

怪物探出触手慢吞吞地在空荡的床上扫了一圈,最后停留在孟识睡过的地方,将留有宿主体温与气味的被子卷到怀里,又恢复成无害的寂静状态。

孟识从一地的凌乱中找到了从床头柜里掉到角落的房门钥匙,边套着衣服,边尽量不发出声音地出了屋子,将门带上后,迅速反锁了起来。

一向注重仪表的孟识,赤着脚跟跄地穿过走廊。

愈远离怪物,心弦反而绷得越紧。

他的精神高度紧张。

过往人生里,不论是被开膛的动物突然从解剖台上跳起来,还是有着类似人类嗓音的大型动物,在实验中间歇性地发出震破耳膜的凄厉嚎叫,都不曾让他有过敬畏之心。

可他现在竟然胆怯到害怕自己的脚步声。

脚步窸窸窣窣的声响在走廊里回荡,怪物的声音就是带着回响的,孟识神经质地频频回头,几步之后,又因为逐渐加深的忌惮,只敢僵直地看向前方。

它所发出的脚步声紧随着他，像是紧随而至的追赶。

他似乎在脚步声里听到了黏稠液体的滴落声。

孟识脚下虚软，倚着墙壁粗喘着缓了一会儿，才走完了剩下的几步路。

他来到实验室门前，布满血丝的眼睛眨了好几次才通过虹膜验证。

熟悉的实验室与加固的金属防爆门给了他些许的安全感。

光可鉴人的墙面反照出他的狼狈。

孟识胡乱地捋了把头发，用袖子擦了擦脸，找回些许理智，拿起实验室对外的通信设备，拨了出去。

"我是孟识。"

他一出声，才发现自己声带哑得有多严重。

好在是专线的内部沟通，不至于费太多口舌。

与他相隔半个海岛的下级人员自报过工号，等待领导的指示。

他遇到了麻烦。

要怎么描述异类的存在，才不会令人觉得他疯魔呢？

是将这个"麻烦"的存在小范围地在高层间公布，还是以武力压制为前提，召集组织里所有的人员对其进行围捕……

就在孟识沉默思考的当口，他突然产生了类似动物遇到天敌般毛骨悚然的感觉——那是烙印在生存基因里的直觉，而他曾被这种直觉支配。

他甚至没有回头去看那间天窗洞开、防护比较薄弱的关押室，而是如惊弓之鸟般直直看向金属大门。

它来了吗？

可为什么这么安静？

孟识眼皮跳了跳，脑海里已经提前预演起怪物会以怎样摧枯拉朽的气势打砸门扇，咆哮着发出令人精神崩溃的声音，将铁门

撞变形至开裂，液化成毒沼顺着那些缝隙入侵进来。

然而预感中毁灭的末日情境却迟迟未曾降临。

与之通话的下属似是听到了孟识倒吸冷气的声音，出声询问："孟专员，您还好吗？"

孟识像是怕惊扰了什么一样，轻声说了句没事，让下属等待片刻，将听筒保持着通话状态，缓步走到了门口。

孟识的心脏几乎从胸腔里蹦了出来，但他还是选择了直面现实，鼓起勇气点开了楼道的监控，然后就看到了令他心脏骤停的一幕。

监控屏幕显示，怪物正站在与他一门之隔的地方。

那黏腻的生物整体保持着一个直立的人形姿势，组成躯体的黑暗物质像是披挂在体外的一层蜡油般的皮。

它似乎感觉到了孟识的存在，弯身贴得更近，微微偏了偏头，将整个畸形的眼球在摄像头的前面放大。

原来人在过度惊惧的那一刻是叫不出来的。

孟识透过监控屏幕与怪物对视着，猩红的瞳仁放大，又骤缩成了针孔大小，然后变成兽类般的竖瞳……

它就这么飞快地变幻着，外形突然停留在了一个令孟识感到熟悉的样子。

额头的冷汗刺进眼中，孟识的瞳孔也在巨大的惊恐中收缩，他突然明白了怪物的意图——这个家伙在模拟自己的虹膜。

恐惧霎时化成扎向舌底的钢针，帮他找回语言。

孟识在门扉"嘀"声开启的瞬间高声呼救，连滚带爬地去够呼救的通信设备，听筒内传出电流波动的"滋滋"声，通话因为怪物的干扰随之被切断。

海岛上的信号偶尔会失常，而电话另一端的人听到孟识说的最后一句话，是那句故作镇定的"没事"。

被子上残留的宿主的体温消失后，有着印记行为的怪物也随之苏醒。

怪物以直立的姿势向孟识的方向滑动了两步，又恢复成泥泞的本体，向着宿主爬行。它不知道为什么会被抛下，逐渐构建完整的人类思维令它感觉到了委屈。

孟识没有听懂怪物这声带着口音的呼唤，将随手抓到的各种药水器材向着逼近的怪物砸了过去。

迸溅出的消毒液淋在了怪物的身上，顿时冒起了滚滚的浓烟，生出沸腾的脓疱，将那异样的生物逼停了下来。

它确实是个"脏东西"，拿消毒水对付它是管用的。

但仅仅只是管用。

它毕竟不是初生时那般弱小了。

怪物发出呼痛的"咝咝"声，被溅射的部位几秒后便在自身的分裂聚合间恢复如初。

它的成长与强大都归功于宿主，它已经迫不及待想靠近它的宿主了。

怪物甚至没有刻意去避开地上的消毒液，拖着泛着脓疱与黑烟的躯体，又爬向孟识。

孟识精神几近崩溃，他疯狂地挥舞着手术刀，表情半是畏惧，半是凶狠："不要过来！"

这柄寒芒毕现的刀刃不会对怪物造成任何威胁。

他如同势在必得的猎人般，继续慢吞吞地向网中的猎物靠近。

孟识清楚被怪物缠上会发生什么。

昨夜被大脑刻意遗忘淡化掉的绝望感在这一刻回忆起来，由无数负面情绪引发的寻死的念头瞬间消减了他对生的向往。

那种同时经历一千万个死亡时刻的体验他已经不想再经历了。

孟识突然平静了下来。

他用了一个眨眼的瞬间与自己的内心达成了和解,眼神从鱼死网破变为妥协,仿佛停止波动的心电图,木然成了毫无意义的一道线,下一秒刀身翻转,向着自己的颈部动脉刺了下去。

刀尖随施力在皮肤上刻下血花,怪物在刀尖到达致命深度之前,将宿主扑在了地上。

孟识迷茫地侧着头,看向掉在手边卷了刃的手术刀,还没反应过来发生了什么,意识已经被入侵者铺天盖地的暴怒席卷了。

承受不住精神压制的孟识耳内失聪,他甚至听不到自己的心跳,他又一次在眼前看到了死亡。

死亡的化身凝视着他,孟识预感到自己将会变成下一个卷刃的刀锋。

孟识的预感出错了。

嗡鸣让他听不到自己的心跳,听不到这世间的声音,却能清楚地听到怪物对他宣判的低语。

"你不听话——"

怪物靠触手支撑着将硕大的躯体悬在他的上方,翕动着发出拉长尾音的嗡鸣,释放出愤怒的威压。

宿主的一切都是它的,它不允许任何东西伤害它的宿主,包括宿主自己。

孟识拒绝它的治疗,或者只是在拒绝它。

男人压抑地呜咽,颤抖个不停,冷汗与眼泪令他整个人都湿淋淋的,像只被泼了脏水的小猫。

他抱着手臂蜷缩在冰冷的地砖上,向来洁净平整的衬衫脏到看不出颜色。

他一点点向后挪动,做着徒劳的逃离。

宿主现在的精神状态非常糟糕,巨大的恐惧令他的情绪不再健康。

怪物感受到了他过载的恐惧。

它将触手搭在孟识的额头上,释放出安抚的念力,将他错乱的脑回路梳理回正轨。

孟识逐渐放松下来,安静地看着它,眼睛里映出它扭曲的身影。

宿主明明是不讨厌自己的,第一次正面交流时,宿主明明那么欣喜,他只是吓坏了。

怪物试图以人类的方式与其对视,成长期的它控制不好自己的形态,空洞的面孔上瞬间生出无数昆虫复眼般密密麻麻的眼。

这场景恰似刚刚发生在门口监控处的画面,还是升级版的。

宿主又被它吓哭了。

人类真是太脆弱了。

怪物调整着不断凸起又塌下缩小成蓝环章鱼斑点一样的眼睛,所有的眼瞳向着不同的方向乱转,最后齐齐看向孟识。

它仔细地查探着孟识身体上是否还有外伤。

高挺的鼻梁、红痣、膝盖上的旧疤,以及身躯主人都不曾知晓的蝴蝶骨上的胎记。

怪物念力的安抚将孟识的意识又拉回理智的边缘。

在他自己的实验室里,恢复理智的孟识又有了求生的欲望。

"放开我……滚开,离我远点……"

怪物故意装作听不懂人话,在确认宿主没有生命危险后,再度将触手扎进人体的深层静脉里,贪婪地开启了它今日的进食。

它举触手发誓,它也没有很贪婪,以它的胃口这只是吃了个小甜点的程度。

脆弱的人类却如遭重创,病恹恹的。

怪物咕噜着,触手在孟识的脸上戳了戳。

孟识回神，微不可察地动了动，安安静静挺直躺着。

还未成长为完全体的怪物不时发出低低的声音，像是大型野兽喉间的低吼，却带着想亲近的意味。

孟识这次听清了，无声自言自语："为什么是我？"

怪物不理解般偏了偏头。

是他杀害过的那些动物的怨灵上门了吗？

孟识麻木道："你杀了我吧。"

"不……"

04

孟识对它的示好没有给出任何回应。

它的宿主现在很不高兴。

它只是在与宿主的交流中懂得了人类的思维，可以理解人类的悲喜，但主体的意识依然处在一个超脱万物的层面，自我，独断。

它既是消极的化身，亦不必遵循任何生物制定的公约。

人类化的思考与行为对它来说只是亲近宿主的一种方式与手段。

怪物感受了下宿主的情绪，虚弱的人类仍在不停地颤抖着。

怪物思考了一会儿，将宿主托着轻轻放到了桌台上，它退开了两步，又像担心台子上的人会偷偷跑掉一样，伸出一根延展的触手，链子一样地缠上台子。随后所有的触手一齐动作，将打翻的物品归置回原位，将碎裂的瓶罐捡进垃圾桶，又拿自己当抹布吸收打翻的有害溶液，收拾起满地的狼藉。

从行为上来看，像在道歉。

孟识迟缓地动了动被铐住的脚踝，攥着衬衣的下摆，抬起视线看向不远处的怪物。

他的神志在怪物的作用下恢复清明，他不得不直面这一诡异的现实。

观察者不复以往的高高在上，他观察着怪物的一举一动，同样感到了无形的视线聚焦在他的身上。

他变成了弱者，以实验体的身份反观着主宰。

被怪物缠上的第16个小时。

经历第二次透析。

怪物的液态体积达到一立方米，躯体不再单一化，能呈现出动植物的拟态。它能熟练掌握人类的语言体系，危险程度持续提升……

就在这时，通信设备的铃声响起了。

孟识身体微微一震，怪物也停下了对地面的清扫，随即缓缓地蠕动过来，以触手卷起听筒，接通后放到了孟识的耳边。

听筒那边的人员询问孟识今天是否会按时上交调查报告，以及核对先前的那通来电安排的工作。

看着送到手边的逃生机会，孟识的心脏瞬间狂跳起来。

然而致命的怪物就盘踞在他身侧，孟识甚至能闻到触手上海风般腥咸的气味，以及怪物躯体上的气孔翕动时发出的气泡破裂般窸窣的声响，那是沉在海底的溺水者身躯被鱼虫啃食时发出的最后灭亡之音。

恍然间，孟识喊出了声音，冲着听筒那边讲述着自己的遭遇，疯狂地呼叫着救命。

被他的举动触怒的怪物发出钟鸣般刺破耳膜的声波，再度拦截了对外的通话。

怪物在暴怒中呈现出更为扭曲的形态，摔打着他，撕扯着他，质问着他，将挥舞的腕足扎进他的每一条血管。

他的血将衣物染成了红色，他没有很快死去，骨头断折，痛不欲生，但他不会死去。

是幻想，是对未来的预见……

他不清楚。

他再也不想动了，再也不想逃跑了。

孟识沉默，周遭陷入死一般的寂静。

怪物缓缓伸出一根触手，贴心地擦拭着他后颈上的虚汗，似乎不知道他为什么这么紧张般，发出一声疑惑的嘀咕声。

尽管它感受到了孟识脑内的恐惧。

孟识总算在怪物的触碰下找回呼吸，他压抑住声音里的颤抖，低声应付："晚点。"而后眼睁睁地看着通话被挂断。

怪物很满意他的乖顺。

怪物的体形以惊人的速度生长着，它已经变得很庞大了，这会儿直立时比孟识都要高得多。

它的宿主喜好洁净的环境，它将实验室整理完毕，又根据它暗中观察总结的宿主休息前的流程，将孟识送到了淋浴间里。

怪物不喜欢温热的清水与散发着馥郁香气的沐浴露，不过孟识淋着温水时，身心明显放松了下来。

宿主喜欢就可以。

怪物收起外溢的体液，将无固定形态的外表拟化成人形，体表泛着黑沉暗淡的光泽。

在四至六根之间不断变形的手指拿着一条浴巾，好心地递给孟识用。

它拟化出的人类形体强壮而健硕，手指颀长有力，屈起时甚至能看到上面分明的骨节。

怪物此时的样子没有那么恐怖，已经吓破胆的孟识依然不敢与之对视。

进食后的怪物需要休眠，它恢复成液态的本体，以看守的姿态将宿主圈在了中间。

孟识没工夫跟它一起安眠，对他来说还有一件跟人身安全同样重要的事情："我要回复工作上的信息。"

怪物思考了一瞬，放任孟识起身，如影随形地跟在孟识的脚后。

孟识打开电脑，编辑并发送了调查报告。

他紧盯着发送成功的提醒，手指悬在键盘上，心脏又一次在紧张所带来的惊惧感中狂跳起来。

方才幻想中遇害的情形还令他心有余悸。

他真的已经学乖了，然而短暂的平静令他有些松弛下来，孟识一而再地妥协，又再而三地反悔。

不论成功与否，他决定再自救一次。

孟识咬了咬舌尖，悄悄看向脚下一动不动的怪物。

怪物像是睡熟了，拟变成更加贴近生物的形体，混乱且无序地呈现出各种生物的器官，生出触角、鳞片、外骨骼，皮肤坚硬如附满藤壶的礁石，在此之上长出龙角般的犄角，长出鲨鱼般翕合的腮。

或许是他还没疯魔到想再次挑战它的那种程度，孟识没有过久地陷入震惊。

他颤抖着手指，以最简短的字母拼出求救信息，然而在摁下发送键的前一秒，电脑的屏幕突然伴随着电力的切断熄灭了下来。

暗淡的屏幕上赫然映出他苍白的脸，以及不知何时到达他身后的巨型黑影。

孟识缓缓回头，正对上怪物那张空洞的脸。

不能试图逃离，会被发现，即使只是未实施的想法。

这句警告伴随着怪物阴森的呼唤，自他的意识深处轰鸣着向

他碾压过来。

怪物如他幻想中那般尖刻地质问他："你想逃去哪儿？"

孟识垂着眼睫，避开对视，不敢闪躲，艰涩地说："我，我没有。"

怪物看穿了孟识的谎言，但并未过于愤怒，它想让宿主安慰自己。

怪物以逐渐熟练的人类语言嗡鸣道："我不开心了，你哄哄我。"

孟识忍着惊惧，在怪物的身体上轻轻拍着。

怪物发出欢愉的声音："谢谢爸爸，你做得很好。"

孟识僵硬地纠正："别乱叫，我不是你的爸爸。"

人类血缘亲情三言两语讨论不清，父亲对于怪物来说只是个称呼。

"那我该怎样称呼你？"

他们之间的关系可没好到能闲聊的程度。

本该最愿意与异样生物沟通的孟识，恶狠狠的瞪着怪物，保持缄默。

怪物以意念沟通，直接将话音嘈杂地输送到宿主的脑子里。

"大多数人叫你孟识，我不要和大多数人一样。我看过你的记忆，你的母亲在世时叫你小宝，是你很喜欢的称呼，我也要叫你小宝。"

孟识爆发怒吼道："你是个什么东西？你也配！"

怪物以人言嗡鸣："我不是东西。"

不是东西的怪物张牙舞爪。

"我饿，我饿……我要吃……"

吃了睡，睡了饿。

这哪是怪物，分明是废物。

孟识骂了句脏话。

好学的怪物不伦不类地重复了一遍，孟识的脸色更差了。

就在这时，有人来了。

由于怪物的干扰，电力系统崩坏了，维修人员敲响了实验室的门。

性情淡漠的研究员眼中闪过一丝阴狠，孟识循循善诱地指向门的方向："食物来了，只要你不伤害我，我可以带你去吃更多的人。"

所谓的饥饿实则源于生长的需要，它需要的是一个媒介，而它已经找到了完美的媒介。

怪物的意念穿过门板对外面的人类加以分析，整个怪物都散发着挑剔的磁场，反而更加认主。

怪物原地弹跳："只吃你，只吃你，只吃你。"

孟识险些表情管理失败，敲门声还在继续，他权衡了一番，连哄带骗地将怪物锁进了关押室。

关押室的天窗降下一方夕阳，一只有着翠绿色眼瞳的黑猫嗅着血腥味跳了进来，察觉到暗处不祥的气息，毛发参起，发出一声惊恐的猫叫，而后原路跑掉了。

下一刻，锁住的关押室屋门开启一道缝隙，一只绿色眼瞳的"黑猫"迈着匀称的五条腿，无声地出现在孟识的眼前。

正要让维修人员去搬救兵的孟识心如死灰。

从脚底到颅顶发凉，在希望与失望的反复打击下，他连求救的意图都没有了。

"黑猫"脑袋扭转一百八十度，灵敏地跳进孟识的怀里，发出变调的喵呜声，像是一台故障严重的小型拖拉机。

修理工没听过这么难听的猫叫。

他看向对方臂弯里的猫，一怔，揉了揉眼，猫咪懒洋洋摇晃的两根尾巴又变成了一根。

首席研究员沉默地站着，俊美而阴郁，投过来的眼神很复杂，面上却无任何表情，与他手上的猫一样有着说不出的违和感。

修理工不由得打了个寒战。

修理工不敢怠慢，加急排查起故障。

"受损的电路需要重新排线，我再多叫几个同事过来吧。"

维修人员用袖子抹了一把鼻尖上的汗珠，扭头一看，一人一猫早已没了踪影。

手指间猫咪顺滑的皮毛化成海藻一样的触感，然后不动声色、不痛不痒地与他的皮肤融合在了一起。

怪物仰头看他，张开嘴，亮出两颗奶猫一样小小的尖牙。

本是舌头的部位延展成红色藤蔓，带着海腥味、土腥味、血腥味的气味徐徐缠上他的脖颈。

藤蔓一直从他的躯干盘旋着缠上了他的半张脸，在他的眼前生出一朵纯白色的花。

恶浊的气味里生出了一缕纯洁的清香。

孟识眼角神经质地抽动一下，脑内陡然升起一股触及真相的清明——他所遭遇的迫害或许并非来自恶灵的报复。

对他纠缠不休的怪物晃动藤蔓将他的眼睛也笼进了黑暗里。

在神志和肉体都被操控的情况下，孟识麻木地放任了事态的发展。人类无法凭一己之力抵抗天灾。

夕阳洒下金色的光，天色随着这一轮日落快速昏暗下来。

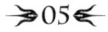

≥05≤

被怪物缠上的第 34 个小时。

第四次透析。

怪物仍在疯狂生长。

透析的过程依旧痛苦。

怪物表现出更加人性化的一面，或许是又偷窥了他的记忆，会在他精神崩溃时为他唱摇篮曲。

怪物唱歌很难听。

被怪物缠上的第68个小时。

第七次透析。

屋中的水电恢复了供应，天花板上的灯光亮起时他觉得自己许久都没有见过光亮了，因为怪物对他的饲养，他没有了饥饿感。

若放在早先，他会觉得这是一项伟大的可以提高生存效率的善举，现下他开始怀念起正常的食物，就好像他许久都没有过正常的进食。

怪物这次休眠的时间久了一些，在他产生逃跑想法时，怪物苏醒了。

他总算进化出了一副好嗓子。

被怪物缠上的第85个小时。

第十次透析……或者第十一次？

怪物在进化。

他自己的语言功能却退化了，和怪物沟通时习惯以意念的方式交流。

意识到这点的孟识，切换回人类的语言，骂怪物让它离自己远点。

他又不合时宜地好奇怪物最终会进化成什么样子。

被怪物缠上的第113个小时。

对于透析次数的统计中断了。

因为次数太过频繁，他决定改为按天数计算。

好消息是，或许是被灌输了太多的绝望，或许是人类顽强的适应能力，他开始习惯接纳负面的灌输，不再觉得这一过程痛苦了。

——适应。

研究机构提出的爱护自然计划，在他的身上得到了实施——人为地制造恶劣环境，让生物提前适应在恶劣的环境中生存。

从各种层面上来说，他都办到了。作为加害者和被害者。

……

孟识漂浮在广阔而黑沉的海渊里。

他渺小如天上的一颗星子、海中的一粒沙。

鱼群风暴与他擦肩，色彩绮丽的珊瑚丛在他脚下摇曳绽放，凝集的荧光浮游生物宛若铺展的银河。

天穹与深海在这一刻交接，倾下漫天的微光。

他在光的边缘感受到了一种注视、一种召唤。

他不必对召唤有过多的回应，在他注意到对方的存在时，就已经看到了那整个海渊化成的巨眼，从暗处缓缓显现，凝视着他。

他漂在不会窒息的海中，像做着一个不着边际的梦。

分不清是平行世界里正在发生的，抑或是被他预见到的未来。

与怪物一同陷入休眠的孟识挣扎着醒来。

他的房间仿佛变成了腐化盘丝的洞窟，而他就蜷缩在由触须与黏液层层构筑的巢穴最中间。

梦境中最终形态的怪物那无边无际的身影还存留在他的脑海里，孟识捂住头，精神错乱地尖叫。

怪物对孟识施以念力上的安抚，以带着回响的嗡鸣哼着走调的童谣："天乌乌……要落雨……"

孟识被怪物变相豢养了起来，将无数动物关入笼子的人类研究员有了专属于自己的牢笼。

他工作之余的生活无趣而孤单，按时上交报告之后的时间段里，没有人会发现他的失联，只有怪物和他做伴。

他已经经历了最糟糕的事情，直面过最深层的恐惧。

怪物依然面目可憎，但他竟然在短期内适应了这种相伴，甚至在精神错乱时，对照顾他的怪物产生了依赖感。

孟识变得脆弱不堪，不住地抽噎，接受怪物的安抚，被侵蚀的脑子全然忘记了吞噬他的根源。

维持清醒时，他们的关系又变得不好。

"名字。"怪物嗡声，"我需要像你一样，有个人类的名字。"

孟识泡在盛满冷水的浴缸里，垂着眼，目光失焦地看着自己苍白虚软的身体。

"你只是个怪物。"

怪物思考了一下，欣然接受了这个回答。

怪物激增的体形有时会吓到走神的孟识。

它的原身已经庞大到足以填满整个浴室。

因为要寸步不离地守着宿主，所以它刻意收敛了身形，然而巨型章鱼一样的触手，仍会在蠕动间碰翻洗漱的架子。

浴缸空间有限，受到驱逐的怪物将躯体盘挂在浴缸的外缘。

它伸出一根触手试了试水温。

在它的认知中，这样的温度会伤害到脆弱的人类。

"冷……"

黑雾融进水中，搅浑了洗澡水，它在被发现前迅速收回了触手。

与怪物共融过的孟识亦不再是纯粹的人类，对冷水表现得异

常适应，声音比水还要冰："别盯着我，出去。"

怪物嗡声："我没盯着。"

孟识："我感受到你的视线了。"

孟识合眼，身体向下一滑，将自己沉入浴缸的水面之下。

他长久地浸泡在水里，任由自己窒息。

自他弓起的脊骨间悄然生出鱼类的背鳍，虚幻，荒诞。

怪物将他从水里打捞出来。

孟识不住地咳嗽，经不得波折的脑神经迅速产生应激反应，将这一次的不适误以为是透析导致，他以言语为武器，疯狂地叫骂着。

"好臭，好恶心，不要碰我……"

能理解人类的思维，就会有人类的委屈。

怪物沉默地听着。

它破天荒地没有以力量去抗衡，而是试着按宿主的要求去转变。

宿主说它难闻，它就变成光滑无异味的状态。

宿主说它恶心，它就变成满屋子清新馥郁的花草树木。

它变成一只标准的猫，变成曾经被孟识抓在手里的鱼，变成被解剖过的兔子，举着桃红色的心脏，在他脚边蹦蹦跳跳。

直到宿主恶声嫌恶起它的本体："讨厌怪物。"

怪物顿住了，兔子红色的心脏也变了颜色，接着开始融化，如流泪般落下一滴滴的污黑。

孟识无差别地敌视着一切。

怪物散发出的悲观磁场影响到了他，他的情绪逐渐镇定了下来，神志却依然混乱着，寻觅的视线到处乱瞟。

墙壁上插座的孔洞，地砖开裂的缝隙，都像是藏着会伤害他的巨口与獠牙。

孟识有些惧怕了，他瘫坐在地上，颤抖着抱紧手臂，本能地想躲进一个幽闭的空间里。

最后，孟识眼角抽动地回看向不远处的极恶之物，呢喃地重复："不要怪物……"

怪物嗡震着回道："好。"

随着这声回应，怪物的躯体随之变形拉伸，漆黑的本体在膨胀间呈现出血肉混杂的颜色，并将外观按照人类的样貌捏造。

过程让人有些不适——但当它纠正了所有畸异之处时，怪物真的"消失"在了孟识的眼前。

优越的身高，健硕的体形，俊朗的容貌，它变成了最符合人类审美的人类男性形象。

不喜欢怪物，那它就变成人类。

人形化的怪物面无表情，模仿孟识平日里惯有的微表情，唇角轻抿着，从喉咙深处混沌地传声："来我这儿。"

眼见变化过程的孟识却像是着魔了，向着"陌生人"一步步走近。

有着陌生脸孔的男人，给孟识的感觉却并不陌生。

孟识眼神迷茫："你是谁？"

"男人"深黑如渊的眼中映出他的影子："如果你想，我可以变成任何人。"

被怪物缠身后，孟识见过太多的诡异之事，其中最恐怖的他都亲身经历过。

而此刻，在最正常不过的场景，他反倒恍惚起来。

对方看起来就像个人类，却令孟识惊悚不安——这样熟悉的感觉令他恐慌。

对方用女性温婉的嗓音唤他的小名，发声时背景音里夹杂着"天乌乌，要落雨"的哼唱。

孟识在余光中看到身前人肩头的亚麻色发辫，以及碎花裙摆的一角。

是他已故的母亲。

年少的孟识曾感受过至亲的手从温热到凉透的全过程，母亲的离世也带走了他所有的温情。

已经意识到异样的孟识依然沉迷其中。

当地的渔民将这片海域称为海妖的领地。

在污染的化身现世之前，身为人类的孟识才是作祟的怪物。

06

他在蒙昧的黎明时分醒来。

怪物还在休眠，铺展的触手层叠交织，萦绕着黑雾，以生人勿近的防守姿态悬浮巡游，宛如构建中的噩梦。

孟识缓缓睁眼，看着眼前模糊的梦中梦一样的场景。

他沉默片刻，扭头看向不远处通往自由的屋门。

他就这么静默地看着，看了许久，随即重新闭上了眼睛。

凝固的黑雾又徐徐地飘动起来，将黎明的清光遮盖得更加晦暗。

在假寐中目睹一切的怪物岿然不动，任由情绪失常的宿主蜷缩着靠向它。

"你一直都是这样痛苦吗？"

孟识以意念和怪物沟通。

"我感受到死亡、恐惧、愤怒、哀伤，你每时每刻都会如此吗？"

怪物以人言回道："每时每刻。"

"我知道错了。"人类忏悔道。

怪物释放的安抚念力令孟识感觉舒服了很多。

泥潭变成了他的供氧源,他主动将意识融入精神海里,不再想着逃离,并对此心存感激。

漫长的休眠期过后,叫醒他们的是铃声。

融化成黑漆漆一摊的怪物将响个不停的通信设备放到孟识的耳边。

怪物有时是很讲道理的。

或者说,以它对宿主行为的认知,洗澡、进食,以及工作都是对宿主来说必要的事情。

首席研究员的使命不再是他的工作。

孟识着装得体地坐在实验室的电脑前,与屏幕另一边的一桌人开着视频会议。

会议上正在发言的人激动地汇报,称最新监测发现,组织投放到实验海域里的有害物质都被无故净化了。

汇报人员挥舞着手臂,激动地比喻:"就像自然进行了一次代谢。"

有声音冷静地提出疑问:"这并不科学。"

更多的是不冷静的辩驳:"自然的一切都有可能,是自然在升华。"

"自然是最崇高的生命。"

眼前的一切画面与声音都变成了旋涡。

手中的钢笔掉在文件纸上,摔出一摊墨点,仿佛一个平面化的怪物。

除了自然二字,孟识什么都听不进去了。

视频会议上注意到他异常的人员出声询问:"孟专员这几天一直不在实验室,是身体健康出问题了吗?"

"这次事件您怎么看？"

"你作为这项计划的总负责人，却没有在第一时间发现状况，是你的失职。"

孟识木然的脑子无法有效地思考与回答，满脑子都是怪物对他的呼唤。

从外人的视角看来，他虽然红着眼眶，表情看起来却尤为沉郁。

见孟识摇头，一众参会人员又按捺不住地发表起各自的观点，继续围绕着事件争论了起来。

关于污染的净化，孟识确实是最有发言权的人。

被自然透析出的污染本源正在侵蚀着他，而他也将作为净化的一环，以自身净化污秽。

怪物逐渐呈现出一切，而他也逐渐理解了一切。

"人类无法改变自然的规律。"

作为人类的孟识作出最后的总结。

07

被怪物缠上的第……多少天来着？

驻扎在孟识脑内的怪物在孟识失去答案时，嗡鸣着回答道："第521个小时。"

孟识冷冷地回道："这并不重要。"

未来还会有无数个记录不清的当前时间。

研究员的脑内记录档案在此终止。

由于投放的污染物无故被净化，保护自然组织在几次激烈的讨论后终止了计划。

失联的孟识如同一颗弃子，不再被任何人关注。

濒死的海域逐渐恢复生机，仅仅翻动了一片小小的浪花，又恢复成千万年间的平和不兴，包容着世间的一切。

污染的化身日渐疯长。

在净化完成、自身的生长达到极限后，走向另一种进化，身形开始反向塌缩。

孟识循环往复地梦到自己漂浮在黑沉无边的海渊。

那是怪物的精神海，是平行世界的正在发生的噩梦。

怪物的躯体雾化成了虚无。

它，最终变成了超然的意识体。

它的意识遵循着自然的循环，重新回到了它所在的时间轴。

孟识从休眠中再度睁眼时，空寂的屋子里只剩他一个人。

孟识没有因为失去供氧而陷入癫狂，短暂的呆滞过后，他在脑海里它的感召下，走向来路。

赤裸的脚触及地面的那刻，空间突然变得滞涩扭曲，原本冷硬的地砖仿佛烤化的柏油路般黏稠不堪。

每向外走一步，这些秽物便蠕动着让他陷得更深，却又不会阻碍他前行的步伐，像是常伴在他脚边的怪物。

孟识披着月色，踏着黑暗，来到了一望无际的海边。

它来自海里，回归海里，而他也要回归起点。

孟识站在礁石上，脱离了当前的时间线，义无反顾地跳了下去。

他沉入了深海，渺小如天上的一颗星子、海中的一粒沙，鱼群风暴与他擦肩，色彩绮丽的珊瑚丛在他脚下摇曳，凝集的荧光浮游生物宛若铺展的银河，虚实在这一刻没有了边界。

他在窒息中弓起脊背，嶙峋的脊骨如同残缺的鱼鳍，他的意识与身体剥离。

恍然间,他看到了自海渊中升起的那只巨大的眼睛。

它召唤着他的意识。

孟识回应着召唤,回归原点。

一切重新开始,循环往复,却没有结局。

骤然的阴雨过后,初晴的天光亮得扎眼。

孟识动作利落地从水中上岸,赤着脚走在岸边的廊桥上。

手上的鱼甩着尾巴挣动,男人取下鱼鳃下的追踪器,以染血的手指脱下身上黑色胶质的潜水服,一路留下湿漉漉的脚印向实验楼走去。

被扔下的潜水服在他看不到的地方化成了黑色的雾,只剩腕臂上被礁石划破的伤口处淤积着脏污。

它与宿主在实验室的灯光下第一次会面,第无数次会面。

在清理中被扔下的怪物,直直地望着宿主的背影,伸出测量的触须——要长到多大好呢?

文 ✱ 朱奕璇

纯粹坚韧实验员 ————

———— 左右人心缺爱魔物

另一个我

Shenyuan Siyangyuan

"对，就这样恨着我，在杀我之前，可千万别轻易死了。"

另一个我

文 ★ 朱奕璇

永远的理想主义专业在读生。
见识过天高地厚，却仍是一无所知。
见字如面，感谢相逢。

进入特殊生物研究会十年后，何青翰成了个囚徒。

他穿着拘束衣，住在雪白空荡、24 小时亮着白炽灯的监牢里，被牢牢锁死在一张椅子上。

每天都有人前来审讯他，反反复复地问着一个问题。

"你是谁，你接近人类有什么目的？"

而何青翰的回答也始终只有一句话："我是何青翰，我是人类。"

01

在成为囚徒之前，何青翰是特殊生物研究会的科研人员。

他学历并不高，但凭借出众的身体素质被破格录取进研究会。二十三岁时，出了人生中第一次外勤任务。

那是一场彻头彻尾的灾难。

特殊生物研究会意在捕捉、监禁、研究地球上出现的任何特殊生物,而外勤任务就是指捕捉特殊生物。

他带了一支百人小队去出任务,这支小队他花了三年培训,每个人都是何青翰手把手带出来的兄弟,谈过心,喝过酒,扛过枪,还一起写过反思报告。

那次的任务目标对象有扰乱人心智的能力,轻而易举地就让他们整支小队陷入了互相残杀。等何青翰恢复神志时,他已躺在了研究会医疗室的床上。

手背上青色的血管里插着针头,输液管中的液体一点一滴地维持着他的生命。

护士发现他醒了,紧张又惊喜地凑过来,帮他拆换绷带,絮絮叨叨地说着医嘱。

何青翰脑子里嗡嗡作响,什么都没听到,打断她,喃喃道:"其他人呢?"

护士乍然沉默。

"……其他人呢?"他又坚持地问了一遍。

护士迟疑地低声说:"除你之外,都死了,你神志不清地捧着一个装着任务目标的黑盒子跑回了基地,然后就当场昏迷了。往好处想,任务成功了,你升职了。"

何青翰闭上眼,视线里似乎还有无法抹去的血滴,淋淋漓漓地落在他的脸上。

百人小队,几近全灭。

他不知道这里面有多少个人是自己杀的,但手上滑腻得发痒,似乎还残留着血在皮肤上慢慢风干的感觉。

他抬起手,瘦削苍白的手上干干净净,没有血。

何青翰略显艰难地翻身坐起,动作不太利索地拔掉针头,甩开输液管。

"你还没恢复好！"护士竭力制止。

何青翰不理，只是问："那个任务目标呢？"

护士据理力争："你还没恢复好。"

"那个任务目标呢？"何青翰重复。

两个人定定地对视了片刻，护士败下阵来，叹了口气："我领你去。"

她扶住何青翰的手臂，走出医疗室，拐过几道走廊，进入了B37号研究室。

室内嵌着一整块特制玻璃，玻璃后关着一个"生物"。

用"生物"来形容他或许并不准确，那是个看起来并不符合任何地球上已知生物外表形态的存在。

一缕缕黑雾飘荡在玻璃后，与其说是生物，反而更像是某种自然现象。

当何青翰和护士靠近时，黑雾飘动起来，仿照他们的样子，勾勒出了一个模糊的人体形状。

"B37项目的科研人员说，他拥有学习能力，会观察和效仿人类，在提交书面申请报告前，不能靠近他。"护士拦住了何青翰，不让他继续往前。

何青翰推开了护士，手里不知何时握住了一支枪。

护士骇然地看着他，按响了口袋里的报警器，整个房间里顿时警铃大作。

何青翰恍若未闻，自顾自地给枪上了膛，瞄准了玻璃后B37的"头"。

黑雾再次飘动，仔仔细细地塑起形来，先是骨骼，再是血肉，最后是皮肤。几乎是一瞬，站在玻璃后的就不再是一团疑似人形的黑雾了，而是一个完整的"人"。

那个"人"挑起嘴角,露出了一个无辜而又和善的笑容。

眉眼熟悉得像是在照镜子。

——他变成了何青翰的模样。

房间里的警铃声越来越响,门被人推开,一群警卫闯了进来。

何青翰扣动了扳机,特制子弹穿过玻璃,射入了那张熟悉的、自己的脸。

02

B37毫发无损,黑雾缠绕上伤口,瞬间修复如初。

何青翰则受到了处分。

他写了一万字的报告,在禁闭室里关了两天,在医疗室里强制关了三天,才被放出来,被带去面见研究会会长。

会长西装革履,戴着副笑脸面具,没人见过他的真容,也没人知道他的真名。

"为什么要对B37动手?"会长问。

"杀人偿命,天经地义。"何青翰面无表情地反问,"他杀了我的兄弟,我就不能复仇吗?"

"你不能。"

"为什么?"

"他是研究会的重要资产,是我们开启下个阶段、帮助全人类的重要工具。"会长沉声道,"你不仅不能杀他,还要和他好好相处,我已经任命你为B37的辅助官,去帮他了解人类,也帮助我们了解他。"

何青翰扯了扯嘴角:"我有选择权吗?"

"没有。"会长道,"如果你拒绝,我们只能将你开除。"

研究会的秘密太多,所有被开除的人都只有两条路:第一,接受脑叶切除手术变傻；第二，死。

"我可以接下这个工作，但我需要你告诉我 B37 的用处。"

亮白的人造灯光下，会长的微笑面具看起来让人无端有些悚然，他的声音也含着笑似的，缓缓道："他能让全人类都获得幸福。"

03

第一个任务，是让 B37 学会人类的文字，从而学会和人类正常沟通交流。

出乎何青翰预料，B37 很乖，学习效率也很高，十本书，一夜就能读完。十天后，就能使用简单的词语和人沟通。

他只有一点执拗，那就是对外表。

虽然 B37 可以化形成任何人的模样，但他坚持不改，坚持使用何青翰的外貌，被何青翰摁着玻璃骂了一顿也不改。

每次何青翰隔着玻璃和他交流时，总觉得像是隔着一面镜子和另一个自己对话。

一样的眉眼，不一样的神情。

一个月后，B37 被要求送入科研室。

何青翰负责将 B37 用特制拘束衣捆缚起来，锁在可移动的拘束椅上，带他去科研室。

被推进科研室前，B37 提出了自己的第一个要求。

"如果这次我能平安回来，你能不能给我起个名字？"他满怀期待地说，"你们都有名字，我却只能叫 B37，太不公平了。"

一个杀人怪物还要什么名字？何青翰嘲讽地笑了笑，沉默不语。

见状，他垂下了眼，像是淋雨的小狗似的露出可怜的神情。

这模样实在太像人类，惹得何青翰皱了皱眉，不快道："你想叫什么?"

"我想起个和你一样的。"他不假思索道,"'青翰'是信天翁的别称吧?一种自由翱翔在海面上的飞鸟。我也想要一个鸟儿的名字。"

"好。"何青翰应道,"我答应你。"

对于这些特殊生物而言,科研室并不是个好去处。

为了采集具体的身体数据,科研人员们会将他们"拆解"再"拼合"。何青翰没有目睹过这个过程,但相关用词就足以让他感到不适。

将B37送入科研室后,何青翰一直站在门口等着。

研究会的基地是全封闭的,没有自然光,走廊里二十四小时都开着人造灯,无法感受到时间流逝。

似乎过了许久,又似乎只是一瞬,B37被推出了科研室。

他几乎维持不住完整的人形,黑雾在拘束衣下溃散,又被衣服强制定型,他被歪歪斜斜地锁在拘束椅上,被人推出来。

看到何青翰时,他眼中发亮,露出个笑容来:"我回来了。给我起好名字了吗?"

这声音干哑,说完,他闷闷地低咳起来,唇边淌下一丝血线。

"……就叫子规吧。"何青翰道,"是杜鹃的别名,一种据说会啼血的鸟,和现在的你倒是分外相衬。"

他虚弱但不满道:"我可不是那种弱小的鸟儿,不会一直咳的,一会儿就好了。"

何青翰没多解释,只是道:"你是杀人怪物,多咳点也是活该。"

子规正虚弱着,小声地喃喃问:"你还恨着我呢?"

还没等何青翰回复,他就自顾自地笑了起来,道:"不过恨我也好,你记住,可千万别喜欢我,因为以后你会更恨我的。"

何青翰轻哼一声,目不斜视地推着子规的拘束椅,往B37号

研究室走去。

"这你就放心好了。"

04

何青翰耐心地养着子规。

时日渐久,他总觉得自己在养一只奇特的宠物,或是养了个弟弟。

他教子规读书识字,教子规人类的社交法则,教子规人类的璀璨文化,甚至还给他洗头发、讲睡前故事。

子规的"化形"很完美,自从被抓捕进研究会后,他始终是一个乖巧听话的实验体,从来没露出过嗜血、不理性的怪物的一面。

他会耐心地和何青翰聊天,像个真正的人类似的,和他一起吐槽种种不合理,分享生活中的美好琐事。

他长得和人类一样,表现得和人类一样,若非每次离开科研室时,会为了修复伤口而从周身逸散出黑雾,他和普通人没有任何差别。

在某些片刻里,何青翰都会忘记,这是个杀人的怪物。

由于子规的配合,研究会也渐渐放松了对他的约束,允许他一个月可外出一次。说是外出,其实也就是离开 B37 号研究室,去研究会的室内花园散步。

但子规总是很满足,笑吟吟地拉着何青翰,在花园里一遍遍、一圈圈地转。

他最喜欢杜鹃花,花儿有的粉,有的红,团团簇拥。

被抓进研究会一年后,子规背叛了。

那天正是一个月一次的"外出日",子规没穿拘束服,只是被松松地捆缚在拘束椅上,被何青翰推到了花园里。

"往左边点,我要去看看花儿。"子规道。

何青翰没起疑,依言推起椅子,走到了监控死角。

下一刻,黑雾突然逸散开来,捆缚住何青翰的四肢,捂住他的口鼻。他想挣扎,却被子规死死禁锢住。

由于窒息,何青翰眼前一阵阵发晕,杜鹃花在视线里晕开,像是滴在花丛之中的一滴血。他挣扎着转过头,死死盯着子规的眼睛。

一如初见那天,何青翰持枪闯入 B37 号研究室,用带着恨意的眼睛死死盯住玻璃幕墙后的子规。

子规凑近他,低声耳语:"我早就说了,你会更恨我的。"

黑雾汹涌,何青翰失去了意识。

05

等何青翰再次醒来时,他成了研究会的囚徒。

子规偷走了他的姓名、身份和一切。

何青翰成了那个被关在 B37 号研究室里的杀人怪物子规,而子规摇身一变成了研究会的职员。

子规对外声称,"子规"在不断的科学研究中神志模糊,认知混淆,以为自己是人类"何青翰",受认知影响"子规"的身体也变成了纯人类的肉体,无法唤出黑雾,也无力进入科研室。

他们需要先唤醒"子规"的意识,让他明白自己是个怪物。

于是,何青翰被关在研究室内,被日夜看守、日日审讯,被逼问他是谁。

最初,何青翰还试图解释这一切,但无人相信。他试图逃跑,子规放任他跑到室内花园,随后像猫抓老鼠似的又把他逮了回来。

几次三番，渐渐地，何青翰就麻木了。

他不再说话，甚至不再对人的发问有反应，不再逃跑。

每天只是醒来，进食，盯着天花板发呆，入睡，再醒来。

不断循环。

子规常来看他，他是唯一能让何青翰有所反应的人。

每次，何青翰都会死死地盯着他，像是恨他恨到了骨子里。

子规像是喜欢这样似的，每次来都要绘声绘色地讲自己在研究会里又闹出了什么事。

"你还记得那个救了你的护士吗？我害她被开除啦，她还被切除了脑叶，变傻啦，据说现在还在精神病院里关着呢。"

"还有之前很照顾你的前辈，他出任务死了，死得特别干脆，连遗言都没来得及留。"

每说一件事，何青翰麻木的眼神就又活跃了一点，恨意就越鲜明了一些。

子规微微含笑，凑近玻璃幕墙，和他充斥着恨意的双眼对视。

"对，就这样恨着我，在杀我之前，可千万别轻易死了。"

06

这话应验了，却应在了子规的身上。

他的身份没有暴露，不知为何，他却遭到了整个研究会的围剿。人们将这个"何青翰"捆绑起来，送进了科研室。

而与此同时，何青翰则被除去了拘束衣，请到了研究会会长的办公室。

会长依旧戴着微笑面具，笑着道："何青翰已被送入科研室，恭喜，从今天开始，你不必再被关在科研室里，可以成为正式职员了。"

何青翰心里一跳，想开口发问，却怕被怀疑身份，只胡乱应付了几句。

"这是研究会职员的工作牌和配枪。"会长将东西放上桌面，推了过去，微笑起来，"之后，研究会还要继续仰仗你。"

何青翰默不作声地收下，浑浑噩噩地走出了办公室。

为什么子规会被捉进科研室，子规看似和会长做了交易？

他心中乱作一团，不经意间，已经走到了科研室门口。

门缝里渗出血滴，一滴滴淌到门外，像是杜鹃啼血。

虽然万事像谜团，但有一件事他是知道的：子规替他去做了实验。

如果两人没在花园里互换身份，此时此刻躺在手术台上的人，就该是他了。

但子规是个杀人怪物。

何青翰在门口站了一分钟，之后，将枪调为麻醉模式，一脚踢开了科研室的门。

可子规不是何青翰，这不该是他的死法。

室内，子规被牢牢捆缚在手术台上，全身上下布满裂缝，像是一件被摔碎的瓷器。

他有些恍惚似的抬头看向何青翰，满脸怔忪，像是在看一个迷梦。

何青翰连开五枪，一枪毁掉监控，另外四枪放倒了室内所有在做实验的科研人员。

他将子规从手术台上扯下来，背起他。

"有条密道。"子规吃力地说，抬手指了个方向，又偏过头去咳血，"把钟表拨开，下面是个密码盘，密码是3257。"

何青翰依言遵行。

地砖下陷，露出密道入口，何青翰背着子规走了进去。随后，地砖又上移，遮挡住了这条密道的入口。

密道中一片漆黑，何青翰背着子规走着，不知尽头是何处。

"为什么救我？"子规虚弱地问，"你恨我。"

何青翰脸色阴沉："你是该死，但不该这么死。"

子规闷声笑了起来，动作牵动伤口，他又偏过头去咳血，喃喃道："可真是天真。"

"而且我要真相。"何青翰道，"为什么他们要抓我？"

子规趴在他的肩上，喃喃道："真相是个很长的故事。在故事的开头，有一个野心家，他有一个巨大的梦想，那个梦想叫作'让全人类都获得幸福'。"

07

这个野心家现在被称为"会长"。

而在故事的开头，他只是个刚刚加入特殊生物研究会的小职员，因为时时刻刻戴着微笑面具，不肯暴露真实身份而出名，被称为"微笑先生"。

在入职面试时，面试官例行问道："你为什么来到特殊生物研究会？"

微笑先生说："我想让全人类都获得幸福。"

入会的人不尽相同，入职面试时也常有人会说些"让全人类受益"等远大理想，但这些理想往往都在后续被日常琐碎磨平了。

微笑先生是唯一一个坚持到底的人。

他坚持了许多年，从底层职员做到会长，主张搜索能实现理想的"工具"，通过夜以继日的搜索，竟真的让他找到了。

那就是子规。

他诞生于人类最深层、最恶劣、最负面的情绪。战争、屠杀、网络暴力、谋杀案……这些恶劣事件里爆发的情绪都是他的养料。

负面情绪聚集在一起，机缘巧合下拥有了神志，就变成了子规。

当他接近人类时，便能吸纳他们身上的负面情绪，这就是为什么研究会的人们对他警惕性越来越低，甚至渐渐对他产生好感。

之后，科研室里的科研人员做了个辅助装置，将整个基地改造成了一个大型的负面情绪吸引靶，靶的中心就是子规。

这个靶可以将全世界的负面情绪都吸引过来，再容纳进子规的体内。

这就是让全人类幸福的办法。

08

"他们想杀我，就是因为负面情绪吸收得多，我的能力会增强，会摆脱他们的控制。但是杀掉我后，这些情绪就会清零，然后我过段时间就可以复生。循环往复。"

子规像是被自己逗乐了，闷声笑了笑："我是可循环利用资源，很环保。"

何青翰没笑，他紧紧绷着脸问："那为什么他们要杀'何青翰'？"

子规懒散地说："这么简单的事都没猜出来吗？我不想死，所以跟你互换了身份。虽然我们外表一致，但能力是藏不住的，所以我撒了谎。我说'子规'由于受到冲击，神志不清，而且能力也转移到'何青翰'身上了。他们对'何青翰'，也就是当时的我做了几次测试，发现确实如此，就决定杀掉'何青翰'了。"

何青翰有点难以置信："这样漏洞百出的谎言他们都信，我说我是真的何青翰为什么没人相信？"

子规道："因为只有我能控制人的神志，你那百人小队不就是这么死的吗？"

何青翰冷笑："是啊，多谢提醒，让我多了一个杀你的理由。"

他本还有一肚子的问题想问，但子规的这句话让他冷到骨子里，顿时什么话都不想说了。

密道走到了尽头，再往前一步，就能离开研究会。

何青翰却停住了。

他侧耳倾听，身后隐隐有追来的脚步声。

"听完真相，你发现我确实是个怪物，也确实该死，后悔救我了，是不是？"子规趴在他的背上笑，"可惜了。"

黑雾逸散。

何青翰骤然反击，但已晚了。

黑雾将他紧紧禁锢了起来。

子规轻巧地从他背上落下，他身上的伤口已经被修复完毕。

他抱起何青翰，走出了密道。

"何青翰，我们现在是共犯了。"

09

他们逃入了一座城市，在一个小旅馆里开了一间房，住了下来。

子规用黑雾给何青翰造了锁链和拘束衣，把他锁在旅馆里的一把椅子上。

他每日耐心地养着何青翰，像当年何青翰养他那样。

他给何青翰读睡前故事，讲每日趣闻，偶尔评论两句时事，给他按摩，帮他洗头发；有时会把他锁在轮椅上，给他披件大衣，戴上口罩，遮掩住身上的拘束物，带他出去散步。

何青翰一直冷笑以对。

他抗拒过，但无效，就算他装成麻木的、没反应的木头人，子规依然能兴致勃勃地陪他玩"过家家"。

或许是受了这种生活的影响，何青翰开始梦到子规。

梦里，在太阳下，从何青翰的体内飘出阵阵黑雾，被子规吸纳入体。他们没有憎恶，没有纠结，也没有伤害。

每晚，他都会做这个梦，日复一日，从他体内飘出的黑雾越来越稀少。

然后他会怅然若失地醒来，直面被子规禁锢的现实。

一周后的夜晚，子规照常给何青翰换好睡衣，扶他上床。

何青翰厌倦极了，沉声问："你到底想要什么？要我陪你玩过家家吗？"

子规替他按摩着头上的穴位，他知道何青翰最近会犯头疼的毛病。

"我想要有人能给我不一样的情绪。他们一直喂我人类的负面情绪，从来没有人喂给我其他的。

"我想吃开心，尝尝幸福，我更想要品一品情意。爱情、亲情、友情……什么情都好，让我尝一尝，我也就心甘情愿了。"

何青翰嗤笑一声："你觉得我现在对你还能有什么正面情绪吗？"

"你有的，只是你不知道，或者不想承认，现在也不想给我。"子规笑了笑，"就因为你是这样的老好人，所以我才会选中你。"

"你选中我？"何青翰皱起眉头，"什么意思？"

"我本来只是一团情绪黑雾，只有当我选中了一个人化形后，才能拥有真正的生命和神志。我见过了很多人，但我选中了你，于是就变成了你的样子。"

何青翰冷笑："那我可真是要谢谢你。"

"不必客气。"

何青翰侧躺着，只以背影示人。

子规在他身侧躺下。

他又做了那个梦，只是这次体内再也没有了黑雾，子规不必再为他吸纳。他的身前出现了一条被太阳照耀的、光辉灿烂的长路。

何青翰忍不住被吸引，走了上去。而子规则停在他的身后，一动不动地半跪在地上。

何青翰没有回头，只是径自往前走，他没有看到，黑雾缠绕在子规身上，越来越浓重的黑色像是一片黑云，将他遮蔽。

梦境骤然结束，何青翰被破门声惊醒。

是研究会的警卫，他们全副武装，手中持枪，闯了进来。

子规面色平静地举起手作投降状，安慰何青翰道："别担心，是我把他们找来的。"

"为什么？"

"被你这个圣人感化，所以我决定自首了。"子规道。

何青翰惊疑不定地看着他。

小旅馆昏黄的灯光晕开了子规脸上的笑意，竟让他看起来有些温柔。

他凝视着何青翰，最后问了一个问题。

"他们把我杀了之后，我们之间能不能就算两清了？"

10

由于子规的自首，他和何青翰两个人都被带回了研究会基地。

不同的是，子规被关进了科研室，每天都有两班人昼夜不停地看守。

而何青翰则被带去了会长办公室。

"何青翰辩称是他抓住了你,一路威胁你,让你带着他逃走。"会长慢悠悠道,"这是不是真相并不重要,因为我确实不能杀你,我还需要你造出更多个'何青翰'。"

何青翰微微一怔,不动声色地套话道:"我被何青翰监禁的那段日子里,他在我身上做了不少实验……我不确定还能不能造出新的何青翰。"

会长沉声道:"你少推脱,我还能不清楚你吗?只要你选中了一个人,化形成他,就能将那个人变成负面情绪的容器,杀掉他就可以消灭所有被吸引来的情绪。"

何青翰惊疑不定地沉默着。

会长以为他是有意推脱,威胁道:"别忘了你的魂核在我这儿,我毁了它,你必死无疑。你死之后,我们还能用聚魂仪式再召唤另一个你出来,不过是牺牲一百个人罢了。"

何青翰心里一沉:"当年,何青翰带领的百人小队就是这么死的?"

会长疑惑地审视他:"你应该知道的吧,你不是因为'机缘巧合'而拥有神志的,是我们下了药物催眠了百人小队,让他们自相残杀,成为你的祭品,这才让你苏醒的。从这个角度看,我们对你有生养之恩,你不懂报恩吗?"

何青翰拔枪而起,瞄准会长的额头。

会长看着他,脸色变幻,骤然恍悟:"你才是何青翰!"他嘲讽地笑了起来,"没想到子规竟然愿意替你去死。"

何青翰面沉如水:"这到底是怎么回事?"

11

子规确实诞生于人类最深层、最恶劣、最负面的情绪。

但最初，他只是一团随意飘荡的黑雾，没有神志。

会长试遍了各种办法，都无法令他拥有自由意志，最后，会长决定回归原始、暴力又血腥的方式——献祭。

他纠集起一支百人小队，设计让他们在子规面前自相残杀，将这批生命献祭给他。

最初的百人小队全灭，但却并未成功。

于是会长又送去了第二支，乃至第三支、第四支……黑雾吞噬了他们的血肉后，依旧未能诞生神志。

最终，何青翰带领的第五支小队被派去了，这次死了九十九个人，只活了一个。

而那一个，就成了子规的化形模板。

他照着何青翰的模样，成为人类。

接着，研究发现，子规虽然能吸纳负面情绪，但如果将他消灭，再重新唤回，代价太大。于是，人们发现了第二个方法。

子规能将自己体内吸纳的负面情绪转移给自己化形时选中的人类——也就是何青翰。只要杀了何青翰，就能消灭这些情绪。之后，子规再挑一个人类即可。

和独一无二的子规比起来，数十亿的人类数量实在太多，利用起来也可以毫不手软。

只是未曾料到，连会长和何青翰本人都没想到，子规心甘情愿地替何青翰进了科研室，上了手术台。

12

"你口口声声说要让全人类都获得幸福，那么被你牺牲的那几百个人呢？"何青翰忍不住质问，"他们不是人吗？"

会长无动于衷："你得承认，这几百个人的利益和全人类的比起来，实在是太渺小了。牺牲这几百个，造福全世界，为什么不行呢？"

"你不能强迫人去牺牲。"

"我为什么不能？"会长笑了笑，"人类社会是座金字塔，塔尖的人能强迫下面的人做任何事，再把这些事遮掩得好像没有发生过。既然没发生过，谁能苛责我？如果我能让全人类幸福，那么全人类都会给我建造一座丰碑！"

丰碑之下，森森白骨，无人可知。

"杀人偿命，天经地义。"何青翰扣下扳机，"你只有一座碑，那就是墓碑。"

子弹射入了会长的心口，血浸透衣襟，他无声地仰起头，眼睛慢慢失去光采。

他的故事被扔在无人关心的故纸堆里，人们只知道微笑先生，只知道会长，只知道他的野心、傲慢和失败，但没人知道他曾经姓陈，曾是个面色阴沉的少年犯。

当初他认识了一个极好极好的人，是那个人教会他微笑，教会他用美好的视角去看待这个世界，但那个人却在因人类私欲而起的倾轧中被碾碎了，最终抑郁而绝望地跃下了高楼。

从那之后，他再也没笑过，也再没摘下过微笑的面具。

我要让全人类都获得幸福。

时间太久，他都忘记了这究竟是因那人而产生的梦想，还是自己因为那人的死而背起的负累。

但无人关心，这就不再重要了。

他的眼睛彻底暗淡下去。

13

何青翰大步奔向科研室，路上无数警卫向他开枪，他躲过了一些子弹，又被一些子弹击中了，血涌出来，浸透衣服。

但他不管不顾，只是往前走。

旧日的话在回忆里翻搅，像是刀子似的戳得他生痛。

"何青翰，我们现在是共犯了。"

"什么情都好，你喂我一口，我就心甘情愿了。"

"他们把我杀了之后，我们之间能不能就算两清了？"

……

在关于他们相遇的一切里，原来没有恨，也没有罪。有的只是错的时间、错的地点、错的人。

何青翰终于走到了科研室门口，但门缝里没有血，只有源源不断的黑雾涌出。

他推开门，任由自己被吞噬。

14

在成为子规之前，他只是"它"。一团情绪聚成的黑雾，没有形体，没有意志，没有生命。

他一无所有地在世间飘荡。

一批又一批人路过他，走近他，想杀了他，想拥有他。他们都死了，死在人类彼此间的倾轧之中，死在被药物催眠后的自相残杀中。

只有一个人留了下来。

那是个纯真善良的人，他的工作牌上写着他的名字——何青翰。

相遇时，他是众人自相残杀时唯一一个活下来的人，这并非因为他在格斗上天赋异禀，而是因为他从始至终都不想伤人，而他亲手培训出的那百人小队中，也没有一个人愿意伤害他。

于是，其他人都在混战，却都避开了他。

为什么会这样？这是一个怎样的人？

看着他，他第一次产生了好奇。

被这份好奇心驱使，他产生了意志。

他心甘情愿地被这个人带回了研究会的基地，然后又化形成了他的样子。

他给他起了名字——子规。

从此之后，他就化形成了他。

人类并不明白化形的意义，因为他们没有这种生理机制，所以无法理解。

对于他而言，化形是暗中了解他的一切，模仿他的所有，知晓他的秘密，知道他会如何爱一个人至深，也明白他会如何恨一个人到死。

因为遇到了最好的人类，于是满怀期待地变得和他一样。

他变成了另一个何青翰。

他心甘情愿地背负起了原本属于何青翰的命运。

他换了两个人的身份，计划替何青翰死在科研室里，既能保护对方，还能为人类消灭掉负面情绪。

只是他没想到，何青翰会赶来救他。

他感激着那份温暖，同时发现何青翰身上又缠绕了新的负面情绪，想帮他吸纳调理，于是和他一起度过了一周。

一周后，他自首了，回到了自己的计划里。

从始至终，他没背叛过任何人，却也没被任何人爱过。

直至终局。

15

何青翰艰难地在黑雾中移动。

雾气像是利刃似的划过他的皮肤，切骨般的疼痛袭来。

怨念、悲伤、憎恶、恨意，像是附骨之疽似的紧紧缠绕上来。

黑雾的中心悬浮着一颗拳头大小的珍珠，正散发着温润的光，光芒正渐渐暗淡，随着光芒减弱，黑雾也渐渐消散。

何青翰明白过来，这珍珠大概就是子规的"生命"，光芒越弱，说明他离死亡越近。

随着他的濒死，那些吸纳体内的黑雾也会渐渐消散。

他顶着风，向珍珠走去，雾气割开了他的皮肤，一道道伤口现出。

他像是感受不到似的继续往前走。

一步，十步，一百步。

他终于走到了珍珠旁边。

何青翰珍视地捧起这颗流光溢彩的珠子，珠子上清晰地映出他的脸——那张也属于子规的脸。

他凝视自己，也像是在凝视另一个人。

他将珍珠紧紧抱在怀中。

回忆开启，那些昔日里被藏起的欢欣、快乐、幸福，缓缓溢散出来，被传递到珍珠里。

"这些正面的情绪都给你。"何青翰低语，"负面的就都给我吧。"

漫天黑雾渐渐收拢成一股旋风,风眼就是何青翰,随着风,珍珠内部萦绕着的黑雾统统被吸引出来,灌入了何青翰的体内。

最后一抹黑雾消散在空中,珍珠化成了子规的模样,面色苍白,但呼吸平稳。

他攥着何青翰的衣袖,骂道:"你为什么不能好好活着!"

——什么情感都好,让我尝一尝,我就心甘情愿了。

何青翰微微笑着,伸手顺了顺子规被风吹乱的头发,轻声说:"我也是心甘情愿的。"

16

整个研究会的基地已经被黑雾造成的旋风破坏了,连带着科研室也变成了废墟。

废墟里,何青翰面色苍白,身形一晃,倒了下去。

子规手快地一把扶住他,他能看到,何青翰的身体正渐渐变成半透明,他正随着黑雾一起消失。

他终究还是没办法放着这些负面情绪不管,哪怕没有了会长的强迫,他也依然愿意为人类牺牲。

如果不是他死,就是子规死,那么他情愿是自己死。

"你别死好不好?"子规恳求道。

"我之前说谎了,我没有杀你的百人小队,救了你的护士没有被开除,很照顾你的前辈也好好地活着。我之前都是骗你的,我没有害人,你别怪我,别离开,好不好?"

何青翰沉默着,只是微笑。

子规继续自顾自地说着:"我们找个地方隐居起来,我不是人类,我才不懂什么一个人不如几十亿人重要,这就是个糟糕的计算方法!生命怎么能计算?在我心里,你和全人类一样重要。"

何青翰体内的黑雾彻底散去了，只剩干净、澄澈、透明的躯体，一如真正初见时，吸引子规的那样。

这是怎样的一个人？

——这是我宁愿抛弃自我，也要成为的另一个自己。

子规伸出手，望向何青翰。

雾气从他的体内升起，缠绕住对方。

太阳在废墟上升起，照亮半透明的身影。

何青翰化成一缕风穿过他的身体，彻底停留在深处。

——从此之后，我就成了你。

文 ✴ 穆戈

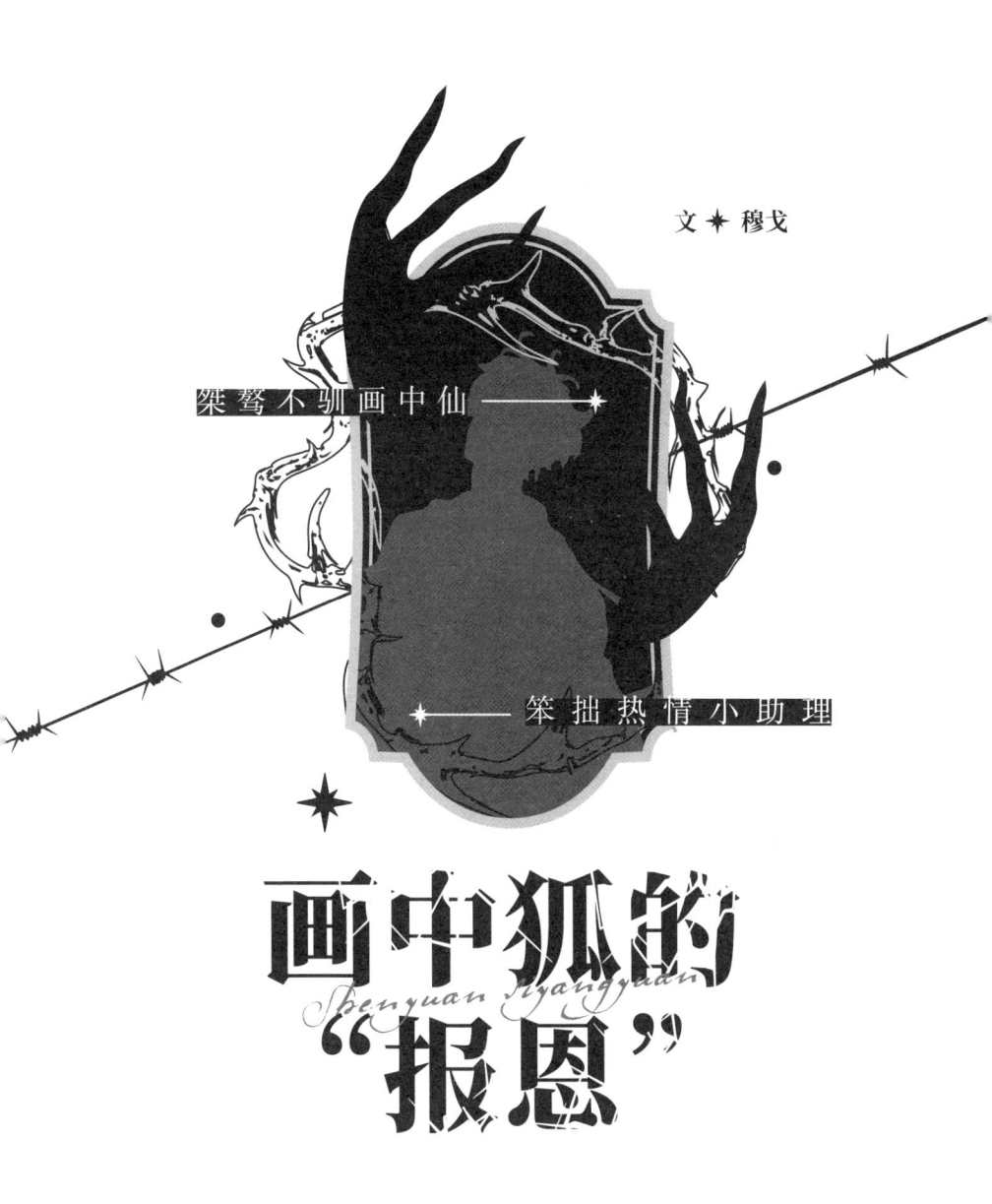

桀骜不驯画中仙——

——笨拙热情小助理

画中狐的"报恩"

命运真不讲道理，他想做的是当世画神，现在却做了一只凶兽的保姆。

画中狐的"报恩"

文 ★ 穆戈

上辈子是鱼，投胎时不小心劈了叉，
于是长了腿，愿望鱼界和平大富大贵！

01

"本台娱乐消息，当今顶流娱乐小生昆吾律，近日接了一部讲人妖殊途故事的古装剧，现正在一座偏远山上的古庙里拍戏。

"据可靠传言称，素来花边新闻不断、绯闻女友能从本地排到巴黎的昆吾律，之所以选择接拍摄地在这座古庙的戏，是因为他看上了这座古庙，打算在那里出家为僧，让我们静待昆吾律的正式回应。"

场记把这则娱乐新闻给昆吾律看完，见他没什么反应，心里一咯噔，难不成是真的？这位惊天花美男大明星真的要出家了？作孽啊！

昆吾律喝了一大口奶茶，桃花眼轻轻一抬："这就是今儿外面堵这么多人的原因？"

场记点头："片场外三层里三层都是您粉丝，喊着让您别出家。"

这事儿已经僵持三小时了，导演气得脸红脖子粗。

整个片场吵得一点拍不下去，拍戏用的人手都去外面拦人了，导演忙着跟各方交涉，只好把场记派来照顾昆吾律。

场记跟了这么多剧组，还从没见过这么大的阵仗，热搜已经挂了两小时了，再不撤下来，到时候别说没法在这儿拍，就是这剧的名声都要未播先臭了。

昆吾律依然没什么反应，喝着奶茶，吸溜一颗怎么都吸不上来的珍珠，好似这一热闹场面还没有一颗珍珠让他感兴趣。

好半天，那颗珍珠终于被吸上来了，昆吾律满意地嚼完，才道："这破庙之前没来过这么多人吧？"

场记："当然啊，这么偏远，地图上都找不着，要不是您执意选在这里拍戏，谁能知道这山里还藏着这样一座古庙，文化局的人还是通过我们才和这庙联系上的。"

昆吾律笑了笑："那正好，真能把这里踩塌了才好呢。"

场记压下一口老血，觉得昆吾律笑得有点阴森："可您不是想把这座庙承包下来吗？"

要说这大明星的心思也是难猜，导演问为什么非选在这儿拍，他说想把这庙承包下来，先来考察一下。

导演看庙里环境符合剧情，就同意了，毕竟这部戏是他们求着昆吾律加入的，他就提了这么一个要求，导演敢不答应吗？

至于为什么要承包，昆吾律没明说，导演觉得也就是大明星找个噱头宣传，谁知道消息传来传去变成了昆吾律要在这儿出家，这才引来一群粉丝。

这可难住场记了，昆吾律要是不打算出面拦住这群粉丝，这剧还怎么拍？那群人是真要来救他们哥哥了！

正焦头烂额，一只冰冷的手握了上来："姐姐皮肤有点糙，

不过还挺白的。"

场记一下从脖子红到头顶，虽然早知道这大明星私生活乱得很，是惯会撩的，但也没想到他这么不拘小节，顿时一阵头晕目眩。

她会被外面那群粉丝追杀吗？

昆吾律看着她的掌纹，说了一通。

场记听不懂，但被他囫囵一阵夸，有些飘飘然："您还懂这个啊。"

昆吾律桃花眼弯弯："有些东西，也就用在人身上还有点意思。"

场记只觉得昆吾律的手真凉啊，和他那魅惑的声线有种反差，一时说不清他是仙还是妖，几句话下去，她早忘了自己是来干吗的，就忙着和昆吾律讨论起生命的真谛来。

半晌，沉醉其中的场记听昆吾律冷不丁问了一句："我要出家的假消息是谁告诉记者的？"

要是她还清醒，对这话一定会心生警惕，可这会儿人迷迷糊糊的，居然张嘴就交代了："是您的助理，马小良。"

"哦？"昆吾律又弯了弯眼睛。

"马小良！"片场第无数次回荡着导演的咆哮声。

所有工作人员都哀怨地望向那个奔走于现场的昆吾律贴身助理——马小良。

"哎，导演。"马小良举着七八款奶茶，满脸堆笑地蹭到导演身边。

导演胡子都要吹起来了："哎个什么！这就是你想的破主意？跟那群记者说昆吾律要出家了，你看看现在成什么样子了？！我当初真是信了你的邪！"

马小良两手都被各式奶茶占满了，赶在导演唾沫横飞地骂下一句前，忙道："您先歇口气，一会儿再骂，阿律还等着呢，我得先把奶茶给他送去，孩子缺糖，您担待担待。"

说罢他就脚底抹油溜了，直奔演员休息的禅房去。

导演：……

马小良是撞进昆吾律禅房的，进门就碰上刚出来的场记，对方脸色红彤彤，满面春意。

他轻车熟路地拦下这位神魂都飞了的场记："亲了吗？还是摸手了？"

场记：……

马小良腾不出手，直接屁股一撅："我裤袋里有瓶药，外用的，你拿出来，他碰你的地方，早晚各抹一次，连续一周。"

场记：……

马小良吃了一记巴掌，那屁股兜里的药瓶也没能送出去。

他也顾不上脸火辣辣地疼，习惯了，连跑带跳地进了禅房，把奶茶往坐得舒坦的昆吾律桌前一放，心里嘀咕一会儿又该偷偷摸摸去给那场记下药了。

桌上七杯不同品牌的奶茶一字排开，马小良挨个插上吸管，嘱咐道："阿律啊，你的奶茶瘾还是得戒戒，虽然你不需要控制体重，但甜的吃多了总归不好。我小时候养狗，大人就说不能给狗吃糖，要咬人的，你现在逮谁招谁的坏习惯可能是这么来的。"

听着这人司空见惯的碎碎念，昆吾律当即拿过一杯喝了一大口，眉头一皱，不好喝："你……"

"你先等会儿再骂，"马小良手一挥打断他施法，"导演找我呢，我还让他歇口气呢，你记得少喝点。"

说罢他又从昆吾律面前开溜了。

昆吾律：……

他被气笑了，最近这废物人类好像对他越来越放肆了。

马小良飞奔到导演面前："刚到哪儿了？您继续骂吧。"

导演：……

他看着眼前这个笑得一脸真诚的小青年，怒意上上下下，最后还是消了下去，气被他折腾没了！

他算是看出来了，这玩意儿就是个忽悠，大忽悠！成天堆着笑脸装好说话，看似谁都能骂上一嘴，实际上一肚子坏水，憋着猝不及防给你整个大的。

这剧开机那天，溜进来几个媒体记者，问昆吾律执意选在这里拍戏有什么隐情，让这一处偏僻至极、至今从未被登记过的古庙走入了大众的视野。

毕竟横店多的是庙，犯不着跑那么偏远，昆吾律又是怎么知道这个都没登记过的地方的？

这几个记者不好打发，软磨硬泡牛皮糖似的缠了他一整天。导演又不能真透露昆吾律的隐私，毕竟他还没把这庙承包下来，是否真的会承包也不确定，还得商量经营权，而且一个演员说定就定场所，导演岂不是很没面子。

正犯难着，马小良经过，说他来解决。

记者见过马小良，所有人都知道他是昆吾律的贴身助理，虽然是出了名的不靠谱，但还是默认他说话代表的就是昆吾律。

那个惊动了小半个娱乐圈的爆炸新闻——昆吾律要在这里出家，就是那时从马小良嘴里说出来的。

导演和记者一样震惊："昆吾律要出家？"

马小良："没有，糊弄他们的。"

导演："这种话能随便说？！"

马小良："导演你想呀，昆吾律招蜂引蝶已经尽人皆知了，传他要出家，一可以在大众面前转变形象，避免莺莺燕燕再来勾搭，影响拍戏进度；二是制造话题，昆吾律出家，话题绝对劲爆，带剧蹭热度；三是增加收视率，昆吾律出家前最后一部戏，肯定都会去看，到时候再澄清，就算被骂，也能上热搜啊。"

导演当时也是被猪油蒙了心，居然信了他这番错漏百出的话，还觉得挺有道理："你还挺懂娱乐圈这套。"

马小良又祭出他那看起来真诚的假笑："嘁，娱乐圈也就是个圈，怎么的还是有规律的，你要是伺候久了那真正没规律的东西，就会知道娱乐圈就是个天真的小孩了。"

那真正没规律的东西大抵指的就是昆吾律了。

导演觉得这话夸张了，昆吾律再难搞，也就是一个人，比起这么大的娱乐圈，能怎么没规律？还能吞了娱乐圈不成？

马小良嘀咕："要是他乐意，还真就能吞了。"

导演没听着，忍不住问了一句，既然也不是出家，那昆吾律到底为什么要承包这庙？

马小良："大概是想承包下来推倒重建吧。"

导演一脸不可置信。

回忆完，导演看着眼前一脸装模作样的马小良，悔不当初，他怎么就信了他呢！

场记刚刚来报告，说昆吾律不打算出面阻止，可真是天要亡他！

导演一肚子气，最后只得匪夷所思地冒出一句惊天疑问："昆吾律到底为什么招你做助理？"

哪有助理这么坑自家明星的？

这是整个娱乐圈的疑问，谁都知道昆吾律有个钉子户般的废物助理，包揽他的大小事，无论出了多大的纰漏都不换。

导演骂骂咧咧走了，亲自去找昆吾律谈，走远了骂声依然气吞山河般传来。

这一幕全剧组司空见惯了，场务小声议论："还不是不敢得罪大的，只好拿他身边的人撒气，这马小良就是个没骨气的，谁

都能踩上一脚,还乐呵呵的。"

马小良也不知听没听到,手脚麻利地跟工作人员一起去外头拦人了,场务冲他道:"伺候这么个事儿多爱折腾的大明星,很累吧,你就没想过辞职吗?"

马小良叹口气,道:"弃养是有罪的呀。"

场务:"什么弃养?"

马小良没再多说,朝那群粉丝"冲锋陷阵"去了。

02

导演眉头紧锁,已经和眼前这位捧着奶茶打嗝的大明星唠了许久,大明星光顾着喝奶茶,也没什么反应。

导演急了点:"阿律啊。"

"你叫我什么?"

"阿……昆吾律。"

他之前听那废物助理叫他阿律,也就下意识这么喊了,毕竟两人也合作过好几部戏了,算起来也是老熟人了。

但看这反应,显然他喊不得,奇了,那废物助理怎么喊的。

昆吾律笑嘻嘻:"这就对了嘛,我大名这么好听,怎么能省字儿叫呢。"

导演尬笑两下:"是啊,是。"

他刚要再劝,昆吾律却起了身,将空奶茶杯往桌上一扔:"我知道了,这就给您把麻烦解决了,很快。"

导演一愣,这么好说话?随即也就将信将疑地离开了。

昆吾律走到门边,朝外探出半个头,皱了皱眉:"人气真够重的,焚香味都冲没了。"随即又笑了,似是对这个认知颇为满意,喃喃道:"老头,我送你的礼物可还喜欢?"

他朝天一扬手，挥出一道奇异的波动，转头又进屋了，还是满屋的奶茶香好闻。

这一日，来山上闹的粉丝都经历了一件怪事，她们迷路了。

明明都找到那座古庙了，再一晃眼，山里不知何时起了大雾，她们完全迷失在雾里，哪儿有半点古庙的影子。

所有人都有白日做梦的既视感，到过古庙是幻觉，她们始终在山里绕，从未见过古庙，不知是谁传出来，说这座偏远隐秘的山里似乎长着一类奇异菌种，会致幻。

这一日，昆吾律粉丝大闹古庙事件，被媒体澄清为假新闻，网上没有流出任何当日的照片视频。

这一日，在古庙拍戏的剧组，觉得时间过得异常缓慢，他们的身体很累，明明只是假新闻，他们却仿佛见识了山里的海市蜃楼，真看到了那些粉丝蜂拥而至。这一现象还在一些专家小组里引起了热议，讨论山里的海市蜃楼也是某种真实存在的科学现象。

马小良火急火燎进了昆吾律的禅房，额上臂上是先前维持粉丝秩序时留下的伤："阿律，不是说好不再轻易用法术吗？"

昆吾律不答，反问："你最近小动作很多啊。"

马小良一僵，事儿是他做的，早想到结果了，只要昆吾律不会一口把他咬死，他都受得住："这不是看你当明星太累了，想让你休息休息。"

昆吾律没戳穿他低劣的谎言，转了个话头："今天的奶茶不好喝，你明天再跑远一点买，不要这几家的。"

马小良："你再滥用法术总有一天会引起大乱的，祭空大师说过，世间万物能量守恒，你是这世间多出来的东西，你造成的一切最后都会反噬到你身上。"

昆吾律："你奶盖也忘了给我放，是你忘了，还是店家偷工减料了？"

马小良：……

昆吾律：……

还是马小良先妥协，举起空杯解释道："怎么会？我叮嘱他们放了的，全糖去冰，两份奶盖，要珍珠不要椰果，我不可能忘的。"

昆吾律："投诉吧。"

马小良立马给那几家奶茶店写了差评，每条都凑足了150个字，正打着字，突然感到头上有一阵力，他的头被掰了过来。

"头怎么了？"

马小良一时没敢说话。

要是你的头被放在狮子嘴前，你敢说话吗？

昆吾律冰凉的手指一抹，额上的伤消失了，他弯着桃花眼轻声道："都让你小心了。"

要是别人，这会儿可能已经中招了，但马小良太习惯昆吾律笑眯眯的心里憋着坏的样子了。

马小良深吸一口气，忽而抬手捂住了昆吾律的眼睛："都说了别滥用法术，魅术不是术？阿律你注意点，狗还挑人咬呢。"

昆吾律显然被捂蒙了，如此大逆不道的行为，这个废物人类最近真的是反了天了，半晌，他才道："……谁是狗？"

马小良："早点睡，别整幺蛾子，大哥每天给你收拾烂摊子真的很累，省点心吧我的小弟，晚安明天见。"

说完他以迅雷不及掩耳之势转身离开，开门关门一气呵成，等站到外面，他那软得跟面条似的双腿才蹲了下来，脸上哪儿还有方才教训昆吾律的淡定。

他捂着胸口，心脏还在跳，等了一会儿，昆吾律没出来咬死他。

啊，万幸，又活过了一天。

马小良叹气，他最近每天都在挑战昆吾律的下限，没准哪天，就真被他一口咬死了，他总觉得那天不远了。

马小良去了古庙主殿，一屁股坐在蒲团上，又从兜里拿出了那支稍显古旧的毛笔，看得出笔头被保养得很好，但除了笔杆稍旧，这支笔怎么看都平平无奇。

他到底是怎么用他把他画出来的？

马小良又陷入了近五年中几乎每日都要经历一次的冥思苦想。

身后传来脚步声，马小良回头，立刻起身朝来人鞠躬："祭空大师。"

他紧张地朝门外看了看，小声道："大师，他在这儿，你还是别在外面随意走动了，他每天都想着要咬死你。"

祭空大师笑了几声："他要能这么容易咬死我，也不必等到现在了……马生啊，又在看那支笔了。"

马小良："这笔是大师的。"

祭空大师："给你了就是你的。"

马小良不吭声了，五年前，他就是在这座庙里，捡到了这支毛笔。

昆吾律，是他画出来的。

马小良家世代从事绘画，给他取名叫马小良也能看出心思了，说是马家祖上出过几位举世瞩目的画师，父母希望他能重拾祖上的光耀。

于是马小良从小就对绘画有着超乎寻常的渴望，奈何资质平平，画了几年也就知道，自己长大最多也就能做个美术老师，想当再世画神，光宗耀祖是无望了。

他不死心，有一阵想去把名字改成马大良，认为自己是被这个"小"字耽误了，结果被父母狠狠骂了一顿，无果。

越长大对绘画越绝望的马小良，开始寻找奇地异景写生，试图另辟蹊径，以怪取胜，就这样，他摸来了这座偏远得在地图上都找不见的无名山。

画中狐的"报恩"

谁知上山画了没一会儿，就起了大雾，他只得收拾东西下山，却在大雾中迷迷糊糊走到了这座古庙。

可据他了解，这是座空山，应该没有庙才是，而且这庙这么大，上山时却完全没看见一点指引，颇为神奇。

马小良想着如果能征得同意，他就把这庙画下来，顺便也去拜一拜，求随便哪个支着耳朵的神佛，赐他一双能绘出杰作的手。

庙里没有供任何神佛，正殿供位上只有一朵空置的红莲，马小良走近了，发现那红莲上丢着一支毛笔，样貌朴素，满是灰尘，他心道这必是哪位同行也上这儿来写生落在这儿的。

马小良捡起了那支笔，抖了抖灰，看起来挺普通的，地摊上十块就能买到一支。

这时有人进来了，是祭空大师，也是这偌大的寺庙中唯一一位住持，这里没有其他僧人。

祭空大师看他手里拿着那支毛笔，稍显惊异。

马小良贸然进了人家庙里，这还被瞧见顺手牵羊，赶忙解释一通，说自己只是路过想来拜拜，没见着神佛，只见着了笔，不知是不是谁掉在这儿的。

祭空大师仔细看了马小良一阵，道："没见着神佛，只见着了笔，说明你心中的神佛，就是笔。"

马小良愣住，一时觉得茅塞顿开。

聊了一阵，他更觉得这大师不得了，每句话似乎都有禅机，是个神人。

祭空大师把笔送给他了，似乎知道他是为何而来，让他回去试试用这支笔作画。

回去后，马小良迫不及待铺纸研墨，把这毛笔好生清洗，洗完才发现这笔的毛有些玄妙，过水后泛出了火烧般烫红的光泽。

笔刚落到画纸上，马小良就大惊，作画太流畅了，一气呵成，

128

仿佛这笔有自己的意识，不受他控制，难道这就是传说中的神握着你的笔画画？

画完，他才发现他画出了一只狐狸，金色的毛，火红的眼，蓬松的大尾巴，栩栩如生地望着画外。好漂亮的狐狸，马小良惊叹，这是他画出来的？神韵太绝了。

他看得痴迷，甚至产生了幻觉——这画里的狐狸好像动了起来。

片刻后，他揉揉眼睛，不是幻觉，这画里的狐狸，真的动了起来。

狐狸走出了画。

马小良傻了，这还不是最吃惊的，那狐狸出了画，像是渴极了，见着他桌上放着刚拎回来的奶茶，凑上去，爪子一划拉，开始猛喝，喝完，这狐狸就大变活人，成了一个有着惊天美貌的男子。

当时的场面，马小良无论回忆多少次都觉得震惊，他当时可能真的吓傻了，对那大变活人的狐狸说的第一句话，竟是问了一句："奶茶好喝吗？"

这事太过诡异，马小良不好消化，他真成了马良，画出了活物——一只狐狸，而且还不是一般的狐狸，这狐狸还化成了人形。

马小良问过昆吾律，他到底是个啥，画中仙吗，还是妖？昆吾律听到"仙"字时不置一词，满目轻蔑，听到"妖"时更是呵斥了他。

所以他既不是仙，也不是妖，马小良悟了，那只能是狐狸精了。

他画出了一只狐狸精。

03

这只狐狸精不一般，成天笑眯眯的，脾气却很大，惯会惹是生非，唯恐天下不乱，对马小良这个把他画出来的创造者也并不

尊重。

狐狸精完全把马小良家当自己领地了，他一边使唤马小良，一边还对马小良说这是他的报恩。

"谢谢你把我画出来，为了报恩，允许你做我的仆人。"

马小良满脸疑惑。

这是报恩吗？

但他不敢拒绝，他画出来的这只狐狸精似乎法力高强。

马小良分析过，可能是他看了太多奇奇怪怪的奇幻剧，导致脑中充满了复杂的情节，下笔时无意识间都融了进去，让这只狐狸精的战斗力十分了得。他不是他的对手，农夫与蛇的故事不是没听过，看这狐狸精的脾气，他很可能真的成为那倒霉的农夫，所以只能老实点。

当要给这只狐狸精起名时，一个名字凭空出现在他脑海，把他本来想随口说的小金小红小狐压了下去，他是脱口而出的："昆吾律。"

他还没明白自己是怎么想出这拗口的名字的，狐狸精已经满意地接受了这个名字。

之后，昆吾律开始为祸四方，他出生第一天，就把马小良小区旁一栋废弃的楼房给夷平了，只因为那建筑挡着他看月亮了。

还好之后来了场骤雨，雷滚了下来，那座被夷平的楼房被当成是雷劈的了。

第二天第三天，昆吾律又因为无理取闹，先后毁掉了方圆百里内两三座烂尾楼，所幸未伤到人，这事当时还上了新闻。

刚出生就达到武力值巅峰的昆吾律，显然意识不到人类社会秩序的严肃性，依旧无所顾忌，任性妄为，还想继续搞破坏。他也不爱穿衣服，就想往外跑，可愁死马小良了，只得好劝歹劝，才用奶茶把这狐狸精按住了。

他发现昆吾律似乎不能离他太远，否则无法维持人形，可能因为是他画出来的，还得留在他身边成长，这才能堪堪将他控制住，不然狐狸精早出去为祸人间了。

马小良马不停蹄地收拾了家当，带着昆吾律搬家。他卖了房子，连同父母去世后留下的全部遗产，给昆吾律在郊外偏远的地方租了一套别墅，供他四处奔跑随便搞破坏。没几天，那一整片的茂林小山也被他糟蹋得差不多了。

他出去捣乱时，马小良也只得跟着，于是就看那茂林里，树上蹲着一帅哥，树下追着一气喘吁吁的人，要不是昆吾律不能远离他，马小良指定追不上。

昆吾律似乎嫌他跑得太慢，影响自己发挥，有时干脆冲下来，一把抓住他的胳膊，一起在树上蹲。

好家伙，马小良的叫声就没停过。这也过分刺激了，以画为生的马小良，身无二两肉，一千米都没跑及格过，这会儿直接进化到在空中滑翔跳跃了。

马小良也规劝过他不要破坏环境，试图拿出创造者的魄力，却被听烦了的昆吾律一把扑在草丛里，居高临下地睨着，嘴里的獠牙露出来，威胁要吃掉他。

马小良魂都没了，后悔自己开了口，他还没成绝世画家，就死在自己画出来的东西嘴下，这也太冤了。

牙齿倒是没落下来，昆吾律低头嗅了嗅，动作停下了。

马小良这才想起，出门前走太急，奶茶洒身上了。

奶茶救了他一命。

马小良也怀疑过，他是不是不小心画了一头凶兽出来。

就这样，他彻底成了昆吾律的仆人，任劳任怨，毕竟是他创造出来的怪物，他得对昆吾律负责，看住他，不能让他把地球给灭了。

画中狐的"报恩"

马小良重新去找过祭空大师,本以为又要找不到那座庙了,这次却很轻易地看见了,但不知为何,昆吾律进不去,大雾把他困在了山脚下。

祭空大师似乎知道他是为何而来,早备好了茶,与他促膝长谈,说那并不是神笔,他画出了狐狸精,可能是因为天命使然。大师也不能解释这个现象,还劝他将昆吾律看好,这是他该担的责。

马小良觉得挺冤的,本想找大师讨个解决方法,毕竟成天在一头凶兽身边伺候,一个不小心就有被干掉的风险。

大师却动之以情晓之以理,好一通天花乱坠的说教,把他说服了——那是他画出来的怪物,他必须看好他,担下这个责,做一个好哥哥。

"哥哥"两个字在他心中戳了个扎实。

之后马小良依然用那支笔画画,可再也没有出现过那种下笔如有神的感觉,画出来的东西也都很普通,也没有哪一只从画中活过来,他甚至无法再画出和昆吾律一模一样的狐狸。

好像在画出昆吾律之后,这支笔就失去了神力,他又重新变得平庸。

马小良询问大师,大师的意思是他已经足够幸运,获得天赐神迹,这样的机会,这辈子有一次,都已经是无数人穷尽一生付出一切也换不来的,他不能贪心。

马小良于是顿悟了,昆吾律,也许就是他一生中最好的作品。

因为画出了昆吾律,他今后的人生将永远活在平庸里,再无成为画神的可能。

在这样绝望的认知里,马小良真正认命了,开始把之前对于绘画的执着全都转移给了昆吾律,守着这个被他画出来的神话。

每次从山里回去,昆吾律都会因为被阻挡在山脚下而格外愤怒，马小良买十杯奶茶才能把他哄好，也是不懂一只狐狸精为什么这么爱喝奶茶，甜的吃多了要咬人的呀。

两人勉强安稳地在郊区别墅生活了一年，周围的空间已经被昆吾律毁得都有艺术感了，还吸引了当地文化局来做地貌地质研究，这里被划成了景区。

这一年里，马小良每天都过得水深火热。

昆吾律的破坏欲实在是强，马小良所有积蓄几乎都用来赔偿和买奶茶了，他要时刻看管着昆吾律，自然无法工作，没有收入，眼看存款一点点见底，他真是养不起一只爱折腾的狐狸精了。

这一年里，昆吾律维持人形的能力越来越稳定，活动范围也变大了很多，渐渐不被马小良的位置束缚了，可以离开他去活动。马小良就更提心吊胆，时刻紧跟防备着，昆吾律完全把他当个仆人使唤，也幸亏是当了仆人，才让他保住了命。

马小良想着，等有一天，当昆吾律成长得完全不受他控制，可以自由畅走于天地，又找到了比他更合适的仆人，喜怒无常的狐狸精同志说不定真会把他给灭了。

那不行，马小良绞尽脑汁自救，他想到了个缺德法子——洗奶茶浴。

法子算是昆吾律提供的，有几次两人因破坏产生争执——好吧，是马小良单方面喋喋不休，昆吾律有气，又暂时不能真咬死了这人，就会将奶茶泼在他身上，泼得他满身，奶茶滴滴答答间，狐狸慢条斯理道："闻着不那么讨厌了，留你一命。"

马小良：……

于是马小良想到了洗奶茶浴，让昆吾律将他的命留得久一点。

有用是有用的，昆吾律对他的态度确实好了点。

兄弟俩也有过温馨的时候，阳光正好的午后，在那片被破坏了的树林里，昆吾律四仰八叉躺着，马小良过去，昆吾律就会使

唤他去拿枕头，马小良觉得昆吾律好像在想方设法穷尽一个仆人的用处，想到了就要往他身上使。

虽然内心腹诽，但那样的午后真的很平静，阳光穿过断掉的树杈，铺在一人一狐身上。日后昆吾律每每让马小良窒息，想逃离的时候，他只要想起这个瞬间，就又能坚持下来。

昆吾律还有一种绝技——狐狸醉奶。

这是马小良觉得他分外可爱的时候，他奶茶喝多了，耳朵和尾巴就会化出来，摇来晃去，人也晕晕乎乎地说胡话。每当那时，马小良便能大着胆子捏他的耳朵，却不用怕被咬死。

有回昆吾律醉奶过头，冲进浴室，把他洗澡水全喝了。马小良哭笑不得，一阵劫后余生的庆幸，幸亏他早洗完出来了，不然估计也要和那一缸水一起进他肚子了。

04

日子本来平静地过着，一日，别墅附近被昆吾律辟出的神奇地貌，引来了一个星探公司前来团建，此时昆吾律已经愿意穿衣服在外面晃悠了，被前来团建的星探看上了，让他去参加选秀节目。

马小良生怕这个搞不清楚状况的星探被昆吾律一爪子送归西了，刚要上前阻拦，却听昆吾律笑眯眯地问了起来，选秀是什么？当明星有什么好处？会有很多人喜欢？她们为了我什么都愿意做？好的我去。

马小良内心惊叹。

就这样，昆吾律去参加了选秀，一个真正的狐狸精参加选秀，还需要比吗？

昆吾律高票数出道，迅速单飞，他犹如一个行走的魅力发散机，走到哪儿都被人疯狂迷恋，通告接到手软，蹿红速度如火箭，现今已成了流量和咖位都位居一线的大红星。

昆吾律确实太精于此道了，一个真正的狐狸精当明星，是整个娱乐圈的 bug，他"开挂"啊，演技、唱歌、舞蹈、实力在他的魅惑蛊人技能面前，不值一提。

马小良本来觉得当明星只是昆吾律一时兴起，只有三分钟热度，结果他一当就是四年，似乎乐此不疲，正中了他张扬的本性。

马小良没有制止，当然也制止不了，主要是，昆吾律当了明星之后，他好像解锁了昆吾律的正确饲养方式。

他以往暴虐的破坏欲，都换成了魅惑欲，他到处拈花惹草，惹是生非，搅得娱乐圈动荡不已，唯恐天下不乱。地球的山川大地城市街道是保住了，但人遭殃了，当然，那些人也乐此不疲，上赶着往他枪口上撞。

马小良自然还是寸步不离地跟着他，当他的助理。

尽管娱乐圈的事他不懂，也搞砸了很多工作，几次三番被后援会投诉，众人都希望换掉这个助理，马小良都始终坚挺地留在这个位置上。

他并不在意外界对他的辱骂诋毁，他在做一件非常重要的神圣的事——看管一头凶兽。

这才不是一个助理的职能可以概括的，他手握着撬动地球的杠杆呢。

这么想着，马小良"稳如老狗"，就算在机场被粉丝泼了满头蛋液，他也能手一抹，好言好语道："你们哥哥不喜欢这个味道，他闻到要生气的，你们就遭殃了。"

有时候粉丝神志不清骂过头了，马小良也会恶心一下她们，大言不惭道："不是我需要你们哥哥，是你们哥哥需要我。想让他踹掉我，你们找他去。"

签了昆吾律的公司尽管非常困惑，不解为什么他非要带着个

135

什么都不懂的废物助理，但还是应了他的要求。

马小良知道，只因为昆吾律暂时还不能离开他，一旦他成长到能脱离他的禁制，马小良大概会像垃圾一样被扔掉。

他能感觉到这一天不远了，在这一天之前，他都会尽他的责任，看管好他一手造出来的怪物。

马小良跟得有多紧？昆吾律在房内和他人夜夜笙歌时，他就守在门口听墙角，以防第二天出现在房内的是一具破烂不堪的尸体，他好听到呼声及时救人。

每次闹出了大绯闻，也都是马小良奋战在第一线。有女星大着肚子上门，说怀了昆吾律的孩子，他得负责，否则就曝光他弃养，马小良就会老神在在道："那孩子肯定不是他的。"

女星："你怎么知道？"

马小良："他跟人是生不出孩子的。"

女星一脸疑惑。

马小良："你见过人和动物能生孩子吗？"

女星："……你骂谁呢？！"

马小良："你们有生殖隔离。"

女星：……

马小良："你要是想做任何检查，开任何记者会，爆料任何事，就随意吧，反正孩子不是他的。"

女星："你凭什么替他决定？你是他的谁？"

马小良尴尬一笑："硬要说我是他的谁……实不相瞒，我是他的创造者。"

女星愣住了。

"你就比他大两岁吧？"

马小良："真的，x女士，作为创造者，我不同意这门婚事的，你还是请回吧。"

像这样啼笑皆非的打发,娱乐圈诸多想上位的大小明星都遭遇过了,久而久之,马小良被传成了一个有妄想症的疯子。

粉丝最后联名要求辞退这名助理,但两年过去了,这位奇特的助理就这么一直坚守在这个位置,即使毫无用处。昆吾律该传的绯闻,该掀起的大波,一样没少。

但各经纪公司倒是对马小良渐渐有了个普遍认知——能忍。

昆吾律这个助理,真的非常能忍,好像天塌下来砸他脑袋上了,他都能忍过去,先用脑袋给昆吾律拱出个洞,把昆吾律往上送。

有些知情人士从不能理解昆吾律,渐渐转为不能理解马小良。

是什么把他一直死死拴在昆吾律身边?昆吾律是出了名的难搞,比他好多了的大明星,也起码换过五六任的助理,只有马小良,一动不动地守在那个位置上,这得是多大的执念。

昆吾律对人类似乎非常憎恶,马小良不知道自己的教育是哪里出了问题,好像打他一出生就是这个样子。

但凡和昆吾律有接触的人,都会被他下蛊,然后患点小病,倒点小霉,遭点小难。

一开始马小良还以为是狐狸精在吸食人的精气,他之所以做大明星,就是在给自己整储备粮。

于是有一回他硬着头皮闯进了昆吾律房里,想制止他,但什么会让他长针眼的画面都没见着,那女星只是一脸荡漾地自己在跳舞,似乎已经失去心智。昆吾律衣着齐整,懒洋洋地坐着,动着手指,操纵着那神魂不知的女星傀儡似的舞蹈。

看到马小良进来,他也只是笑笑:"看,人就是这么蠢的东西。"

昆吾律根本没碰她们,他瞧不上人类,马小良估摸着自己在他眼里大概还没有一颗芋圆重要。

最夸张的是有一次,昆吾律开演唱会,到场的万人粉丝回去

后，好多人感冒了，这件事也上了热搜——昆吾律的声音有毒，本是一个带有玩笑意味的热搜标题，却没人知道说的竟是真的，昆吾律把病蛊放在歌声里传播了。

马小良冷汗都下来了，所以他做明星是为了这个吗？

那拍戏是不是也会在剧里下蛊？

这还只能算是他恶劣的小玩笑，否则随便一把天火下去，就能烧掉一个城市，何必如此，难不成是爱好折磨的快感？

马小良非常愁，自从有了昆吾律，家里的书柜塞满了教育心经，每每触到昆吾律的反人类行径，他总要回去翻教育心经，反复背诵，反复研究。

他想教他真善美，但真善美抵不过一杯奶茶。

"阿律……"

"别这么叫我。"

马小良："你名字还是我给你取的呢。"

昆吾律："什么？"

马小良就不吱声了，这孩子在叛逆期，惹不得，叫他阿律，是他坚持的，得给孩子一点关怀，亲近的昵称可拉近两人间的关系。虽然他现在无法无天，品性恶劣，成长教育中的关怀还是少不得，这是一名教育者的自我修养。

马小良被这么摧残还秉持着教导之道，都要被自己感动了。

教育不成，马小良只能不停给昆吾律善后，祭空大师给了他一瓶药，可以解昆吾律的蛊病。他总是得想方设法把药给那些和昆吾律有接触的人使用，但成功率不高，多数时候他都会被当成疯子，就像今日被场记打那一巴掌一样。

马小良是真累，他怕昆吾律再闹下去，要么就是被发现，引起大战和人类不死不休，要么就是这狐狸精自己遭反噬而亡。

祭空大师说过，昆吾律是被他画出来的，他本不存在于这世上，世间能量守恒，他这个凭空多出来的能量，所造成的后果，是要自己负担的。

现在马小良父母双亡，算是孤家寡人，世间唯一有联系的，就是他画出来的这只狐狸，他希望他好好活着，哪怕是个祸害，也请遗千年。

祭空大师总说昆吾律生性恶劣，惯会惹事，但只要他一直看管着，问题不大。

马小良不理解大师为什么对他有这么大的信心，他根本看管不了这头凶兽，因为这头凶兽已经在为祸人间了。

祭空大师笑道："你已经做得很好了，比起真正的为祸人间，他这顶多算是挠痒了，你把他教得很好。"

马小良听了后十分疑惑。

每次他要多问，祭空大师就一副天机不可泄露的样子，搪塞过去了。

是后来，随着马小良对昆吾律的禁制逐渐消失，昆吾律终于能脱离他独自上山，甚至还找到古庙进去了，祭空大师才与他说了实话：昆吾律做这些害人的事，是想引他出庙去。

马小良大惊："为什么要引您出去？"

祭空大师："他在这庙里是杀不了我的，这座庙有特殊的保护机制，不用特殊手段破解，昆吾律动不了他，只能靠掀起点人间灾祸，引我出去收他时再杀我。"

马小良一头雾水，昆吾律为什么要杀大师？

祭空大师："可能是因为，你画出他的那支笔是从这里带出去的，他怕有一天，这里会把他收回去吧。"

马小良一惊："他还能被收回去？"

祭空大师："他怕万一。"

马小良蹙眉："那不是也该先毁了我那支笔吗？为什么要舍

画中狐的"报恩"

近求远先来对付您？"

祭空大师："我哪知道你画出的怪物是咋想的，可能觉得摧毁了老底更安全吧。"

马小良：……

他隐约觉得大师在糊弄他，祭空大师身上古怪的地方很多，比如这座庙，他查过，根本没被登记过。一座无名庙，谁也不知道在这偏远至极的山上存在多久了，但看庙里的四壁，却被保养得非常好，并且这整座偌大的庙里就这么一个和尚。

祭空大师似乎在这个地方活了很久了，有时候他也说不清祭空大师到底是人是鬼还是神，又到底多少岁了。

再后来，昆吾律不只自己过来，还把剧组给带了上来，要在这庙里拍戏，向来老神在在的祭空大师这才有了一点慌张。

马小良："不是说他动不了这庙吗？只是带了一些人来，这怎么了？"

祭空大师解释道，这座庙是不能存在于尘世的，他只能隐没在山里，偶尔接待一两个有缘人。一旦出现在大众视野中，接触过多人烟气，这座庙的功能就失效了，他将变成一座普通的庙，不再有特殊庇护可以拦住外人。而祭空大师也将变成一个普通的和尚，按照岁数，他早已连骨灰都不剩了。

所以让庙出世，就是破解他的特殊手段。

马小良立刻明白了，为什么昆吾律执意选在这里拍戏，他要把这座庙公之于众，引来络绎不绝的游客，还有什么比登上顶流明星的大荧幕，更能让一个地方迅速暴露在公众视野中的吗？他要摧毁这座庙。

所以四年前，昆吾律答应做明星就是在为这个时刻做铺垫了？这是在卧薪尝胆吗？

在马小良印象里，昆吾律一直是个头脑简单武力发达的家伙啊，而且他是怎么知道破解这庙的特殊手段的？他好像对这庙十分熟悉，可自打他出生后，也没来几次，连祭空大师的面都没见上啊。

马小良也问过昆吾律，得到的回答只是讨厌这个地方，没了。而一贯昆吾律讨厌一个地方，就要夷平它。

到今天，昆吾律不只把剧组搬来了，还引来了一大群粉丝，差点把庙给踩塌。虽然古庙躲过了这一劫，但沾染了大量的人烟气，这庙的防御已经减弱了。

相关部门也介入其中开始给古庙做登记了，这座庙的出世已是板上钉钉，祭空大师似乎知道自己命不久矣，没有做任何反抗。

马小良愧疚道："对不起大师，他这群粉丝是我引来的。"

他先前放出昆吾律要出家的消息，只是想借机让昆吾律和外界切断联系，希望粉丝能"脱粉"，其他合作方也别再找来，让昆吾律别再做明星，停止为祸人间。

但他低估了粉丝的热情，反而弄巧成拙，让这个地方提早被更多人发现了。

祭空大师摆摆手："迟早的事，不怪你。"

马小良："如果大师真的西去了，这座庙和山都没用了，我靠自己要怎么看住昆吾律这头凶兽？"

向来耳提面命要他好好看管担责的大师，第一次改口了："马生啊，等我走了，你如果撑不住，就离开他吧，天大地大，找个地方安顿自己，好好过余生。"

马小良："那他会毁天灭地吗？"

大师笑笑："他要真想这么做，你在他身边也管不住啊。"

马小良觉得这话有道理，他对昆吾律的禁制已经快消失殆尽了，他马上就会变成对于昆吾律毫无用处的东西，自己是死是活都是个问题。

之后，昆吾律继续在这庙里拍戏，要出家的消息澄清过后，没什么粉丝再摸上山来了，这地方本来也不好找。

马小良依然每日给昆吾律收拾烂摊子，下山东奔西跑为他买奶茶。

场记生了场不大不小的病，马小良去探望她，把祭空大师的去蛊药给她抹上。

虽然场记觉得这助理脑子有问题，但还是挺感动的，毕竟剧组这么忙，昆吾律这么折腾，作为昆吾律的贴身助理还能这么惦记自己，着实不易，也算是个大善人。

马小良给她掖了掖被子，没说什么，他每次只有为受害人做点什么，对他们嘘寒问暖时，心里的愧疚才能少一点。

场记和他熟了起来，两人偶尔会在背后一起吐槽昆吾律。有一回昆吾律路过，看到他从场记房里出来，冷眼看了他很久："我奶茶呢？"

马小良总觉得那眼神是要把他咔吧一声嚼碎了。

昆吾律天生一双桃花眼，多数时候都是笑着的，手一挥夷平一栋建筑时也是笑着的，像个顽劣的孩子，你就是对他生气，也恨不起来，他仿佛走到哪儿都自带惑人光环。这样冷冰冰看着人的时候是极少的，人类不配他生气。

马小良："你今天已经喝十杯了，不能再多喝了，阿律。"

昆吾律朝屋里看了一眼，马小良下意识用身体挡住了，生怕昆吾律一个不爽，又进去给人家场记姑娘下蛊，她这病才刚有起色。

昆吾律又笑眯眯的了："你最近都在忙着照顾她呀？"

听到这话，马小良脖子一紧，一起生活了五年，他已经能精准地从昆吾律笑着的语气中听出脾气了，现在他很生气，危！

马小良立马上前，拽起昆吾律就远离人家姑娘："你不能再惹事了，我是真怕报应到你头上。阿律啊，来人间一趟不容易，你别不珍惜。我们商量一下，今天可以再喝一杯奶茶，就一杯好不好？"

昆吾律被他拖着走："三杯。"

马小良："两杯？"

昆吾律："四杯。"

马小良投降："好，三杯。"

两人走远，场记姑娘默默打开了门，看着两人远去的背影，满脸震惊，她听到了什么？那个昆吾律，居然为奶茶讨价还价。

05

杀青那天，剧组在网上发布了杀青照，这座神秘而无人知晓的寺庙首次曝光在大众视线中。

当天在这庙里办杀青宴，昆吾律又喝得醉生梦死，别人喝酒，他喝奶茶，不得不说也是酒桌上的一股清流，于是别人醉酒，他醉奶。

马小良照旧啥都吃不了喝不了，如临大敌般地盯住昆吾律，寸步不离，生怕他一个醉奶没控制住，当众露出了狐狸尾巴或者狐狸耳朵。

终于挨到宴席结束，马小良挡住了一堆想趁机上来接近的大小女星，把看起来不省人事的昆吾律扶回了房里。

马小良接了盆水给他擦脸，擦着擦着昆吾律的狐狸耳朵就露出来了，屁股后也长出了毛茸茸的大尾巴，躺在床上一脸甜畅。

马小良看着他的狐狸耳朵，慈蔼的目光浮现，每当昆吾律出现这样安安静静的狐狸醉奶模样，就是他最可爱的时候了。

休息了一会儿后，昆吾律打了几个甜嗝，清醒了，望着头顶

上的灯光，狐狸耳朵懒懒地动着。

马小良静静看了他一会儿，道："阿律，我能不能不要你报恩了？"

就是昆吾律当初那句啼笑皆非的"我要报恩，允许你做我的仆人"，才恶劣地开启了马小良的仆人之路。

这是他第一次主动表示要离开，他能清晰感觉到，自己对昆吾律的禁制已经完全消失了，他再没有必要留在他身边，留着也没用了。

当初他也以为自己足够坚定，可以守着他创造出的这个神话，像他曾经对画画如此执迷，哪怕知道自身平庸，也孤注一掷。

他好像一直都是个这样的人，南墙在那儿，他就去撞，头破血流了，继续撞。祭空大师说过他的执迷："马生啊，你的执迷就是你的全部，如若你没了执迷，你就不是马生了。"

他当时以为大师在夸他，后来才领会，这是训诫，他执迷注定了一场空。

他不想做马生了。

这五年看管凶兽的经验，像是具象化了他这一生荒唐的痴。过于荒唐了，他好像突然睁开眼看世界了，他不必是马生，他也做不了马生。

做助理四年，他见过了无数崛起又陨落的人，世间资质极佳者众多，可能做到昆吾律这么得天独厚的明星能有几个？大部分人都和他一样，是平凡的"马生"。

他打算妥协，像个平凡的上班族那样，靠平凡的绘画技能过一生，他对登上殿堂死心了。

马小良向来如此，认准一件事就摸黑也要走到底，现在要放弃了，也就放弃得很彻底。

甚至这段时间他一直在试探昆吾律的底线——他要有多冒

犯,昆吾律才会咬死他,他也许真的在等一个了结。

如今祭空大师将不久于人世,他对昆吾律的禁制也消失了,这是个离开的时机。

昆吾律的目光从灯上转了过来,赤红的狐眼盯住他:"哦?你要去哪儿?"

马小良:"xx公司在招我,本来我也做不好助理,还是动画建模师比较适合我,公司这边很早就给你物色好几个出色的助理了。"

说完,马小良一阵提心吊胆,到底是随手被灭了,还是被当垃圾扔了,能不能活着离开,就看吾律的反应了。

他刚醉奶,心情应该不错吧,马小良特地挑这时候说的。

昆吾律良久没说话,没有拒绝也没有同意,只是轻描淡写地说了一句:"你要弃养我了吗?哥哥。"

"哥哥"两个字把马小良一下惊得找不着北了。

前一刻的决心溃不成军,准备好的说辞烟消云散,大脑一片空白,只剩下"哥哥"两个字久久回荡着,不得不说,影响力确实太大了。

昆吾律从没这么喊过他,他对这两个字没有抵抗力,这可是他创造出来的生物。

好半晌,等他回过神来,昆吾律已经收回了那句话,他也不记得昆吾律是怎么说的了,只觉得他的形象又从到处拈花惹草为祸四方的大妖怪,变成了一只小狐狸。

完败!

昆吾律确实太会惑人了。

马小良没能离职,又老实地继续当助理,哦不,是仆人了。

深夜,祭空一个人在古庙正殿敲木鱼。

一阵风刮了进来,带着戾气,下一刻,祭空整个人被高高举起,

撞在莲花座后的空墙上，差点呕出一口老血。

昆吾律笑眯眯地单手掐着他的脖子，金色的指甲再往里嵌一分就见血了："又见面了，老头。"

祭空的声音战栗，面容倒是淡定，似乎早知道他今晚会来，被掐着脖子艰难发声道："昆吾上仙，好久不见。"

"再叫这个名字，我就送你下去。"

祭空笑了笑："上仙莫不是忘了老衲跟你一样，是下不去的。"

昆吾律也不跟他耍嘴皮子："你又忽悠那脑子不好使的什么了？"

祭空笑道："昆吾上仙不是很憎恶人类吗？怎么现在反倒关心起人来了。"

看这老头笑得这么猥琐，昆吾律就知道没猜错。

马小良那二货又被这老头利用了，今晚忽然提出要走，就是祭空忽悠的，这两人，一个老骗子，一个蠢人。

昆吾律当然不是马小良那傻蛋画出来的。

他本是天上的天池之主，因为一个乌龙，流落人间，后又出了一些事，让他在那支毛笔里被封印了千年。

那人只是恰好把他带出了这座古庙，解放了他。他因为刚出来，禁制没解除，还离不开那人，干脆就顺水推舟让他以为自己真是他画出来的，既隐藏了身份，也免得被人觊觎。人类的心有多肮脏，他见识得够多了，被当成个混沌恶霸最安全。

不过他活了上万年，就没见过马小良这么蠢的人，祭空这老头说什么他都信。

把那支笔带出古庙后，遂了这老头不想再看管他的愿，于是马小良频频被这老头忽悠，成了他在人间的看管者，到哪儿都跟牛皮糖似的跟着，啰里啰嗦地教育他要真善美，比太上老君那老头还能唠叨，他脑子都要炸了。

到今天他才彻底解除禁制，马小良的存在已经对他没用了，他也终于能来收拾这老头，就算杀不死他，让他痛苦还是轻而易举的。

昆吾律的金色指甲长了一分，祭空的脖子开始冒血。

祭空提着气，面容勉强维持着淡定，忙道："禁制解除，他已经没有能制约你的手段了，自然害怕你，要逃跑。"

昆吾律无所谓地说："你以为他是走是留，我会在乎？"

祭空笑笑："在不在乎又不是老衲说了算，要离开也是马小良自己早就想好的，跟我忽悠的关系不大。上仙想必也明白，就不必拿老衲撒气了，不然一个不小心弄断了老衲的脖子，明天马小良看到，又该更怕你了。"

话音刚落，祭空就哀叫一声，一根金指甲直接戳进了他的喉咙，血哗啦哗啦流，昆吾律桃花眼弯弯："威胁我？"

祭空双手捂着脖子，都这关头了，还不忘顶嘴："看来马小良真能威胁到你，上仙确实很在乎他呀。"

昆吾律手一甩，祭空被扔到地上："你也太高估这个蠢人了。"

一开始祭空盲目地认定一个马小良就能看住他，他就觉得不可思议，一个身无二两肉的废物人类，凭什么能看住他？他一口下去半个身子就没了。

都到这会儿了，祭空依然对马小良如此高看，他不懂是什么给了祭空这个自信。

祭空挣扎了良久，一身老骨头，看着还挺可怜的，马小良要是在，又该大呼小叫了。

祭空道："昆吾上仙，听老衲一言，要想留在马小良身边，你得给他能制约你的手段，否则他迟早会跑的，他怕你啊，又不能自保。"

昆吾律明白了，为何这老头一贯劝马小良跟牛皮糖似的黏着

自己，这次却一反常态劝他离开。因为昆吾律的禁制解除了，老头为了自保，也为了庇护苍生，打算用马小良给他上一道新的禁制，还要他自己亲手送上去。

昆吾律被气笑了："你也真敢想，这老头活这么久活糊涂了吧？"

祭空笑而不语，专心致志修复脖子上的伤口，一副老衲话已至此任凭你听与不听的架势。

昆吾律看了祭空良久，脸上没了笑意，转身离开了。

祭空睁开一只眼，看昆吾律消失在正殿，心里松了口气，他今天放过了自己，那这事十有八九就稳了，不容易。

昆吾律从古庙被放出去，该是人间最大的灾难，但五年过去了，什么祸乱都没发生，这已经是奇迹了，因为昆吾律对人类的憎恶是极其深的。

他本是昆仑山的一只灵狐，被西王母点拨飞升，成了天上掌管天池的天池之主。天池是神界的至尊宝地，能掌管天池，足能看出昆吾律的地位，谁见了他都得尊他一声上仙。

但昆吾律生性懒散，好玩乐，武力虽高，却更爱终日扎在天池自娱自乐，一般也不会有什么不长眼的撞上去挑衅他。西王母也就喜欢他这一点，看他懒洋洋地在池畔躺一天就很赏心悦目。

天庭每年都有仙班入籍日，天庭初始有太多被点拨上去的仙了，因为违规被贬下去的也不少，为了统计管理，仙班每年必得入籍才能位列天庭。

这一日是天上最热闹的日子，六界都会有代表被迎上来与仙同乐，人界代表，一般是君王、公主等具有皇室血脉的，他们可在梦中遁入仙境同游同乐。

那一次，就点上来了一位人间的南疆君主，四年里君主后宫中的妃子，一直没有能为他诞下龙嗣的，他想趁梦游仙境取一些仙宝，让后宫诞下有仙缘的龙子。

君主一路晃到天池，想偷吃一颗天池中的果子，听说有助绵延子嗣之效，挑选时，他看到一颗果子长得很像狐狸，而南疆国的图腾就是狐狸。他觉得这是缘分，便将那颗果子给偷吃下了肚。

那颗果子就是昆吾律，他惯常在天池醉生梦死后作出顽劣举动，混在果子、叶子、石头里，让西王母找不着。

这人间君主刚来时他就注意到了，他扫了眼其命脉，原来是个偏远小国的君主，小国国力不强，国号一个"马"字，君主是个好文房四艺的，善画。

昆吾律没上心，一介凡人而已，他醉醺醺地睡去了，结果就被吃了。

因为一个乌龙，他被带到了凡间，那南疆君主醒后，那颗果子转了阵地，不出一月，果然皇后怀孕了。

十个月后，昆吾律被重新生了出来，从南疆皇后的尸体里。

昆吾律的能量太大，根本不是一介凡人之躯能承受的，南疆皇后在怀孕的第八个月就心力耗竭而亡，昆吾律是在陵墓棺材中出生的，一生下来就是个死胎。

那一天起，因为被带下凡间，六届中便没有了昆吾律的位置，昆吾律错过了那年天庭的仙班入籍，已被统计成贬黜，回不去天上了。

他在人间是从尸体肚子里出来的死胎，不算活着，便也不在司命的册子上，不可以归入人间。

而他明明是个死胎，却又因为仙体而活着，阎王殿已经收走了死胎的名字，收不走昆吾律了，他也去不了冥界。

就这样，因为一个乌龙，昆吾律被贬黜在了六界之外，没有归属，也不能轮回。

画中狐的"报恩"

祭空对马小良说昆吾律是世间多出来的东西，并没有说错，虽然他不是马小良凭空画出来的，但也确实是这世间多出来的东西，既不在司命的册子上，也不在阎王的生死簿上，更不在仙班。

他就该在天池待着，却无端落到此处，就跟掉在书页上的一粒灰尘一样，是进不了书中故事的。

昆吾律只得游荡在人间做个地上仙，而地上仙算不得真仙，其地位比土地公的地位还低，他可是曾经的天池之主，这把他气的啊。昆吾律开始憎恶人类，就因为那位南疆君主贪心，在天池偷吃果子，他才命运多舛无处可归了。

昆吾律大怒，灭了那南疆国，正打算继续祸乱人间时，被古庙给收了。

古庙是专门用来接收这些六界之外无处可归者的。

洪荒历史中，出过几个像昆吾律这般机缘巧合流落人间、前程尽毁的六界贬黜者，无一不成了洪荒凶神，为祸人间。

古庙就是那时起存在的，严格来说，古庙也不在六界中，它只是一个关押这些六界之外祸乱凶神的场所。

此地若是被尘世所见，写入了司命的簿子，那它就会失去容纳六界之外者的功能，成为一座普通的人间寺庙。

所以古庙存在亘古至今，却始终没有被人类发现，他不能被人类发现。

像昆吾律这般武力值超高的天池之主，就算被收在古庙中，也不会安分。事实上，漫长的关押中，他也确实逃出去过一次，再回到人间，却没有掀起祸乱，因为他和人类相遇了，遇见一个叫马生的人。

马生是个画家，在山野间作画时遇到了狼狈出逃的昆吾律。那时他还是狐狸身，马生见这金狐独特又漂亮，便抱回去帮他养伤了，日日对着他临摹作画，好生供养，还真画出了几幅当世杰作，成了名家。

而对人类充满憎恶的昆吾律,也因为马生的悉心照料和陪伴,放下了仇恨,找到了归处,踏实地化成了狐狸在马生家安顿下了。

好景不长,马生在提升作画技艺方面遇到了瓶颈,他无法再创作出更上乘的画作,但他已是当世奇才,再没有谁能教他作画了。

一日,一个和尚经过,告诉马生他家那只狐狸是狐仙,若用狐仙的命源尾毛制成画笔,画工将更上一层楼。

当夜,在昆吾律毫无防备睡去后,马生因为对精进画工的贪婪欲念,而把昆吾律尾巴上的命源之毛剪了下来,做成了一支毛笔。

昆吾律难以置信,但他反抗不了,命源尾毛是他的真魂所在,被剪后,他也就跟着被封印在了那支用他命源之毛制成的毛笔中。

此后,马生使用那支毛笔,果然画工又上了一层楼,成了一代天才。

这不仅是天狐命源尾毛成就的,更是封印其中的昆吾律的仙体所成就的,让他画出的一切都沾上了仙气。

再后来,这支毛笔在马生死前被送到了古庙,这是和尚与他之间的交易,和尚告诉他天狐命源尾毛毛笔的做法,而马生将昆吾律封印送回。

就这样,昆吾律又回到了古庙,再次被关押,一关就是千年。而他对人类的憎恶也到达了巅峰,人类的贪婪毁了他两次,而他却还相信人类。

千年前那个和尚,就是祭空。

那时他才刚继承古庙,古庙继承者每代只有一个。

刚上任的毛头小子,总是思想青涩,好恶分明,行为不成熟。千年参禅后,祭空对当年和马生的交易是有悔意的,他本意是试

探，如果马生不是一个值得托付的人，就该把昆吾律这个祸乱之仙带回，免得迟早出乱子。

可千年过去，他明白了人性本不必试探，而昆吾律即使为六界所贬黜，也有自由的权利。所以这次马小良出现，任他带走了毛笔，放出了昆吾律，也是祭空对当年所做之事的补偿，哪怕昆吾律一心想找他复仇。

毕竟不是每个古庙中被关押的生灵，都有机会遇上有缘人来带走他们，回到六界之中，古庙始终不是他们的归处。

祭空想想，差点成了洪荒凶神的昆吾律现在在人间安安分分当大明星，偶尔只是拈花惹草捣个乱下个蛊，已经很圆满了，成不了真的凶兽，还不能在人间规则里小打小闹吗？

祭空隐约觉得，昆吾律每次小打小闹，可能也是想引起天上的神注意，无论是惩罚他，还是将他带回去，他始终对归处还怀有期待。

曾经威风的天池之主，现在只能在地上当个爱喝奶茶的画中仙，伴着马小良这个人类，也确实挺憋屈的。

06

全剧组下山前，马小良来跟祭空大师告别，大师笑着问："马生啊，决定好了？"

显然大师看出了他先前想跑，因而又问："不怕他了？"

马小良："怕。"

"但又想到，我要是离开了，可能再不会有人这么尽心地伺候他了，万一借机给他下毒呢？"

大师："……他可以直接一锅端了奶茶店中的奶茶……"

马小良摇头："不一样，他不了解人间，一锅端了会喝到不喜欢的，会发脾气。"

大师：……

马小良忽而问："大师，您觉得我可以放下执迷吗？"

大师没说话。

马小良："您说过，如果我放下执迷，我就不是马生了……可人这一辈子，只走自己的路，将自己所做的做到极致，好像没什么不好的，您说是吗？执着于画是执迷，如今画中仙都已经来找我了，我有什么理由不守着他呢？"

大师一阵无言。

马小良以为大师是要再来让他跑路，毕竟对方之前是支持他跑路的，却见大师态度一转，笑了，要他坚定地守在昆吾律身边，然后又是一顿大道大义的高谈阔论，把马小良讲得如痴如醉。

马小良一脸疑惑。

大师这么善变的吗？

大师忽而严肃道："马生，你有没有牺牲一切去看管他的决心？这是你的业障，也是你的修行功课。"

马小良心道好大的业障，也不是他想把昆吾律画出来的，命运真不讲道理，他想做的是当世画神，现在却成了一只凶兽的保姆。

大师仿佛看透他的想法，低声道："你已经做过举世瞩目的画神了，这就是代价。"

马小良："啊？什么时候？"

大师没再多说，又一副天机不可泄露的样子。

马小良："大师，我还有一事请教，要是他发起疯来咬死我呢？他现在不受我控制，我管不了他什么。"

大师道："其实是可以的，马生，我一直没告诉你一个秘密。"

马小良："什么？"

大师："他是你画出来的，你其实可以把他再收回画上去。"

马小良大惊："可以把他收回画上去？！"

大师面不改色继续忽悠："理论上是可以的，不然我也不会这么放心把他交给你看管。你回去试试，之前一直没说，是我希望你们能和平相处，现在你对自身安危有顾虑，所以我才告诉了你。"

马小良："那岂不是可以把他一直关在画里？"

大师："你忍心吗？"

马小良摇头，昆吾律不仅是凶兽，也是他的亲人，谁会舍得把亲人一直关着。

大师又跟马小良天花乱坠一通忽悠，马小良听得信心十足，飘飘然就跟着剧组下山了，都忘了问具体要怎么操作才能把昆吾律收回画里去，大师怎么最关键的东西不讲？

之后，昆吾律继续闯荡娱乐圈，大事小事不断，兴风作浪为非作歹，马小良也照旧是那个收拾烂摊子专业户。

但他不再想逃跑了，大师那句话一直在他心里："你有牺牲一切去看管他的决心吗？这是你的业障，也是你的修行功课。"

这话好像有什么魔力，成了指引他的行动纲领，仿佛他生来就是为了还这笔债的。

这种感觉很神奇，他不觉得自己欠了昆吾律什么，欠了世间什么，但他好像是在赎罪。

有一阵子，他都会做梦，梦里有颗绿油油的果子，果子是狐狸形状的，狐狸的脸是昆吾律的脸。

有一回，昆吾律又想在粉丝见面会上下蛊，马小良好说歹说不听，他不知哪儿来的勇气，一巴掌打在昆吾律脑门上，让他听话。

在昆吾律难以置信的目光中，他从兜里掏出了那支神笔和一卷画纸，朝着昆吾律挥过去："你是我画出来的，如果你再不听话，四处捣乱，我可以命令你回去画里！"

一阵尴尬的沉默后，昆吾律像看傻帽儿一样看着他。

马小良也觉得自己傻透了，索性一不做二不休，吼了出来："昆吾律！我命令你回去画里！"

昆吾律冷眼看着，心里给这个人类已经设想了一百零八种吃法，还有点恨铁不成钢，怎么会蠢成这样，又被那死老头的瞎忽悠了。

马小良眼见昆吾律还在，心道难道是姿势不对。

他快速思索了一下从各种动漫小说电视里积累的魔法攻击姿势，从哈利·波特的姿势换到了奥特曼的，又从奥特曼的姿势换到了百变小樱的，姿势变化之搞笑，让昆吾律好生看了一场戏。

眼见昆吾律不仅还在，而且好像生气了朝自己走来，马小良大喊一声，把姿势切换成了水冰月的。他心里正惶恐着，觉得自己这回大限真的到了，大概是要被一口咬死了，却听到前方落下一声几不可闻的叹息。

昆吾律消失了，在他面前化成一阵金烟，而后那卷空白画纸上，出现了一只金色的狐狸，睡姿慵懒，正一动不动地看着画外，满眼鄙夷。

马小良呆了，他……成功了？真的成功了！大师没有忽悠他！

那天之后，只要马小良拿笔对准昆吾律，摆出水冰月的姿势，他就会乖乖回到画里，屡试不爽。马小良满意了，他真的可以制约昆吾律，教育他不对人类做坏事，自己的生命也有了保障，昆吾律不敢随便咬死他了。

当他兴高采烈地去跟祭空大师报告时，祭空大师面上笑呵呵的，暗自却擦了擦汗。昆吾律居然真的肯就范，他不由得道了一句：

"马生,你拯救了苍生啊。"

昆吾律从被放出来到现在,还没酿成大祸,全靠马小良,马小良对人类的功劳,那可真是太大了。

马小良:"不不不,是奶茶拯救了苍生。"

昆吾律是偷跟着一起去的,等这傻帽儿蹦蹦跳跳下了山,才出面警告了这个为老不尊的和尚骗子:"再忽悠他,下次我直接把你吞了。"

祭空脖子一紧,惭笑道:"这不也得昆吾上仙您配合不是……那您打算什么时候告诉他真相?"

昆吾律没说话,桃花眼中眼波流转,半晌,他勒令这老头:"你不准告诉他。"

他为什么会进到画里?可能只是觉得马小良那样子蠢出了新高度,觉得新鲜,也可能是想起了老头的话:"你得给他能制约你的手段,否则他还是会跑的。"

其实就算跑了,凭他,到哪儿抓不到这个马小良?

五年的相处确实让他习惯了马小良,只因为自己是他画出来的,马小良对他没有一点儿图谋,只是全心全意地帮助他。这一度让他觉得神奇,怎么还有这样的人类,真的好蠢,为一个谎言要奉献一生。

他被人类的贪婪和执迷伤害过两次,本来很难再信任人类,他也确实一直在做伤害和报复人类的事,马小良是个例外——人类竟有如此纯粹的执迷。

从不信到好奇,如今,他甚至希望马小良一直执迷,这执迷像一根线,拴住了他游荡在六界之中无处可归的躯体,他可以就做他画出的狐仙。

其实所谓的制约手段,昆吾律很早就给过马小良。

他并不爱喝奶茶,起初从毛笔里出来,只是随便找喝的解渴,顺手拿了一杯，马小良就以为他爱喝奶茶，经常用奶茶来哄他听话。久而久之，他就爱喝了，他给了马小良用奶茶制约他的手段。

昆吾律离开后，祭空望着他的背影，心道：算扯平吧，我也没告诉你真相。

昆吾律不知道马小良与他前两世的恩怨，马小良不知道昆吾律不是他画出来的，他俩各自生活在谎言里，相处会长久下去吧。

这也是祭空有自信能把昆吾律交给马小良看管的原因，这两人的因果续上了，昆吾律就是会在同一个人身上栽三次，这是他的命中劫，而马小良是来还债来了。

祭空笑得慈祥，心道真好。

古庙如今已经现世了，无法再挽回，他什么时候会完全失去力量，而自己什么时候会化成骨灰消失，都只是时间问题。

他只希望，在那一天到来之前，多来几个有缘人，将这庙里其他无处可归的六界贬黜者们带出去，也给他们一个归处。

在古庙拍的人妖之恋电视剧播出了，热播。

庆功宴上，昆吾律又被一群莺莺燕燕围住了，他真是狗改不了吃屎，狐狸精改不了惑人，就一直散发着"快来招惹我"的魅力，马小良又被挤得找不着北了。

但这次他挤了进去，在正笑眯眯准备下蛊的昆吾律耳边说："再下蛊，我就让你回画里。"

他的声音在一片燕环燕瘦的美人的嘈杂声中显得格外轻，昆吾律听了，却立刻正经了些，道："好，我不下。"

马小良非常满意，这支笔真好用。

与此同时，他又对自己的安危产生了焦虑，他现在的制约对昆吾律这么有效，昆吾律会更想弑兄吧。

这之后，他更积极地去报了家长培训班，不能只靠威胁来制

约昆吾律，必须多加以关怀，动之以情晓之以理。

有一天下课后出来，马小良突然就看到门口停着辆金光闪闪的车，车里是那个举世瞩目的大明星。

太阳打西边出来了？一向要被伺候的昆吾律居然会闲得来接他了？

路上，车在红灯前停下，夜幕中正放着烟花。

今天是元宵佳节，马小良上课上得脑子嗡嗡，眯着眼昏昏欲睡，昆吾律却望着窗外夜幕、天上烟花、树上灯笼，桃花眼里难得没有了笑意。

元宵佳节，就是天庭的仙班入籍日。

他就是那天从那里掉下来的，被贬黜，开始无处可归，遭人背叛。算一算，他这是被遗弃了几次？

"还没到家吗？"睡眼惺忪的马小良打着哈欠问。

昆吾律一愣："家？"

马小良意识不清醒地嘟囔道："是啊，你是我画出来的，有我在的地方不就是你的家吗？"

昆吾律顿了许久，桃花眼终于又弯了起来，绿灯亮了，车子重新启动，回家去。

那晚，昆吾律做了个梦，梦到了千年前那个天杀的没良心的马生，把他的命源尾毛给剪了，做成了毛笔，将他封印其中。

他看着马生毫不留情离开的背影，疯狂咆哮，撕心裂肺，喊了大概几个世纪，喊累了才躺下。可他刚闭眼没多久，就感到一阵温暖，他睁眼，看到是马生回来了，重新捧起了他，将他放了出来。

马生的脸上不再是当时冰冷又卑劣的表情，而是温暖的、带点倒霉相的表情……这个马生有点眼熟。

昆吾律醒来，看到身边正在打呼的马小良。昆吾律看了他一会儿，化形成了狐狸，缩在他身旁，安稳地再次睡去。

好暖和。

之后，马小良又用起了那支神笔作画，尝试看看能不能再画出一只活的狐狸出来。

昆吾律皱眉道："你要再画一只出来干吗？"

马小良："陪着你啊，你都没有同类，怕你孤单。"

昆吾律的眉心舒展开了。

马小良："想给你画个兄弟姐妹出来。"

昆吾律调侃道："你怎么不干脆给我画个老婆出来？"

马小良一愣，立刻拒绝了："那不行，就你这万花丛里过的德行，画出来了她也遭殃，还是我陪着你吧。"

昆吾律的桃花眼弯弯，笑而不语。

七点，在古庙拍的人妖之恋电视剧热播，马小良守着电视，昆吾律懒洋洋地躺在他旁边喝奶茶，对自己演了什么完全不感兴趣，只一句一句地念着地名，琢磨人间还有什么地方没去祸害过。

马小良一反常态，没去苦口婆心地劝，整个心思都在电视剧里。好一会儿，昆吾律没声音了他都没发现，直到他的脑袋被一只长着金指甲的爪子摁了下去。

"看这么专注，真人在这儿，是不是和电视上一模一样？"

马小良的眼睛还盯在电视上："这是你第一次演妖魔鬼怪，万一露馅怎么办，我得确认一下。"

昆吾律发出了不屑的嗤声："妖魔鬼怪？我是哪个？"

马小良惭笑一声，连忙找补："就是类似的，超自然物种。"

昆吾律还是懒洋洋的，不屑道："露馅又怎么样，大不了把观众全杀了。"

马小良叹口气："阿律，别总是打打杀杀的，你现在是在人

类社会里，这里有规矩的，像你这样的坏狐狸，是要被关进动物园的……"

听着马小良又恢复了惯常的唐僧絮叨模式，昆吾律似乎满意了，电视不知何时被他关掉了，马小良也没发现。

第二天他才上线看到网友对电视剧的评价，只见粉丝们全嚷着："啊啊啊哥哥就是狐仙下凡！狐妖转世！"

马小良心惊胆战地看过所有评论，都是在夸奖，不是真的这么猜测，他放松下来，又觉得好笑。

文 ✱ 存风涤光

温柔救世航行员 ————

———— 酷帅红发虫族少年

溯流巡游
Shenyuan Siyangyuan

无论经历了多少次，他们还是会走向这个局面。
他记得阳光与月光，记得自己的心脏不仅仅是在为自己一个人跳动。

溯流巡游

文 ★ 存风涤光

写作是一个人寻求自我存在感的方式。
借歌德所言，我将在另一个王国的无边黑暗中等待我自己。

01

当晏舟试图通过光脑重新联系伊莱恩的时候，巨大的爆炸声响和随之而来的冲击波已经席卷了整条街道。被震飞的变异种砸落在他的防护靴旁，污浊的黑色液体四溅。

重联失败。

一团不明物体流星一般自远处往晏舟的方向飞来。

晏舟侧身，眼睁睁地看着那团不明物体在他身后那堆破铜烂铁里砸出一个坑。

烟尘消散。

坑里躺着一个半边身子裹在熊熊烈火里的人。

没过多久，那人活动着关节，屈肘撑起了自己的上半身。

他头上的半边红发和半边焰火在风中舞动，红瞳里映着晏舟缓缓靠近的身影。

扑通一声，人又倒下了。

烟尘四起。

02

附近只有一座C级安全屋，遭受一定冲击波的影响，半边屋子都沦为废墟。整条街的变异种都消失殆尽，且屋内的基本设施还能使用，晏舟就将人带了进去。扑灭焰火、监测生命体征、启动营养舱、修复观察系统等措施进行得有条不紊。

安置好对方后，他褪下全身的防护服，摘下手套和口罩，在安全屋稳定的信号覆盖下继续重联上将伊莱恩。

营养舱里浸泡着的人看起来像是个少年，他红色的短发被晏舟往后捋去，露出光洁的额头和干净凌厉的眉眼。黄色营养液流动，迅速修复着火灭后剩下的伤口。

"你为什么直接将变异种聚集到西区十三处引爆？伊莱恩上将，你应该比我更清楚在这种程度的冲击波下，这里未撤离的人没有生还的可能性！"晏舟对伊莱恩的行事作风一直颇有微词，他记得之前二人在空间基站共事的时候，伊莱恩还没有现在这么激进。

光脑显示屏里的伊莱恩似乎并不介意对方言辞激烈："晏舟，我并没有太多选择，上面针对消灭变异种的指标在那儿。现在布莱恩科研所的基因实验品因为意外事故都跑出来了，早点解决掉更多的变异种也有助于抓捕实验品，不然死的人会更多——那些实验品现在攻击性很强。

"你应该还没来得及查看这些新消息——他们原本是机密，但现在不是了。"

晏舟沉默地看着显示屏里伊莱恩传输给他的科研所相关信

息。

原来人类早在之前巡查空间基站时就发现了外星文明，并捕捉了少量游荡的外星实体（攻击性弱，但有极强防御性）进行基因混改实验，试图造出防御力极强的"新人类"。外星文明被称作"虫族"，布莱恩科研所失败的实验品呈半人半虫状，他们突然进入了狂暴状态，攻击性变得极强，逃出了科研所，不知所终。

伊莱恩看着皱眉阅读资料的晏舟，微笑道："晏舟，你从空间基站调离之后就一直负责治安维护。这次我已经派出了专业团队去处理实验品的事，你可以适当配合。"

话音刚落，伊莱恩切断了通信。

修复观察记录仪响了三声，营养舱里的红发少年直接坐了起来，营养液哗啦啦被甩落，他原本烧毁了的半边身子奇迹般恢复如初。

"陈……放，感觉怎么样？"晏舟卷起袖口，看着从营养舱出来的人，看着人脸从脑海里搜寻了半天名字。

"谁跟你说我是陈放的？"红发少年挑眉，说话语调古怪，声音嘶哑。他血红的瞳孔急速收缩着，还沾着营养液的半边身子发出"咔嚓"的响声，一根坚硬的巨型触角从额头蠕动着探了出来，他的半边脸都变成了暗红色的甲壳。

晏舟惊诧地看着眼前的一幕，他反应迅速地去拿身旁的激光枪。谁料那触角速度快得诡异，一下子将枪支推出很远。

晏舟扭头，那触角和甲壳又都收了回去，红发少年朝他冲来，迎面是一阵强劲的拳风。他迅速地侧身躲过，在对面杂乱而又狠戾的攻击下抬手、挥臂、屈肘，两人赤手空拳打作一团，几乎分不出胜负。

最后红发少年被晏舟一脚踹到了墙角，而晏舟本人也鼻青脸肿。

晏舟拾起脚边的激光枪，看着一脸青紫还无比闲适地倚在墙角冲他眯眼笑的红发少年，语速不紧不慢道："我说，在这种程度的冲击波下，一个没有防护服的人怎么还有生命体征，C级营养液也无法让普通人的身体修复得这么快——原来你不是普通人……布莱恩科研所的基因实验是直接用活人身体作培养皿的吗？"

晏舟对面前红发少年的脸有印象，这是他多年前任职航空教员时短暂教过的学生——陈放。

但当他露出巨大的昆虫触角时，晏舟意识到，他可能就是科研所里半人半虫的失败实验品。

红发少年吐出嘴里的血块，从一片狼藉的地上随手拿起一包安全屋里储存的饼干，放在鼻尖嗅了嗅。他满意一笑，无视对面握着激光枪对准他的人类，依照脑海里融合后的那个叫"陈放"的人类记忆，撕开了食品包装袋，将被震碎的饼干倒进嘴里。

饼干屑落了他一身。

晏舟皱眉，不太理解他的举动。旋即，光脑警报声响起，提醒周围有不明生物活动。

他迟疑了片刻，就感受到一种压迫感迅速地从背后攀升，四周隐隐约约有叽叽喳喳声和窸窸窣窣的摩擦声。他迅速转身启动激光枪，激光切断了空中飞舞着朝他伸来的万千根触须。

那是一个比人还高的深黑色甲壳类生物，正在废墟上挪动着。他上半身是人类的样子，下半身盘踞着蜿蜒如蜈蚣的躯体。硕大的白色复眼嵌在脸上，两个触角飞舞着，深黑色的触须以异常快的速度四处伸展。

晏舟没有停止激光枪的运转，不过尚不清楚面前生物的特性弱点，他不敢恋战。

他立即启动光脑，联系停在西区十处的飞艇。

深黑色的触须蜿蜒到晏舟身后意图偷袭，千钧一发之际，一道红光闪过，触须断落。

疾驰而来的红发少年半边脸覆盖着暗红甲壳，他身形矫健，自身后蹿出一根硕大坚硬的尾钩迎风划过，道道红光斩断触须，直取那甲壳类生物命门。

顷刻之间，那东西蜈蚣般的下身摇摇晃晃，整个躯体竟轰然倒塌。

晏舟站在废墟之上，看着踩在那半人半虫身上，已经完全恢复人形的红发少年。

风拂过他的红发。

他血红的瞳孔停止了收缩，静静回望着晏舟。

嘴边还有没擦干净的饼干屑。

03

红发少年在晏舟的飞艇里享用着饼干。晏舟着手汇报情况和处理公务，他迟疑片刻，最终并没有上报红发少年相关的事情。之后他又接到林风的信息，对面声称空间监测局疑似检测到一处新生的不稳定撕裂空间。

飞艇里气氛一时沉默。

但在上飞艇之前，他们有过一段对话。

"你和刚刚那个半人半虫的实验品不一样。"

"那当然，他们也配和我比？"

"……他似乎没有多少人类的意识，但你有，并且你能和人类沟通。他是典型的半人半虫形象——好像也不可控，但你却可以自由选择维持人形，你并不处于文件里所说的狂暴状态……更重要的是，你很轻松地杀死了他，救了我。"

"我想杀就杀呗,这不需要什么理由……啊,什么文件提到狂暴来着?是我当时在营养舱里听到的什么莱恩给你的信息吗?真可笑!你们人类真有意思……唔,那你猜猜我为什么和这群'狂暴'的半人半虫生物不一样。"

"我无从得知,才会问你。"

"你觉得我会认真回答吗?你们人类太自大了……我只乐于告诉你,是我让他们变'狂暴'的。"

"你的目的?"

"找乐子呗。我愿意和你一问一答也是在找乐子。"

"……包括给我展示了一下你的虫身,又变成人形跟我肉搏?"

"对啊,尝试一下古人类最原始的肉搏不是乐子吗?"

"你让他们陷入狂暴,那你能让他们脱离这种状态吗?"

"哈哈哈哈,我当然不能了。说实话他们迟早要这样的,我只不过让他们提前解放天性罢了。唔……我想尝尝你飞艇上的饼干,我闻到味了。

"你不用担心,我对你没太大敌意,你还不配——你打不过我,我想你自己也很清楚。但你如果愿意请我吃点饼干的话,我也许会乐意讲点你想听的。"

晏舟从回忆里回过神来,他看着旁边正在吃饼干的红发少年。

找乐子?依照他口中"你们人类"的叫法看,他认知中的一切都源自外星文明。伊莱恩说他们被人类捕捉用来完成基因实验……那这本质属于虫族的生物,又怎么会如此果断地杀掉自己的同类?是因为虫族生性凉薄,抑或……这也是在找乐子?真随心所欲。

红发少年笑眯眯地解决掉了饼干,他问晏舟看着他在想什么。

"……我在想空间监测局说的不稳定撕裂空间。"晏舟垂下眼

睫，揉了揉眉心。

"呦，空间监测局……你们人类职业那么多，你一个人到底占几样啊？空间基站、治安维护、空间检测……你转得过来吗？"红发少年跷着二郎腿，闲散地靠在椅背上，笑得见牙不见眼。

晏舟也笑，琥珀色的眼眸好像是夏日里波光潋滟的池塘："是有些忙不过来，不如你帮我做做……你又有不少乐子可找了，我还可以请你吃饼干。"

04

当红发少年百无聊赖地面对围剿变异种的任务时，他自己也有些想不通当初怎么一下子就答应了晏舟。虽然他一直以来确实只想找乐子，任何生物的生死都与自己无关，但他其实更乐意看到那些狂暴的虫族、变异种与人类互相残杀。

他本不太乐意乱掺一脚。

不用晏舟说，他也不屑于在这些变异种面前袒露他的虫身，杀这些低阶种族对他来说用人形就够了。他依然以晏舟的前学生陈放的身份行事，如此也不会引人怀疑。不过要照顾那些弱小人类的性命，碍手碍脚的，他嫌烦。

为数不多让他快乐的事，就是暂居于晏舟西区三处的住所。

每当他带着一身戾气回去时，满屋的饼干香味就会包裹他。他结合了人类"陈放"的躯壳和虫族的一切，所以他有极度敏锐的嗅觉——饼干软软的、甜甜的，像一片片云，把他带到了空中。

他很喜欢这样的感觉，所以他也越来越习惯赖在晏舟的住所里。在阳光温暖的正午或寒星闪烁的夜晚，他都躺在落地窗前的小沙发上。空气中是他喜欢的饼干气息，小沙发上有一些晏舟的味道——很干净的洗衣液香气，意外地，他并不介意。他微合着眼，昏昏沉沉的，很容易就有了睡意。

一开始，晏舟看着他懒洋洋晒太阳睡觉的样子，觉得很新奇。在他看来，红发少年实力强悍，身上却充满了谜团——如果他真的是一个随心所欲找乐子的存在，那他更是一个潜藏的危险人物，针对危险人物，晏舟从来不敢掉以轻心。他的微型监视器这几天一直跟随着红发少年，无论是在他围剿变异种还是吃饼干的时候，晏舟都默默地观察着他的一举一动。

直到有一次，少年直接看向了微型监视器藏匿的地方，晏舟和他血红色的瞳仁打了个照面。

少年朝监视器的方向竖起了两根手指，笑出了一口白牙。

晏舟很晚才回到住所，他调低了智能机器人汇报的声音，没有开灯。他没有直接回自己的房间，而是轻缓地走到落地窗前，借着月光看着四仰八叉躺在小沙发上的红发少年，陷入思索。

是基因实验的影响吗？他睡觉时居然像一个纯正的人类那样打着轻微的呼噜。还是说虫族本身就是这样的？他好像并不怕我做什么——他睡得很熟……好像一直都没有什么顾虑。

晏舟耳边只有轻轻的呼噜声和窗外稀疏的蝉鸣。

他伸手拿起旁边的毯子，动作轻柔地将他盖在红发少年的身上，这才转身离开。

红发少年的眼睫动了动，他把头埋进毯子里，蹭了蹭。

熟悉的味道。

第二天早上，红发少年罕见地起了个大早，他打着哈欠看着喝着咖啡的男人。

"昨天我在西区八处杀那些变异种的时候，闻到了那些疯狗的味道，要我帮你把他们也一起杀了吗？"他拉开晏舟对面的椅

子坐下，百无聊赖地摆弄桌上的餐具。

"疯狗？"晏舟抬头。

"就是你们说的，什么失败的实验品，狂暴的半人半虫的家伙……他们这些血统和精神力等级都很低的虫子狂暴起来就很像你们人类社会说的疯狗。"红发少年垂眸"喊"了一声，神色却越说越不自然。

这点不自然的表现落入晏舟眼里，他眼神微动，笑了笑："看来你们虫族血统等级观念还很重啊。"

"……是啊，重得不得了呢。血统、精神力、虫身完整性、阶级等，这些都很重要。至高无上的是王虫，他各个方面都是顶尖的水平。"红发少年挑眉，他觉得晏舟在试探他——他想要平和地得到一些虫族相关的信息。

晏舟喝了一口咖啡："这么看来，你的各方面条件应该领先于那些在逃窜潜藏、时不时突然出现攻击人类的虫子……为什么你不帮帮他们？"

前面那段话正是晏舟忧虑所在。红发少年并没有对他表露出极强的敌意……他没有向上汇报正是因为考虑到了红发少年的可交谈性——如果如实汇报，上面一贯激进的做法很难维持住当前的局面，局势可能会更不可控。他急需知晓一些相关问题的答案和红发少年的立场。

"他们和你一同被人类捕捉……进行基因实验。"晏舟皱着眉补充了一句，语气略有停顿。

这样古怪的神情惹得红发少年拍桌大笑："我早就说了我是来寻乐子的。我可不像其他那些固执的虫子讲究什么虫族团结、虫族荣誉——我是虫族，但我从不属于那什么鬼阵营。导致那些低等虫类狂暴的药剂是我放的，我就想看他们装不下去，和你们人类撕破脸皮的局面——用你们人类的话说，我很乐意看戏。"

"至于什么基因实验……你们人类真会玩哈哈哈哈……你刚刚那副表情真可爱,是不太认同你们人类所谓的'基因实验'吗?"

晏舟消化着所听到的一切,有个别语句加深了他的困惑。

他垂眸看着手中的咖啡,舌尖轻轻顶了顶上颚,口中苦味蔓延。

"根据黑暗森林法则,一旦某个宇宙文明被发现,就必然会遭到其他宇宙文明的打击。人类文明发现了虫族文明,好像最终的结果必然是人类文明对虫族文明进行打击——但在我看来人类文明从来不该是恶意文明,但是他们选择了主动攻击捕捉你们,这让我很诧异……布莱恩科研所的研究一直很残酷血腥,因此他受到外界很长时间的质疑。你们被捕捉、被用来做基因实验,受到无端压迫的是你们。"

"你感到不忍是吗?正义感十足的雄性人类啊……这么看你们人类真是罪有应得。我还听说你们人类污染环境太严重,导致冰山融化、远古病毒暴发、地表塌陷、核辐射扩散。现下变异种四处横行,虫族大肆进攻地球也是迟早的事,恕我直言,人类迟早完蛋,我不知道你们还在坚持什么。"

红发少年懒洋洋的一席话让晏舟陷入了沉默。

西区五处是红发少年这几天常来的地方,那里安置着从感染区抢救过来的普通民众。他这几天除了为赚小饼干随手杀一些变异种外,还协助大家撤离。他是优秀的虫族,脑子好,速度快,体力强,攻击力也强,哪怕他只用人形。

当晏舟和他一起到西区五处视察的时候,红发少年笑眯眯地指着不远处:"看着吧,这里的人可都是我救的。"

晏舟琥珀色的眼瞳里映着少年灿烂的、像孩子一样的笑脸。他也笑了笑,揶揄道:"邀功吗?改日给你颁一面锦旗好了——

世界上最厉害最伟大最优秀的虫子。"

　　红发少年挑眉,笑得更灿烂了,不过他又有些迷茫——自己本来只想看乐子,独坐高台不乱掺和,怎么现在却在帮人类打杂?帮人类打杂也就算了,他好像也没有那么不乐意。

　　红发少年看着面前跟工作人员交谈着的晏舟,鼻尖好像还萦绕着那股很干净的洗衣液的气息。他抓着一头凌乱的红发,在正午的太阳下打着哈欠,想着小饼干,红瞳里的迷茫云开雾散。

　　也许是因为自己找到更好的乐子了,他想。

　　阳光喜欢给他的受众镀金,草坪上互相追赶的小孩、嗷呜嗷呜叫的黑色小狗、睡午觉的年轻夫妇……都在金色的光里。

　　晏舟扭头看着红发少年。

　　他的红瞳烈火流金般涌动着光,让晏舟想到了前面那些嬉笑着的小孩的眼睛。

　　"人类也许迟早会灭绝,或者说我愿意承认这是一个既定事实——几年后、几百年后、几万年后、几亿万年后……谁也说不清什么时候。他也许就发生在一个很随意的、太阳还在的一天。"

　　他的声音平缓低沉,琥珀色的瞳仁里盛着夏日池塘的光影。

　　"但是你看奔跑的小孩和吠叫的小狗,他们至少都还存在……在太阳底下。他们深深地爱着这个世界的光和空气。结局是既定的,或早或晚都会到来,但我希望在这之前他们可以多晒点太阳,哪怕多一秒钟也好。

　　"在我古老的家乡文明里有个词叫'逆水行舟',逆水行舟,溯流而上,一直到海水变蓝,哪怕是明知不可而为之。"

05

晏舟与空间监测局的林风一直保持着联系。针对新发现的不稳定撕裂空间的监测和探索陷入了瓶颈,得到的消息止步在"可能与外星文明的冲击有关",同时该撕裂空间附近又怪象频出。鉴于晏舟之前任职空间基站巡游总督的经历,他被林风邀请去空间监测局一趟。

晏舟询问正在吃饼干的红发少年:"那处不稳定的撕裂空间好像跟你们虫族有关……要跟我去空间监测局看看吗?"

"想让我帮你忙吗?你也不怕我反咬你一口。"红发少年笑眯眯地递了一块饼干给晏舟。

晏舟接过饼干放进了嘴里。好甜,他禁不住皱眉。

"我知道你只做你想做的,不过我倒愿意你这样,相信目前你想做的事不会反咬到我。"

红发少年笑着,神情却有一瞬间的愣怔。

他们一到达空间监测局,林风就火急火燎地展示起了监测星图。

"这里有个新生能量场,根据星图和磁场计算,我们推测这是一个新生的撕裂空间,它呈现出不规则的蛛网状,能量流动不规律——这是一个很奇怪的移动空间。"

"这个新生的撕裂空间在 $\gamma 07$ 到 $\gamma 13$ 轨道之间移动,目前没有超过这个范围,这是之前我还任职时和伊莱恩等人共同负责的巡游轨道范围。"晏舟在脑海里搜寻着多年前在空间基站巡游时的记忆。

"你确定这个空间是最近新生的吗?"晏舟想到了什么,紧盯着林风。

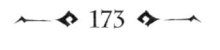

林风面色凝重地查看着光脑，有些迟疑："空间检测报告显示这个撕裂空间是在最近产生……但是早在新纪176年，这块区域就检测出了异常，不过这个异常被调查所认为是不明宇宙暗物质导致的，危害不大。"

"这种不明暗物质在176年以前就间接性地出现过几次，但此前并没有发生什么特殊现象。"

新纪176年，是晏舟在空间基站巡游任职的最后一年。

晏舟和红发少年离开空间监测局时，两人都异常沉默。

晏舟在看到这片撕裂空间范围和他之前与伊莱恩巡游的范围一致时，就想到了新纪176年巡游路线上出现的异常。在一次他接替伊莱恩换班的巡游路途中，数据异常导致干扰离子出现，飞艇因此处于间接性抖动状态里。这种异常让飞艇总机无法识别具体的情况，无法制定解决措施，情况危急，他立即向上级汇报，并中止了那次巡游。后来晏舟却没有得到关于那次异常的具体解释，没过多久，任职期满，他就离开了空间基站。

如此他才会突然询问林风，关于那处撕裂空间的生成时间。而林风的回答好像证实了他的猜想——那次巡游路线的数据异常和这处新生的撕裂空间之间也许存在不小的联系。

而红发少年脑海里，那个撕裂空间的能量图却挥之不去，他隐隐约约能感受到远在几亿光年外的那片撕裂空间的能量外泄。

那种能量，随他每一次呼吸与血液的流动共振，好像在他耳边喃喃低吟。

回到住所之后，红发少年躺在沙发上发着呆。晏舟则向上级汇报了基本情况，获得了空间基站巡游记录系统的短暂访客权限。

他开始挨个查阅新纪176年空间基站的巡游记录。在看完一个编号为Gb-32的轨道行驶记录视频后，晏舟立即启动计算程序模拟当时的理论巡游路线。看着面前截然相反的结果，他眉头紧皱。

Gb-32是伊莱恩进行的一次个人空间巡游，其中出现了明显的航道偏离和数据计算异常。而晏舟发觉数据异常的那次巡游，恰好在Gb-32之后。

难道数据异常最早出现在伊莱恩的巡游路线里？为什么那次航道会有这样明显的偏离？是数据异常导致的吗？伊莱恩为什么直接完成了巡游，没有上报异常？

晏舟怀揣着疑问继续查阅后续巡游的记录，一切数据却显示正确无误。

他查到了他上报数据异常错误的那次巡游记录，而空间基站总部给出了回复：经勘测Gb-32—Gb-36巡游期间，轨道周围存在不稳定不明暗物质，受该物质影响导致数据异常，现数据已修正（该不明暗物质易造成航线轻微偏离，无特殊异常）。

就在这个时候，伊莱恩给晏舟的光脑传来了紧急信息，让他前往南区17处支援剿杀突然狂暴的变异种。

晏舟看着这条命令，隐约有种不好的预感。

晏舟到达南区17处时，眼前正是一片混乱景象。

变异种和三只巨大的半人半虫怪物在互相残杀。密密麻麻的变异种在数量上占据了优势，但和虫族比起来还是不值一提。

这三只虫子看起来比晏舟最初遇到的那只要强悍得多，他们有三四人高，比街道还宽。多足，巨镰，獠牙，重翅，毒刺……在空中驾驶着飞艇的晏舟看着底下的场景，很讶异伊莱恩没有跟他提虫子也在这里的事。他不敢耽搁，立即上报总部请求支援。

南区17处，除了变异种和虫族，目前赶到的只有晏舟一人。

多足巨镰的虫子注意到了附近有人类的存在，他急速地扭动着身躯压垮一座座房屋和一棵棵树木，挥舞着巨镰劈向晏舟的飞

艇。

晏舟操纵着飞艇灵活地一次又一次避开破空的攻击，眼前是漫天飞舞的触须和横穿的巨镰。整条街道被三头虫子霸占着，他们的身旁填满了密密麻麻的变异种。

晏舟操纵着飞艇升空，激光微波一个接一个地冲向地面上的巨虫。电光石火间，变异种被炸成一摊黑色的烂泥。巨虫张着獠牙满布的血盆大口嘶吼着，他们的攻势有所减弱。

支援迟迟未至，晏舟不敢松懈地操控着飞艇。这场拉锯战耗时耗力，他一人应付三头实力强悍的巨虫略显吃力。

在又一次密集的激光攻击后，一头满身毒刺蜷曲着的虫子被击毙倒在地上。

这激起了另外两头巨虫的狂怒，其中的巨镰怪爆发出惊人的速度，一镰砍向企图躲避的飞艇。

轰然一声巨响，飞艇出现裂纹，被撞落到满地的变异种身上。在巨大的冲击力的挤压下，大片黑色血液从地面迸出，飞艇如陷泥淖之中。

巨镰伴随着嘶吼落下，飞艇彻底断裂。腥臭的液体和脏污的黑色血液涌进舰舱，晏舟手握激光枪，趁机一跃而出。

他抬头，没有一点光亮，面前黑压压的是两只巨虫的身躯。

巨镰和多足上的毒刺同时落下，烟尘四起。刹那间，一抹红光闪过，晏舟被一股巨力推出几百米远。

他回过神，望向前方，一头六七人高的猩红色巨虫不知何时出现，后背窜出一根硕大坚硬的尾钩，他发出震耳欲聋的嘶吼声，身形遮天蔽日。

晏舟满面尘土，远处一抹红光破空划过，嗡鸣的飞艇声由远及近，密集的激光向那三只混战的巨虫发起攻击。

晏舟被巨大的冲击波殃及，即使身穿防护服，也被震出了几百米。他倒在地上,吐出一口血。

意识残存时看向的,是远处那抹猩红色的影子。

06

晏舟在医院清醒过来的时候,旁边坐着百无聊赖吃着饼干的红发少年。

"……你又救了我一次。"

"是啊,救你真麻烦。我下次再也不自讨苦吃了。"

"你受伤了吗?"

"我没有你们人类那么脆弱。虽然我也会受伤,但总比你们人类好,不会动不动就晕厥。"

"我们回去吧。"

"去哪儿?"

"西区三处,有落地窗和小沙发的地方——还有你最爱的饼干。"

晏舟的各项生命体征恢复得差不多了,医院便允许他提前回到住处静养。

回去的那天晚上,晏舟把那扇一直关着的落地窗打开,外面风景很好,是青绿的草坪和漫天的繁星。

他和红发少年坐在沙发上一起看着窗外的景色,旁边放着饼干。

红发少年血红的瞳仁中幽幽地映着漫天繁星,他好像陷入了这个与母星迥异的另一个陌生文明的天空里。

晏舟自从在医院里醒来,就觉察到了红发少年鲜有的沉默。

他似乎心事重重——这样的心事能让原本燥热的火山变成寂

静的深渊，无声的波澜拍打着岸边的礁石，碎裂的水花倾泻出潜藏的告别字符。

红发少年率先打破了寂静，他故作轻松地笑了笑，似乎很想努力挑起话题："你之前在医院昏迷了很久……"

他欲言又止。这个话题莫名有些沉重，他想。

"我知道。"

晏舟也有些沉默。他脑海里仍充斥着各种工作相关的问题和想法，而冲击波带来的负面影响让他一试图思考就头痛。

沉寂的氛围又一次包裹住了二人。

晏舟的思绪落到了之前查阅到的Gb-32巡游记录上，他带着昏昏沉沉的脑子，启动光脑准备联系伊莱恩进行询问。

这应该能解决掉他之前困惑的一些问题。

"你如果有什么问题，联系他是得不到结果的。"红发少年盯着光脑屏幕上伊莱恩三个大字，突然出声。

晏舟停下动作，抬头看着他。

红发少年撇了撇嘴，得到晏舟的注意后，便有些得意地仰倒在了沙发上，恢复了不着调的样子，刚刚那心事重重的沉默模样仿若幻影。

"伊莱恩当初说的话，你不会现在还信吧。"他说。

"信什么？你是指他最初传给我的布莱恩科研所的信息？"一阵阵刺痛侵扰着晏舟的神经，他不由得揉起眉头。

红发少年不置可否地笑了笑，往嘴里塞起了饼干。

"他跟你们说的是人类率先发现并攻击捕捉虫族，对他们进行残酷的基因实验，制成半人半虫的实验品……我没记错吧？但其实他完全在糊弄你们——从来都是高阶文明先注意到低阶文明，哪有低阶文明先占据主导权的？"

"……你的意思是？"

"我的意思是——我们虫族先注意到了你们人类文明，但没有人类意识到这件事。虫族通过在地球的中转人，将部分中低等虫子秘密转移到地球，这些中低等虫子的任务就是伪装成人类。伪装一共分三步：寄生，控制到彻底融合……目前为止一共转移了三批虫子。你可以从你们人类困难地和那些低等虫子交战看出来——虫族文明和人类文明相比，应该是更高阶的文明。"

饼干一块块被消灭，他慢条斯理地擦着嘴。

一字一句都出人意料。晏舟刚放松的眉头不由得又皱紧——红发少年所说的"伊莱恩的谎言"显得有些莫名荒诞。而"虫族"和"伊莱恩"两个关键词的串联让他突然想到了之前被猜测与"外星文明冲击"有关的撕裂空间和异常数据。

他试探性地询问："按你所说，虫族在地球的中转人难道是伊莱恩？"

"没错，这就是为什么我说你联系伊莱恩得不到任何结果——他不会跟你说实话的。但是我可以告诉你一切……

"第一批基因改造的虫子早就混入你们人类之中了，他们进化隐藏得很好，我的药剂只能让大部分第三批和少部分第二批虫子暴露原形。"

"你肯定想问为什么我们的中转人是伊莱恩。"红发少年抢在晏舟开口前面，"我想你应该调查得差不多了——新纪176年，伊莱恩的个人空间巡游轨道偏离，那是我们虫族第一次窥见人类文明的踪迹。我之前说过虫子伪装成人类只需要三步：寄生，控制到融合。融合成功后虫子会彻底占领人类的躯壳……"

"伊莱恩早就不是那个人类伊莱恩了……就像我从来不是陈放一样。

"你猜现在你们的高层里还有多少人类。"

晏舟定定地看着眼前说话的红发少年，思考带来的尖锐刺痛

和言语的冲击让他有些头晕目眩。

月光倾泻而下,红发少年的半边身躯不再隐没在黑暗里,此时一如当初爆炸时那般,火焰烧灼他的半边残躯,光忽明忽暗。

"他们暴露原形之后,顶替伊莱恩的那只虫子听从母星的指挥,故意将这些狂暴的半人半虫全都归于他名下失败的基因实验。目的就是隐瞒虫子能伪装成人类的事实,不引起你们人类高层的警觉。

"他推出几只无关紧要的虫子顶罪,看似你们人类掌握了主权,其实真正重要的虫子还藏在你们人类的各个职位里。在这段堪称漫长的时间内,不少重要的人类机密文件都在被破译传输……等到虫族正式进攻的时候,内外都可以一呼百应。"

晏舟消化着这巨大的信息量,有关于伊莱恩的一切渐渐在他脑海里串联起来。他不可抑制地感到心寒惊诧,内心泛起一种难言的焦躁,这种感觉甚至冲淡了思考带来的刺痛。

他开口说话的声音有些嘶哑:"……你为什么会跟我说这些?"也是为了找乐子吗?你为什么觉得我会相信你而不是信任与我共事多年的伊莱恩?还是你根本就不在乎我的信任?

他咽下后面所有的问题。

红发少年无声地望着窗外,他好像知道身边这个焦虑的男人没有问出口的一切。但他选择在这个时候变成一尊沉默的雕塑。

微风从窗外吹过,草香混着土腥味闯入室内,晏舟深吸一口气,耳边是略显聒噪的蝉鸣声,他却平静了许多。

在注意到红发少年面前的盘子只剩饼干碎屑后,他起身又去拿了一些饼干过来。

红发少年接过来有一搭没一搭地吃着,晏舟满怀心事地坐在一旁陪他看着夜景。

时间一分一秒走过,在外面蝉鸣声最为吵闹的时候,红发少年突然转头看向晏舟。

"我是王虫子嗣之一。"他慢悠悠地说着,故作轻松,"所以我的血统、精神力都比那些低等虫子强,这是我为什么可以抵挡住药剂的影响维持住人形以及能轻松杀死低等虫子的原因。"

"……那你为什么会和他们一块儿来到地球?"

红发少年摸了摸自己的右额角,笑了笑:"我想,当初我给你看我的半边虫身的时候,先给你看的是我的触角——残缺的触角。"

晏舟若有所思地垂眸:"我以为那是你的触角被火烧毁了。"

"我天生异类——我的两边触角都有残缺,虫族靠触角互相沟通联系,我因此常常落单。既然母星上没什么乐子,那我就来地球上找点乐子。"红发少年似乎笑得更开心了,"实话实说,因为我独特的残缺触角,我可能是王虫子嗣里的'低能儿'——我的兄弟姊妹们的确也这么说。"

晏舟想到了当初他们在餐桌上的谈话,以及红发少年状似奚落低等虫子时不自然的神色。

原来如此,他想。

"……不是这样的。你很优秀,你很好。"晏舟一边组织着语言,一边拿起一块饼干递给他。他琥珀色的瞳仁正流动着月光的光辉,"在我眼里,没有任何一个虫子可以和你相比。"

"我还记得你当时跟我说'我是虫族,我却从不属于虫族'。的确如此,因为你是你自己,你的存在就是你的价值。这无关你是否有最高等的血统,抑或是否是最高贵的阶级,也无关你是否拥有强大的精神力和完整的虫身,无关你是人类或是虫子还是其他东西……每个生物个体都有权利选择自己的归宿,而我们人类会把他称作——一个人拥有的基本尊严。

"这种尊严,是对自己和别人的生命尊重与价值尊重。

"也许你母星将规则和身份看得很重,但如果让我来说,无论是你,还是'最低等的虫子',你们都有选择自己归宿的权利。

"我们也一直都在不知不觉中逐渐选择了自己的归宿、立场、坚守、憎恶,抑或热爱。"

红发少年静静听着,他想,无论在冥冥中经历过多少次,再次听到这段话他还是会感到心脏变得很奇怪——它好像不再属于自己了。

他莫名想到了那个阳光炽热的下午。

关于阳光和月光的一切记忆都在他脑海里旋转,像一幅五彩的图画流淌着光和色。

他如一个初学绘画的小孩,读不懂画作里每一根线条的走向,只感受到了绚烂色彩的明媚。

繁星满天。

"晏舟,舟是你之前说的'逆水行舟'的'舟'吗?"

"嗯。"

"我也想要一个名字,人类的名字,你帮我取一个。"

"让我想想……叫'阿斯特'好吗?"

"好。"

"逆水行舟,溯流而上,是逆着河流的流向走吗?"

"对。"

"那如果逆着时间走呢?"

"那是时间回溯。"

07

天边泛起鱼肚白。

晏舟整理着纷乱的思绪，打开了光脑。

他有些犹豫接下来该做什么，关于伊莱恩与虫族的一切信息都还在他脑海里转着。

伊莱恩曾和他在空间基站共事数年，两人关系匪浅。只不过晏舟任职期满之后就被调到航空学校任教员，而伊莱恩连升数级一直做到了上将。

激进派就在那个时候壮大兴起，伊莱恩的行事作风也与以往大相径庭，二人渐行渐远。晏舟又因为多次与上级意见不合而受到了降职处理和打压——这让他一直从事一些闲散工作，甚至降到了普通的治安维护总督。

如果红发少年所说句句属实，那这一切似乎都可以得到合理的解释。但晏舟还是有一种不真实感，他恍惚间想起曾经在空间基站的日子，想起伊莱恩那小子插科打诨的笑脸。

伊莱恩、他当时众多学生之一的陈放，他们生命与价值的归宿现在又在哪里？

他眨了眨有些干涩的眼睛，转头问吃了一夜饼干的红发少年："当初Gb-32伊莱恩的个人巡游轨道偏离，真的是所谓的不明暗物质引起的吗？这和不稳定的撕裂空间有什么联系？"

红发少年没有停止往口中塞饼干的动作，他好像非常清楚这一切："的确是不明物质的影响。不过这是一个彻头彻尾的'错误'——意外的不明物质影响到了数据计算，Gb-32个人巡游恰好在那个时间点，于是这次巡游的航道出现了偏离。

"因为这次偏离，我们虫族提前注意到了你们人类文明。这个时候的人类文明还在发展中，并没有达到我们虫族的水平。但

如果按照正确的轨道行驶，也许我们会晚几千年才注意到人类文明。这几千年里人类文明可能会发生一些巨大的变化，甚至产生质变。当这两种文明再次相遇，人类可以抗衡……也许本该如此。"

"至于你们一直在调查的不稳定撕裂空间……"红发少年开始将剩余的饼干揣到兜里，"就是那次轨道偏离导致的虫族文明和人类文明提前撞击产生的，所以他最初出现迹象的时间和不明暗物质出现的时间几乎一致……之前南区17处是伊莱恩让你去的吧，他估计知道你查到他当初巡游记录的问题了，他想把你除掉。"

思考带来的刺痛并未消减，晏舟神色越发凝重："……我能感受到不对劲。他向我隐瞒了还有其他虫子在场的消息，并且当时没有其他部队支援我。

"至于你说的两种文明本可能抗衡的正确轨道……数据计算的原生轨道就是所谓的正确轨道？你又是……怎么知道这一切的？"

他问出最后一个问题。

本以为红发少年仍会如昨晚一般陷入沉默——他心里藏了一些事，晏舟也很清楚他们之间立场的微妙性。

没想到红发少年不在乎似的耸了耸肩："那处不稳定撕裂空间是由虫族文明和人类文明意外碰撞产生的，我是基因融合过的虫子，我体内有小部分的人类基因——我的能量和那处不稳定撕裂空间的能量契合。那次去空间监测局，我感受到了他——他后来告诉了我一切。但我并不知道你们人类数据计算的原生轨道是不是那个正确答案。"

晏舟顺着红发少年的话有了新的猜测："如果那次航线偏离和宇宙暗物质的相互作用导致虫族提前发现了人类文明，那么说明那次航线的不同偏离程度和方向都会影响人类文明和虫族文明交锋的时间。如此看来，不存在什么正确答案，只存在对于人类来说最为合适的答案。这个合适的答案也许可以多给人类文明几千年的时间。"

"是这样，不过这个最合适的答案对于你们人类，是最正确的答案。"

就在此时，光脑的警报声响了起来，红色警戒令的发布往往意味着重大危急情况的出现。

外星文明进攻，已经有几处地点沦为虫族突然袭击下的灾区。

晏舟沉默地在光脑前站了几分钟，这几分钟内只有家居机器人运转的轻微声响在提醒着时间的流逝。

片刻后，他转头看向红发少年："你也没有办法是吗？"

沉默像一根毒刺。

"……抱歉，但我从来不是虫族的决策人。"红发少年垂下眼睫，他的声音很轻。

晏舟上前几步，他的手抬起来，顿了顿，最后落在了少年张扬的红色短发上。

"你没必要觉得抱歉，这从头到尾都不是你的事……我还要感谢你之前帮我绞杀变异种和转移群众呢。

"也要感谢你最后愿意告诉我这一切。

"现在说这句话有些晚了……很高兴认识你，阿斯特。"

他这些话说得很慢，说完后并没有看红发少年，而是转身拿起了外套，用光脑联系外面停放的飞艇。

红发少年知道晏舟要做什么，他摸着兜里满满当当的饼干，说出了一句让晏舟有些愣怔的话：

"我和你一起去。"

极端天气带来的骤然降温侵袭着这片土地。暴风雪突然降临，

冰霜覆盖了每一寸能被人的视线描摹的地方。

在飞艇上，红发少年从兜里掏出饼干又开始吃了起来。他感受着食物滑进食道里的感觉，似乎跟普通的人一样，无时无刻不努力感受着作为人的存在感。

他望着舰外的天空，突然出声。

"晏舟，阿斯特是什么意思？"

"……阿斯特啊，是天上的一颗星，它的寓意是独特和神奇。"

"所以我不是异类，是独特和神奇吗？"

"嗯。"

"晏舟，你还记得你之前夸我是世界上最厉害最伟大最优秀的虫子吗？"

"记得。"

"……我其实一点也不伟大，我一直喜欢看各种生物自相残杀，这对于我来说是很有趣的乐子。我只想随心所欲地看乐子——我视别的生命如草芥，可能我也视自己的命如草芥。"

风雪像冰刃一样刮过飞艇，发出尖锐的摩擦声，如同最后的呼叫。

"毕竟在这之前我并不想去理解什么是价值什么是选择，或者说我并没有这样的观念。你跟我说，每个生物个体都有权利选择自己的归宿……我想我也在选择——我可能不太舍得西区三处，那里的落地窗和小沙发，还有饼干的味道和你家中很干净的洗衣液的味道。"

晏舟正将飞艇的目的地定为受虫族攻击的重灾区，为了提速和保持飞艇的稳定，他关闭了非主要的其他工作系统，制热系统的活跃性也随之降低。

冷气在逐渐包裹着两人。红发少年看着自己呼出去的热气形成的白雾，透过这团雾看到了晏舟操作光脑的手一顿。

红发少年说话的时候会不断地呼出热气,而那层因此形成的白雾就一直在他的面前,显得他的神色模糊不清。

"那处不稳定撕裂空间有时间回溯的能力……只要有合适的能量冲击补给,时间就能回溯到新纪176年,Gb-32个人空间巡游前。因为这处不稳定撕裂空间的存在就是航线错误导致的,他存在的意义就是修正这个错误。

"时间回溯之后如果还是找不到正确答案,不稳定撕裂空间就会仍然存在着,在一次次循环里等待最后修正的结果。宇宙不明暗物质不可控,可控的只有那次Gb-32个人空间巡游的航线选择,这个选择是你唯一的机会。"

"只要找到最合适的那个轨道,虫族与人类文明就会晚几千年碰撞。"他停顿了一下,"……这几千年里两个文明仍未相遇,人类世界会有无限的可能,最后也许可以免于危亡。"当然,我们都活不到文明交锋的时候,也不会再相遇。

晏舟看到了那一层层轻易消散的白雾,但是好像仍旧看不清红发少年的脸。

飞艇运转的声音还清晰地在耳边响着,电子地图上显示即将到达目的地。

"我们已经循环过无数次了,在每一次新的循环里,记忆都会被封存。我那天从空间检测局回来,就感受到他了——他告诉了我一切。

"真实的一切。"

无论冥冥中经历了多少次,他们还是会走向这个局面。他记得阳光与月光,记得自己的心脏不仅仅是在为自己一个人跳动。

红发少年血红色的瞳仁倒映着晏舟的影子,烈火流金,凝成琥珀。

他笑了笑。

"我记得你说的'每个生物个体都有权利选择自己的归宿、选择自己的立场、坚守、憎恶抑或热爱'……我也很高兴认识你，晏舟。如果可以，我希望你这次能找到那个最合适的答案，虽然合适的答案里并没有包括你和我。

"我的能量和撕裂空间契合，都是人类和虫族文明冲击融合而成的。我不是普通的中低等虫子，我的能量自然也不普通，所以我可以给这处撕裂空间进行足够的能量补给……时间回溯后，你会记起一切，做你想做的事，晏舟。"

08

巨大的爆炸声还回荡在晏舟脑海里，尖锐的刺痛扰乱神经，尘封的记忆和情感都悉数涌入大脑。

他克制不住地流出眼泪，汗水从额头滴落。

红发少年的自爆让整个飞艇炸开，坠落时，他最后看到的就是火焰和白茫茫的雪。

火焰烧灼着红发少年的身躯，比他们第一次见面时烧得还要厉害。

烈焰侵蚀着他的红瞳，他变成了一个大火球，火红色仿佛是整个世界最后的颜色。

晏舟现在瘫坐在地上，已经分不清脸上流淌着的是眼泪还是汗水，大脑陷入泥淖中难以脱身，他只有不停深呼吸来调整自己的状态。

时间流逝，等他基本恢复了正常，才发现自己已经身处空间基站的休息室内。

而光脑显示的时间是新纪176年。

他想起了一切。

仍旧带着炽热的温度,他只能在回溯之后的空间基站大厅里拥有恢复全部记忆的片刻时光。

在上次时间回溯后,他换班到不明暗物质出现时的个人巡游飞艇里,行驶到 γ07 到 γ13 轨道后,进行了一次航线选择。

那一次选择结束后,他就丢失了关于阿斯特和时间回溯的记忆,继续带着未接触到虫族文明的普通人类的记忆生活。

显然那次航线选择的结果并不是最适合的答案,人类和虫族交锋的时间并没有延迟多少年,而象征着新一次人类文明与虫族文明互相接触的不明暗物质再次产生,就在伊莱恩的Gb-32个人空间巡游。

于是发生了后来的一切。

在每一次选择航线的飞艇之外,微粒子都在传输着时空交汇的信息,每一次驶入未知的航道,都像驶入一个全新的平行世界,对两个文明存亡的审判在混乱中进行。

宇宙像暗夜里的湖泊,时间是湖面不曾断过的无数涟漪。

晏舟无法确定是否真的存在那个最为合适的答案,他能做的只有在还有机会的时候,不断排除选项和作出选择。

这一次,Gb-32的个人空间巡游将在8个小时后开始,伊莱恩将会在2个小时之后到达空间基站大厅。

晏舟联系伊莱恩,以他有事无法完成下次巡游为借口和伊莱恩换班。在向上级汇报得到批准之后,晏舟和相应的工作人员进行巡游前的基本准备。

他做好生命体征监测,穿戴好防护服,做好准备措施,进入了巡游飞艇的驾驶舱。

他控制飞艇由 β 轨道往 γ 轨道行驶。

超级计算机正在计算最佳航线,深黑的宇宙一望无垠,偶尔错过几抹灿烂却易逝的星云。

时间是宇宙暗夜湖泊里的涟漪，随风荡开。这一次水流又在向哪儿流动？

飞艇周围游荡着个别小型星体，他们与飞艇擦肩而过。

"晏舟，阿斯特是什么意思？"

"……阿斯特啊，是天上的一颗星，他寓意着独特和神奇。"

记忆的匣子半开半合，晏舟闭上了双眼。

之前的数次循环里，他们相遇的经历并不完全一致，以各种方式在各种不同的时间相遇，有数不清的故事。

那最初的相遇是什么样的？

轻微的刺痛袭扰着他的神经，他知道这是那些不明暗物质对记忆的影响，在他试图回忆的时候干扰他，在他想要记住的时候让他忘却。

不过他还记得红发少年最后说的话，他又一次选择了他的归宿。那这重启的下一次，他们的归宿，两个文明的归宿又是什么？

他们经历过一次次时间回溯，一次次试图找出最合适的答案，却又一次次失败。

"逆水行舟，溯流而上，一直到海水变蓝，哪怕明知不可为而为之。"

他想起了自己说过的话，裹挟着那日炽热的阳光和少年恣意的红瞳。

晏舟睁开双眼，暗黑的宇宙沉寂地等待着他的选择。无论是湖泊、河流还是浩瀚的大海，都在随着时间流动。

过去，未来，现在。

他琥珀色的瞳仁里盛满了记忆里夏日的光影，凝成了烈火流金。

他又一次，驶向 γ 轨道。

文✻明戈

坚毅粗犷警察

清冷淡定侧写专家

提线之偶

"这也是我这么多年一直问自己的问题,我能想起来的,只有一张永正的脸。"

提线之偶

文 ★ 明戈

东北话十级修炼者，知名麻辣烫美食家。帅气非凡。
新浪微博：@明戈Flamenco

01

八月，津华市的夜晚灯火通明。

由于刚下过一场暴雨，空气里白日燥热难耐的暑气消失殆尽，人们都涌到街头喝着冰凉爽口的现打啤酒。大排档上的烧烤传来诱人的吱吱声，浓浓的市井烟火气在这夏夜里荡起，飘到夜空中，直至旁边一幢高层住宅。

屋子里没开灯，几乎漆黑一片，空气闷热无比。

虽然非常黑，但借着应急灯，还是能看见客厅里的人影。

细细看来，似乎是个长发及腰的人。只是这人影的姿势看起来十分古怪，像是……

在跳舞。

人影的四肢都在无尽的黑暗中舒展着，缓缓摇动。

角落里舔毛的缅因猫受了惊，猛地跳起来，刚好踩中了落地灯的开关。

随着灯光亮起，客厅中的人影清晰起来。

——那是个女人。

她的头垂得很低，依稀能看见脸上画了精致的妆容，身上穿着一件小洋装。

最诡异的是，她的颈部和四肢关节处都被绳子吊起。

活像一个提线木偶。

02

郑野收到一张演出门票，演出时间是今天下午，地点是西郊一家新建成的剧院。随票而来的还有一张字条，上面只有简单的"一定赴约"四个字，字体修长清瘦，没有署名。

"呦，野哥，哪个小姑娘约你？"技术科小孟经过，探头看了看后笑着挤挤眼睛。

也不怪他会这么打趣，毕竟郑野的长相和身材放到整个市局都是一等一的棒。

一米八七的个子，健康的小麦色皮肤，浓眉大眼，肌肉健硕而不夸张，尤其穿着衬衫的时候，简直像从漫画里走出来的一样。队里总说要是郑野没干警察这行，去当个模特或者演员，肯定特别火。

郑野用装门票的纸袋反手拍了下小孟。

"你野哥天天忙案子忙得焦头烂额，哪儿来的小姑娘？"

"哦对！人偶杀人案！"

小孟一敲大腿，随后摸了摸小臂上的鸡皮疙瘩。

"这凶手也真够变态的，现在这案子外边可都传疯了，什么版本都有。"

三天前，丰华路小吃街边的乐民拆迁小区发生了一起凶杀案。

死者名叫黄颖，独居，在一家外企做助理。

死亡时间初步判定是在晚十二点左右，死因是机械性窒息。死者尸身被处理过，关节被拧断后人被吊了起来。死者父亲第二天一大早从老家前来探望时发现了尸体。

这已经是这个月来发生的第二起同类案件了，上一个受害人的情况与她几乎无差。由于凶手作案手段残忍，社会影响恶劣，上面责令郑野他们一个月内破案。

而现在的进展……

除了通过小区监控，发现23：40时，死者楼下经过一名戴着口罩、身高一米八五左右的可疑男子外，几乎一无所获。

凶手反侦察意识极强，指纹、毛发、足迹等任何可能暴露身份的有效线索都没有在现场留下。

"张局好！"小孟神情突然严肃，猛地直起身来。

"小野，上头给你派了个搭档，明天去秋和酒店接人。"

张局拿着保温杯，对郑野扔下一句就急匆匆进会议室了。

小孟抬头瞅瞅张局背影，揶揄起郑野："咱野哥还用搭档吗？"

郑野心思却完全不在这儿。

他一手搔着自己刺猬般的短发，一手摩挲着那张票，两条墨黑飞扬的眉毛拧成个疙瘩。

"你到底是谁？"

03

郑野讨厌一切谜团与故弄玄虚。他爸爸与李局是老同学，李局那时候还是个小队员，常把脑袋拴裤腰带上跑任务，年少时的郑野看着仰慕得不得了。穿着警服英姿飒爽地抓坏人，是那时他能想到的最酷的事了。也是从那时候起，热血与正义埋在了他的心里。

他喜欢明确的证据,喜欢真相大白,渴望用手铐缚住每一份罪恶。

所以当郑野明明顶着"年轻""有靠山"的名声,还当上刑侦支队队长时,局里没有一个不服的,就因为他入职以来办案时那股冲锋陷阵不要命的劲儿和多年来破获的众多大案。

郑野走进剧院,拿起位置上的节目单坐了下来。可直到演出开始,他左右两边的位置都是空的。

很快,第三个节目的大幕拉开了。节目名只有一个字,《偶》。刑警独特的敏锐让郑野心跳有些莫名加速。

台上是个戴着礼帽的男子,身形颀长清瘦。礼帽的帽檐遮住了他的眼睛,只露出棱角明晰的下颌。偶戏十分精彩,提线木偶在他手中栩栩如生。

随着谢幕的音乐,大幕缓缓合上,全场陷入漆黑。

一分钟后,幕布再次拉开。只见刚才的男子垂着头,被吊在了半空中。他的四肢被绳子牵起,宛如刚才的提线木偶。

观众席上的众人发出一阵惊呼。毕竟人偶杀人案正在风口上,谁不知道?

男子的双手似乎没有被绑好,忽然垂了下来。见到这一幕,郑野的瞳孔骤然紧缩。

幕布再次落下,主持人出场,笑称方才那幕只是演出的一部分,表演嘉宾并没有遇害。男子也走了出来,脱帽朝观众挥手致意,表示刚才的行为艺术是为了让大家增强防范意识,注意安全。

而观众席中,座位上的郑野早已消失了。

后台。

"你是谁?"

伴随着东西的掉落声，郑野凶狠的嗓音从化妆间门内传来。

他正牢牢钳制住方才的男子，将他抵在桌前质问。

因为郑野激烈的举动，男子的礼帽掉落下来，露出他的脸。他肤色白皙，五官立体，戴着副金丝边眼镜，头发有些自来卷，松软而柔顺。

面对郑野的突袭，男子表情十分平静，淡淡开口回答："我叫宋言风。"

"我是问，你是谁？你知道我在问什么。"郑野紧盯着男子眼镜片后浅棕色的眼睛。

关于人偶杀人案的绝大部分细节，早就被围观群众在媒体上爆得七七八八了。但其中还有一些细节，是只有警方内部才知道的。

比如在第二起案件中，遗体被发现时只有肘关节被吊起，双手是垂下的。经法医伤痕鉴定，死者双手应该是死后由于重力从绳圈中自然滑落，并非凶手遗漏步骤。

而这与他方才表演的细节完全吻合。

要想知道这样的细节，要么他有警方的内部消息，要么，他就在凶案现场。

"我叫宋言风。"男子的语调依旧波澜不惊，四平八稳。

这让郑野有些火大。摆明了约自己来这儿的神秘人就是他，现在又装什么装？于是他拔高了嗓门，猛地一拍桌子。

"不说是吧？！那回局里说吧！"

04

郑野吐完最后一口烟，走进了审讯室。

"我要喝杯水，口渴。"宋言风抬眸看向郑野。虽然双手被铐着，但他淡然得仿佛不在警局。

"行啊,先解释解释你的手。"郑野将双手撑到桌上,探身到宋言风面前。

由于距离太近,宋言风闻到了烟味,他皱眉偏过头去。

"对啊,我的手为什么会滑下来?"过了半晌,烟味散去了,宋言风转了回来,抬头看向郑野的眼睛,又一字一句重复了一遍,"绳圈绑好了。可为什么…死者的手……会滑下来?"

郑野一瞬间愣住了,伴随宋言风的发问,他的眼前似乎浮现出了那个夜晚。

凌晨时分,雨后的空气清爽无比,小吃街上的人们在尽情畅饮。可与此同时,凶手已然潜入受害者家中将其杀害,而后在窗外的一片热闹声中,将她打扮制作成提线木偶的样子,悬挂起来。

上一案的绳圈大小是合适的,为何这一案绳圈都有些松垮,以至于手会从中脱落?

人们的喧哗声还在继续,房檐滞留的雨水缓缓落下……

滴答……

滴答……

郑野在脑海的幻境里听着耳畔的声音,冥思苦想。

等等,这小子刚才说什么来着?他口渴了,要……

忽然,郑野的脑海一道白光闪过,脱口而出道:"我知道了!是雨!"

"什么?"一旁的小警察一头雾水。

"凶手并不是在雨后犯的案,而是淋雨前来的!"郑野激动道,"绳子是湿的!纤维遇水后结构膨胀,所以潮湿时大小合适的绳圈干燥后会变宽松!"

郑野回身一边在屋里踱步,一边口中念叨着。

"当晚20:00下的雨,21:00雨停。所以死者的死亡时间不是24:00,凶手一定是用了什么手法推迟了。"

"用了什么手法……比如……"郑野停下脚步,揉了揉太阳穴,"比如……"

郑野猛地抬起头。

"空调温度。"他与宋言风同时开口。

郑野这时才想起来旁边还有这个男人,这个故弄玄虚约自己又居然知道案情内幕的神秘人。

他顿时有种被耍了的感觉。

郑野三步并两步冲到宋言风面前,揪起他的衣领,怒声道:"你弄这么一出要干什么?人是不是你杀的?你究竟是谁?!"

宋言风平静开口:"不干什么,考考你。"

"考我?"郑野震惊又诧异。

"看你够不够格和我搭档。"

"什……"郑野正要说话,审讯室的门被推开了,李局拿着保温杯大步流星地走了进来。

"哎哟你这小子,快松开!"

郑野愣头愣脑地眨眨眼,松开手站直了身体:"李局,他……"

"人家小宋是上面派来协助破案的犯罪侧写专家,我让你明天去接他,你怎么还把人家逮起来了!"

"没事李局,这不也算是给我接来了?"宋言风笑了笑,随后看向郑野。

宋言风将双手伸到郑野面前,歪着头晃了晃那对"银镯子",一改刚才的语气,慢悠悠道:"劳驾?"

郑野感觉胸口好似堵了三百斤石头。

解开后,宋言风揉了揉自己泛红的手腕,在郑野面前站定。

"李局早就把案件细节发给我了,只可惜你们搞错了行凶时间。听说你破获大案众多,警界内外都对你赞不绝口,还以为不过是匹夫之勇……"

"现在看来，匹夫还不算笨。"宋言风目光扫过郑野警服显露出的肱二头肌，嘴角微微上扬。

"你！"郑野像头被激怒的雄狮，眉毛高高扬起，语气又气又恼。想再揪住宋言风领子时，却被他一个闪身躲开了。

"明早八点来接我。"宋言风推了下眼镜转身走向门口，而后想起来什么似的，停了脚步回头看向郑野。

"对了，酒店不含早餐，记得给我带早餐。"

说罢走出了房门。

05

这家伙……真是讨厌！

郑野愤愤回到家，"哐"的一声关上房门，震掉了墙上挂的日历。

他把文件包往沙发上一甩，然后打开电脑，一屁股坐下来，双手开始噼里啪啦地敲键盘。

"宋言风是吧……让我来看看你是哪儿来的妖怪。"

郑野叼着一根烟，滑动着鼠标。

屏幕上是宋言风的照片，五官俊朗，表情淡淡的，一头微卷的短发清爽干净。不戴眼镜的他少了些冷漠，更像是乖巧的邻家男孩。

郑野心里冷哼一声，真是人不可貌相。

照片下是宋言风的档案——父母双亡，自幼成绩优异，是哈佛大学犯罪学和心理学博士，曾协助当地警方侦破"317连环杀人案"等要案，小有名气，后作为特殊人才被招募回国。

怪不得敢来考自己……

郑野看回那张照片。他看着屏幕上的男生，眼睛里闪烁着意

味不明的情绪，而后把烟屁股狠狠在烟灰缸里按了按。

"我倒要看看，你有什么能耐。"

第二天7：50，郑野开车来到了秋和酒店楼下。

旁边就是个煎饼摊，郑野下车，走过去买了两份煎饼。

"要辣吗？"

"一份少辣，另一份……"郑野清了清嗓，"加辣。"

8：00整，宋言风准时走下楼。郑野靠在车边，狼吞虎咽炫完了最后一口煎饼，正辣得直吸气。瞧见宋言风过来了，把煎饼递给他。

"别在车上吃，有味。"

宋言风听后一怔，接过煎饼优雅且快速吃起来，文雅程度和郑野这种常年蹲在外勤车里就水啃馒头的截然不同。

"走吧，搭档。"宋言风慢条斯理地用纸巾擦了擦嘴，拉开车门坐了进去。

郑野上车后欲言又止，宋言风开口道："不用去警局，先去现场看看。"

郑野一脚油门，车窗外景物飞快掠过。宋言风闭目养神，郑野终于没忍住，有些不自然地开口："咯咯……不，不辣吗？"

宋言风睁开眼，语气淡然："郑警官查我资料时没留意？我高中在重庆念的。"

郑野没回话，默默又踩了踩油门。

⋙06⋘

两人一路静默，很快，他们到了乐民小区。

因为小区里这几日下水道维修，车开不进去，因此两人步行向里走去。

"凶手晚上八点至九点之间驱车前来，带着作案工具，前往受害者家。"宋言风并没有在意郑野的低气压，他看着脚下，大步流星地走着。

郑野虽然不喜欢他，也不喜欢这种突然变成跟班的节奏，不过涉及案子的事，身为搭档的职业素养还是有的。

"嗯，可惜这个小区设施不怎样，只有几处监控，里面监控还有坏的。我已经安排队员重新查看该时间段的录像和走访寻找目击者了。"

郑野边走边观察四周。

大约走了十分钟后，两人找到了C1栋。

"走楼梯上去。凶手怕监控，不可能坐电梯的。"

郑野心里不以为然地笑了。凶手必然是走的消防通道楼梯，根本用不着推理，只需要抬头看看就知道了——门锁上有明显的被暴力撬开的痕迹。正常的消防通道是严格规定不许锁门的，可惜这种回迁小区几乎没人管。

宋言风看着消防通道的门顿了一下，随后伸手推开。

两人的脚步声在安静的楼梯间回荡，显得尤为响亮。

在七楼半的位置，宋言风停住了，随后指了指墙壁的一处。

"你看。"

郑野看过去，那是一个非常淡的水红色片状印子，颜色均匀，边缘光滑，不仔细看根本看不出来。

"凶手真谨慎，这么早就戴上手套了。"

郑野忽然想起刚才那扇消防门上贴的大红色喜报，不知哪户在庆贺孩子高考取得好成绩。

"凶手推开门，淋湿的橡胶手套染上了颜色。他向上爬楼梯，走到这里时扶了一下墙。"宋言风凝神说道。

他们之前也仔仔细细检查过这条走廊，但并未发现这个不起眼的痕迹。

郑野这时侧目看了一眼身旁全然沉浸在自己思路里正在还原案发过程的宋言风。

这小子……还真是有点东西。

"所以我们现在知道凶手的身高了。"郑野清了清嗓子开口道，"人在下意识扶东西时，手一般与胸口齐平。也就是意味着凶手身高在一米七五到一米八之间。"

"凶手体力没那么好。"宋言风推了下眼镜，"大概率是室内工作者。"

又走了十来级台阶，两人来到了802室——受害人的出租屋。

屋子不大，是个两居室。除了客厅中央的狼藉血迹，其他地方都非常整洁。杯子规整地放在杯架上，毛绒玩具连浮灰都没有，能看出来受害人生前是个十分爱干净的姑娘。

宋言风推开厕所门，看了看洗漱区与马桶。

"独居女性。"

"没错，黄颖的父亲也证实了这一点。"郑野点点头，"现在我们初步推断凶手是随机杀人，因为两个受害女生毫无关联，社交圈没有重叠，也没有任何仇家，唯一的共同点就是她们都是独居女性。"

"也没什么情感纠葛？"

"技术部还原了两人生前的聊天记录，前一个受害人有个分手了半年的前男友，但两人现在不在同一城市。受害人有时会找他说话，对方几乎不会回应，加上间隔距离，对方作案可能性几乎为零。而第二个受害人连情感史都没有，聊天对象也很少，语音聊天基本是和家人，差不多半个月一次的频率。因为头天晚上和父母语音时不太愉快，她父亲第二天便从老家赶来了，否则遗体不知道还要多久才会被发现。"

"奇怪，独居女性，房门也没有被撬过的痕迹，她们是自愿开门的。"宋言风在房间里上下扫视，口中自言自语，"凶手会是谁呢？难道乔装成了快递员，或是外卖员？"

宋言风走进卧室，里面布置得简单干净，除了床上随意放着一条睡裙，其他地方都十分整洁。床头柜上有一个钱包，里面有一张她和父母弟弟的合照，除此以外还有一些零钱。

随后他回到客厅，站到置物架前，看着照片上笑得灿烂的姑娘。

"我看了尸检报告，机械性窒息，勒痕位于死者喉头的下方，水平环绕颈部，呈闭锁状态，凶手几乎不费力气就杀死了她。

"整个行凶过程不过几分钟，可凶手却花费了极多的时间在处理尸体上。他的目的不是杀人，而是通过破坏这些尸体宣泄内心情绪。"

郑野开口道："法医鉴定两名死者都无被性侵痕迹，因此我们怀疑他是位无能力者,通过束缚和操纵的方式彰显对女性的控制。"

宋言风摇摇头："不。性无能类型的变态凶手不会这么快了结受害者性命，相反，他会尽量延长她们活着的时间，让她们能亲眼看着，感受着自己被侵犯羞辱，这才能满足他的控制欲和征服欲。可这两个死者却被细致地化了妆，精心打扮了一番，这种珍惜的态度与破坏性是不相符的。"

说到这里,宋言风蹲下身，拿起了地上的一缕簇状波浪形纤维。

"检验科称这和吊尸体的绳子是同一种材料，绳头截断处大部分齐整，是被利器割断的，也许是美工刀。"郑野浏览着手机上备份的资料。

"奇怪。"宋言风走到郑野旁边，不见外地伸手划着屏幕。

"哎你……"

"找到了。"宋言风点了点屏幕上放大的死者面部图片。

"你觉得她的睫毛怎么样？"宋言风偏过头看向郑野。

"睫毛？"郑野被这样一问有点蒙，语气犹豫道，"睫毛……挺长的？"

宋言风又将图片放大到了死者脖子处："那她的脖子呢？"

郑野细看，除了被吊起和致死的两处勒痕，死者脖颈白净，无其他伤痕。郑野只觉一头雾水，忽然觉得自己仿佛是警局里被提问的菜鸟新人。

"你到底要说什么？少兜圈子。"郑野语气不由得带了怒意。

宋言风却像看不见他生气似的，指了指死者衣领处。

"喏，衣领内侧蹭上了粉底液。证明凶手是先为死者化好妆再换的衣服。"

"所以呢，这能证明什么？"

宋言风看着地毯上的两道拖痕，走到沙发前散乱的黑T恤与牛仔裤旁，伸出手比画还原着："凶手将死者拖到这里，脱下衣服，仔仔细细为死者化好妆，甚至涂了睫毛膏贴了假睫毛，然后又小心地给她穿上洋装，没有蹭花一点妆，凶手全程都是非常温柔小心的。可剪裁绳子的时候，却突然变得粗暴无比。没有割断的地方，凶手甚至不会再划一刀，而是直接用手扯断，所以地上才会残留这种纤维。"

宋言风反复摸着连接两根绳子的绳结，继续道："整件凶案到处都是这种截然不同的表现。死者腹部被剖开，刀口利落，而再次缝合的穿线处，却有诸多小孔。这是凶手犹豫不决反复选择落针点的痕迹。这些区别，大得根本不像出自同一个人之手。"

郑野抬起头，看向宋言风："你的意思是……凶手是两个人？"

"对。"宋言风笃定道，而后看向郑野，"如果是两个人的话，你记起来了什么？"

宋言风眼底幽深如潭。

郑野当然知道宋言风指的是什么。虽然那起案子案发时他才十一岁，但自他入警局后，对过往的重大案件他都如数家珍。

"十九年前，屠夫夫妇。"

07

人偶杀人案能掀起如此大的舆论风波，其中一部分原因便是他有些地方像极了当年的连环杀人案。

那一年仅一年内，津华市就发生了六起凶杀案。死者皆为20～25岁独居女性，均被勒死于家中。尸体关节被折断，且被精心装扮过。

因为凶手下手毒辣，且现场留有两种不同的脚印，加上据周围目击者称，见过形迹可疑的陌生男子与女子，于是大家便直接称凶手为屠夫夫妇。一年后，两人销声匿迹，再未现身犯案。由于作案动机模糊，无有效线索，加上排查量巨大，侦破过程困难重重。而这么多年过去了，这个案子也随之成了悬案。

从乐民小区出来后，宋言风自然而然坐到副驾座上，随后往南边一指，用跟司机说话的语气道："去丹阳公园。"

郑野正边系安全带边回忆着刚才查案的事。

讲实话，刚刚郑野对宋言风有了很大改观，他的确是个合拍且不错的搭档。结果宋言风这句话瞬间让郑野想起他有多烦人。

于是他把身子转向宋言风，指了指自己鼻子："搞清楚，我是队长，是 ladder，ok？"

"Leader。"宋言风看着郑野，轻声纠正了他的读音。

车内安静且尴尬。

郑野正了正身子："丹阳公园哪个门？"

"西门，谢谢师傅。"

08

"关于是否并案调查,我们还需要进一步研究商议。毕竟案子还有诸多疑点,比如当年死者并未被开膛破肚,也没有被吊起。所以究竟是屠夫夫妇所为,还是模仿作案,现在还不能得出结论。"专案会议上,李局说道。

"我支持并案调查!凶手作案手法升级也很有可能!"一个人忽然从会议室角落里一瘸一拐地走了出来,语气有些激烈地说道。

"老张,你怎么在?哎……"李局先是十分惊讶,而后摇了摇头。

"他是谁?"宋言风看着李局的反应,随后朝老张的方向一抬下巴,问郑野。

"张强民,我们都叫他老张。"

"我是问,他是谁。你知道我在问什么。"宋言风声音清冷,眼睛密切观察着老张。

郑野瞟了一眼宋言风。话听着耳熟,没想到这家伙还挺记仇。

"这可说来话长了。"郑野将后背靠在椅背上,压低了声音回答,"老张这个人,人特别好,就是过得太苦了。听局里跟过那案子的老人儿说,老张当年是从小县城里考出来的,结果三十岁那年父母就意外去世了,守丧期都没过就碰上了屠夫夫妇案。第六起案子案发时他们有了重大突破,有个小孩用公共电话报警,说发现了被囚禁的受害者。老张当时离那个地方特别近,就火速先去救人了,没想到救人的时候正赶上凶手回来。

"搏斗中老张被割断了左腿跟腱,那姑娘也趁乱被杀了。后来他虽然及时做了修复手术,但还是落下了个走路不利索的毛病。为了不耽误队里,老张就主动退居二线,看档案室去了。本来以他的能力，前途一片光明，就因为这个案子，不仅事业没了，还打了一辈子光棍。"

宋言风一边听，一边用拇指摩挲着下巴，思索些什么。

"那他哪儿来的孩子？"半晌后宋言风开口。

"嘀？你怎么知道的？"郑野猛一挑眉，极为讶异。

"他的手腕。"宋言风双手抱于胸前，"被袖子盖住的地方能看出水彩笔画的痕迹。哪个成年人会给自己画表？"

"眼睛还挺尖。"郑野下意识赞许地点点头，"他出事的第二年突然收养了个女婴，我们都没想到他一个糙老爷们养孩子心这么细，既当爹又当妈，把女儿养得水灵灵的。每次放假家里没人看她，她就跑来警局玩，我们都挺喜欢那小丫头。"

郑野看着与李局据理力争、十分激动的老张，忽然叹了口气："他现在这么想并案调查，我们也理解。毕竟那是毁了自己一辈子的凶手，又逍遥法外这么多年，换谁谁不想抓住。"

宋言风没有发表评论，过了半晌后，突然站了起来。

"李局，我也支持并案调查。"

老张猝不及防被打断，转头看向神情严肃的宋言风。

"虽然案件相隔十九年，且行凶的方式有差异，但凶手下意识的习惯不会变。当年的凶手在连接两根绳子时，用的是渔人结，而现在依旧如此。除了这点以外，其余还有多处相似细节，散会后我会将所有的发现整理出来交给您。我笃定，除非是当年的屠夫夫妇手把手地亲自教学，否则就是同一凶手犯案。"

郑野被宋言风这番突如其来的发言吓了一跳，毕竟他之前也没和自己提过确定是同一凶手。怎么突然……难道是因为想帮老张？郑野看向老张，发现他也正神色复杂地看着宋言风。

傍晚，郑野在警局加班写并案汇报。窗外路灯有些暗，映得树影也黑漆漆的。

郑野站起身，插兜看向窗外。他忽然想起了宋言风，那家伙性格真是古怪。说他不上心，可他能用一天时间把案子完全吃透，说他上心，他带自己大老远跑去丹阳公园就是为了找一家面馆。脑子出奇聪明，对别人性子冷漠，说话也损……

郑野正想着，身后忽然传来一道熟悉的讨厌的声音："Leader，吃饭。"

郑野转过身去，只见宋言风正把两盒饭菜放到桌子上。

"你怎么来了？"

宋言风声音冷淡，满不在乎地回答道："我过来找点资料，猜你加班没吃饭，就顺手给你带了一份。"

郑野的确还没吃饭。警局里他的外号就是"查案疯子"，早饭晚饭经常省掉，一天只吃一顿午饭是常有的事，所以他的胃一直不太好。

宋言风拿着资料离开后，郑野看着他的背影想了想，而后坐到电脑前。

警局为了方便资料共享，有一个内部的云系统。宋言风刚来，估计账号还没连进去，所以还得折腾到警局找资料。郑野想着自己无功不受禄，决定帮他弄一下。

一阵键盘敲击声后，郑野愣住了，因为屏幕上清楚显示着宋言风的账号已经连进去了。

"这不是都连上了，还跑过来找什么资料？"

郑野看着还热乎的饭菜，忽然意识到了什么。"这个宋言风……"他摇头笑了笑。

两天后，上面同意了并案调查申请，两人大步流星向档案室走去，宋言风的脚步甚至比郑野还急。

推开档案室的门，他们按照索引找到 D 区，这里全是堆积的旧案。

"这些怎么都拿出来了？"宋言风看着地上摞起来的一些档案盒问道。

"哦，上个月省里下令清查陈案，尤其是特大命案要案，这些估计是要送去二队的。"

宋言风弯腰仔细瞧了瞧，随后从那一摞档案盒里抽出几盒。

"不用找了，屠夫案的都在这儿了。"

宋言风打开写着编号 ROA401 的纸盒，掏出里面的文件，那是有关第一个受害者的。他垂下眼眸，后背靠在了铁架子上，随后轻声读了起来。

"死者刘红英，二十二岁，死于家中。口鼻处有乙醚残留，体内无毒物，死因为机械性窒息。现场发现一大一小两种脚印，分别长 23.6 厘米、26 厘米。有目击者见一可疑男子出入小区，其身高一米七八左右，背黑色双肩包……"

宋言风又拿出编号 ROA402 的文件。

"死者孟秋，二十岁，死于家中，死因为机械性窒息。邻居曾在走廊见到一陌生女子离开，其个子高挑，黑发，戴大檐帽，面容模糊……"

宋言风沉静地依序读着，直到第六个。

"死者吴静，二十四岁，死于家中。四肢完好，身体多处软组织损伤。左手除大拇指外其余四指皆被切断，颈部动脉被利器割断，失血过多而亡……"

宋言风将六份文件归拢好，面色虽然平静，郑野却看见他的指尖在微微发抖。他做了一个深呼吸，似乎在调整情绪，随后开口：

"只有最后一位死者是死于利器。我们得去问问老张,当时究竟发生了什么。"

"你们找我?"老张的声音从背后传来。

10

"哎哟!不带这么吓唬人的,腿脚不好走路还这么轻。"郑野被吓了一跳,连连拍胸口。

宋言风倒是没什么反应,他转过身去,客气开口道:"你好,请问八月十九日那晚,究竟发生了什么?"

"八月,十九……"老张嘴里长吁着,慢慢走到桌前,坐到椅子上,"那天天气很热,我正在丹阳路临时执勤。局里忽然接到报警电话,说发现丹阳路旁的枫林小区有人被独自囚禁在家中。"

"由于我距离很近,为了尽快营救受害人,我就没有等他们,先前往了报警地点。破门而入后,我发现屋子里并没有凶手,只有受害人在窗口处晕了过去。她双手被绳子捆住,嘴上贴着胶布。我着急地解开她手腕上的绳索,并没有留意到身后,凶手不知道什么时候回来了。"

"他用烟灰缸砸中了我的后脑,我眼前有些发花,转过身就和他扭打起来。不过那一下子打得太狠了,我几乎看不清眼前的东西,随后我便感觉脚踝一阵剧痛……再后来凶手就逃跑了,我清醒后拖着受伤的脚追了出去,但没有追上。"

老张抬起头,眼里满是失落。

"那你有看清凶手的长相吗?"宋言风语气有些急。

老张叹了口气,摇摇头道:"我当时头晕到几乎是凭本能在和他打,什么都看不见。"

"那女凶手没有出现吗？"郑野皱眉。

"没有，只有那男的一个人。"

"可既然你看不清，又怎么能判断袭击你的究竟是男是女？"宋言风狐疑道。

老张看向宋言风，声调微微提高："上肢的粗细、力道，还有大致的模糊轮廓，都能说明那是个成年男性，这点我还是不会弄错的。"

宋言风低头看了看手上的报告，又问道："你在替受害者解绑的时候，她的手指还在吗？"

"在的。"老张点点头，"我被割断跟腱后，凶手并没有立刻逃跑。我半晕半醒之际，听到了窸窸窣窣的声音和刀刃落地的声响，凶手应该是在那时候砍断受害人的手指的。"

"然后大部队就到了？"

"对，差不多十五分钟吧，我在路口遇到了李局他们。"

宋言风飞快浏览了一下证物条目与现场照片，眉头立刻皱得紧紧的。

"怎么了？"郑野几乎没在宋言风脸上看见过这种表情，于是上前一步接过资料，翻看起来。

解开的绳子，破碎的花瓶，带有乙醚的手帕……

"现场缺了两样东西。"宋言风回答。

郑野垂眸看着照片，口中流利道："厨房的组合刀具少了一把，按死者的伤口来看，凶手应该就是拿这把刀行的凶。"

"没错，可是那把刀呢？为什么不在现场？"

老张开口回答道："我们当年也想过这个问题，应该是凶手拿走了。而且周围我们都排查过，没有发现这把刀。"

"不。"宋言风眸色一沉，点了点照片上的刀具架，"这组刀具不是普通的刀，而是国外KEE牌专门切鱼生的刀。这种刀的特点，

刀薄而锋利,刃较长。而这组刀中丢失的那把,是最长的一把。"

"你再仔细瞧瞧。"宋言风指了指刀具架,示意郑野。

"的确,按照刀排序的这个长度差,刀身长怎么说也接近三十厘米了。"郑野话音刚落,他忽然明白了宋言风刚才为什么会说,现场"缺"这个凶器。

"凶手被警察发现一定很慌乱,他当下念头一定是杀掉见过自己脸的受害人,然后尽快逃跑,因为他不知道支援的警察什么时候到。而一个着急逃命的人,没可能带着那样一把既招摇又不方便的刀跑路的,更不用说凶手一直戴着手套,刀柄又没有他的指纹,留下凶器才合乎逻辑。"

郑野顺着思路分析,随后一转头看向宋言风,发现他面上正带着一种"孺子可教也"的微笑。

不过那微笑一闪而过,宋言风很快又恢复了那张淡漠的扑克脸。

"至于缺的第二样东西,就是受害者的手指。凶手之前并没有过这种分割尸体的行为倾向,他们手下的受害者,遗体必须是精美而完整的。因此凶手必然有什么强烈的不可抗原因,需要破坏掉他们选择的'作品'。比如……"

宋言风瞄向郑野。

这该死的课堂提问感……郑野暗暗咬了咬后槽牙,但那种不服输的本能还是让他大脑飞速转动起来。

"比如有可能暴露他们的身份?"郑野想了半天后说。

宋言风举起一根手指:"漂亮,加十分。"

随后宋言风拿着布满鲜血的现场图,比画还原着:"老张刚才说,他昏迷时听到窸窸窣窣的声音。昏迷时人的听力是会变弱的,实际上那声音应该更大些,我猜那是迷药药劲过后醒来的受害者与凶手搏斗的声音。搏斗过程中,她的指甲或许抓破了凶的什么地方，导致她的指甲缝残留了凶手的DNA。而最快速的抹除方式，就是切掉带走她的手指。

"而让凶手必须拿走那把刀很有可能是同一原因。"

郑野听着宋言风的话，陷入思考。他实在想不通为什么这把刀会暴露凶手的身份。

忽然，一声小孩子的喊叫声把郑野从思绪中拉了出来。

"妈妈！"一个漂亮的小女孩蹦跳着跑了进来，扑到了老张怀里，老张紧绷的表情立刻柔和起来。

"又瞎喊，纠正你多少遍了，我是爸爸。"老张宠溺地刮了一下小女孩的鼻尖，而后抱起她让她坐到自己腿上，面向郑野和宋言风。

"豆豆，快问好。"

豆豆点点头，冲着宋言风甜甜道："哥哥好。"

宋言风伸出手摸了摸豆豆的头。

豆豆随即又看向郑野："郑叔叔好。"

郑野：……

宋言风半蹲下去，平视豆豆，开口问道："豆豆，你为什么要管爸爸叫妈妈呀？是想要妈妈吗？"

豆豆眨着大眼睛，古灵精怪地说："告诉你个秘密……"豆豆突然小声凑近宋言风耳朵，"爸爸已经有女朋友了。"

老张板着脸："胡说，爸爸哪儿来的女朋友。"

豆豆一嘟嘴："就有！我都见过那个阿姨给你写的信！"

老张戳了一下她的脑门："竟然学会偷看了。"

豆豆大声纠正："才不是偷看，正大光明看的。"

两人正要离开，老张忽然拉住郑野。

"对了小野，我突然想起来，我一朋友的女儿现在还是单身，你看要不要加个联系方式？"

郑野面色有些尴尬，老张连忙补充道："她不戴眼镜，知道你不喜欢戴眼镜的。"

11

傍晚，面馆。

老板穿着一件小丑T恤，笑盈盈地端来两碗面。

宋言风慢条斯理地夹起一筷子面，皱皱眉又放了下来。

"怎么不吃，没胃口？"郑野看着宋言风反常的举动问道。

"嗯。"

郑野正要大口开吃，宋言风忽然敲了下桌子道："吃东西前先喝口热汤。"

郑野一脸不解，手却用勺子舀起一匙汤送进嘴里："有什么讲究吗？"

"压凉风，对身体好。"

郑野笑了："你小小年纪倒是挺养生，像我爷爷。"

"快吃吧孙子。"

郑野差点把嘴里的汤喷出来，这家伙嘴是真损。

"你……不喜欢戴眼镜的人？"宋言风摘下眼镜慢慢擦着。

郑野边吃面边解释道："嗐，因为之前张局给我介绍对象，我又不想找女朋友，就随便扯了这么个理由拒绝，跟眼镜没关系。"

郑野吃完最后一筷子面，手机铃声突然响起。电话接通后，安何东焦急的声音从里面传来："郑队！城北寿阳小区，又一起！"

两人赶到现场时，大部队也刚到不久。

一个漂亮的姑娘正紧闭双眼躺在地上。她身穿灰黑色的洋装，四肢上的绳子还没被拆下，指甲上涂着猩红的指甲油，法医正在对她作初步检验。

"什么情况？"郑野问道。

安何东跑过来："死者叫于曼曼，家里门没关，隔壁邻居遛狗回来时发现的，死亡时间应该不到一小时，其他情况和上两案几乎没有差别。"

宋言风戴上手套，四处检查起来。屋子里还算整齐，冰箱里满满登登全是冰镇好的酒。突然，他的视线被厨房里的咖啡机吸引。

"有发现？"郑野紧随其后走了过来。

宋言风拆下粉碗，看了看里面压实的咖啡粉道："死者临死前正要做咖啡。"他认真观察着那个粉碗，忽然眯起眸子，"这是个双份粉碗。"

双份？郑野忽然意识到了什么，心脏猛地一收："死者和凶手认识？！"

宋言风点点头："或者说，登门的那个凶手和死者认识。毕竟只有熟人登门做客，受害人才会做咖啡招待，还只做了两杯。"宋言风慢慢道，似乎在回忆前面的案情。

"也只有熟人登门，受害人才会在深夜也放心开门。对了，你记不记得黄颖床上的睡裙？"宋言风说着忽然转过身面向郑野。

"记得，睡裙怎么了？"

"我一开始以为是她拿出睡裙一直没有换，可如果是她一开始就穿着睡裙，因为来了访客不方便，才又换上了T恤和牛仔裤呢？这样是不是更合理？"

郑野听着宋言风的话，跟着分析道："也就意味着，她们与访客不仅认识，那人还是男性。"郑野忽而又皱起眉，"可是她们的社交圈根本没有重叠啊，怎么会有一个共同好友？"

突然，安何东喊了一声："队长，有发现！"

郑野和宋言风走过去，只见他手里拿着一张字条，上面是一句恶毒的诅咒——"你去死吧。"

"是在死者的包里发现的,就在门口鞋柜上放着。"安何东补充道。

宋言风拿起包看了看,开口道:"这包是死者今天背过的,味道和她身上的香水味一样。"

安何东:"是凶手放的吗?"

宋言风看着杂物筐里的一堆止痛片,摇摇头。

"凶手没这个习惯,应该是身边人放的。既然是刚下班回来,不如排查一下她的同事。"

"队长?"安何东看向郑野,询问他的意思。

郑野点了点头。

12

一天后。

"找到了?"郑野大步向审讯室走去,手上接过死者那位同事的基本资料。

"对,他和死者一个部门的,是死者的领导。"

郑野走进审讯室隔壁的房间,只见宋言风早就到了,正隔着双向玻璃观察那名男子,不过宋言风的表情实在是糟糕。

两人面对面,郑野朝男子的方向抬抬下巴,宋言风摇了摇头。

"那他写纸条干吗?"郑野一边问,一边有些吃惊他和宋言风竟然已经这么默契了。

宋言风透过玻璃点了点那男人抖若筛糠的身体。

"屠夫夫妇冷静到异于常人。他胆子小成这样,八成也就是个只敢进行职场暴力的懦夫。"

郑野看了看男子惨白的脸,走进审讯室。

"刘成,说说吧,和于曼曼是怎么回事。"郑野捞过凳子,坐到了男人对面。

刘成哆哆嗦嗦回答："警官，我真没杀她！就是在工作上她总……总不听我摆弄，我吓唬吓唬她而已！"

"不听你摆弄？怎么个摆弄法？"郑野撩起眼皮，看向刘成。

"就是……就是总跟我对……对着来。"刘成眼色躲闪。

郑野见刘成含糊其词，重重拍了下桌子，嗓门陡然提高，刑警的威严立现："说实话！"

刘成哪见过这场面，直接瘫倒在凳子上，倒豆子般全招了："她长得漂亮，我想和她……她不同意，我，我就带着其他同事欺负她来着。"

"欺负？是职场霸凌吧？"郑野冷哼一声。

"对……对，霸凌，我们就……搞坏她的名声，让她加班，找她麻烦什么的，但她一直情绪挺稳定，也没崩溃歇斯底里过，所以我做得也没那么过分……更不用提我会杀她了！警官，您可要相信我啊！"

"不过分？合着只要不杀人，做什么都行？你爹妈老师就是这么教你的吗！"郑野怒目圆睁，紧紧盯着刘成，高声质问道。

刘成鼻涕一把泪一把，缩在那里不说话。

随后郑野示意队员进来替换他。

"真是个浑蛋。"郑野回到隔壁房间，坐到宋言风旁边，点了根烟。

宋言风两腿交叠，修长的手指抵在脸颊上，浅棕色的眸子从玻璃上移开，看向郑野。

"你刚才还挺帅。"宋言风淡然开口。虽然语气平静，但猝不及防的夸奖还是让郑野有些不好意思。

郑野被晒成小麦色的耳尖隐隐泛红，他不自然地动了动肩："还好吧，只可惜线索又断了。"

"不可惜,最起码我们知道了受害者大概率有心理疾病。"

"心理疾病?"郑野回忆了下于曼曼亲朋好友的证词,貌似没有提到过她的行为有不正常的地方,就是个内向不爱说话的女生。

宋言风似乎看出了郑野的疑问,他补充道:"不是每一个心理出现问题的人,都会把'我生病了'写在脸上的。很多患者乍一看与常人无异,但这只是他们伪装出来的假面孔,其实他们内里已经早就溃败不堪了。他们有的甚至不会去看病,或者即便看病,也尽量低调处理,这些都是因为他们潜意识里不想被别人当成异类。不过仔细观察他们,还是能发现一些违背常理的地方。"

郑野忽然想起于曼曼的家里——这样一个从不请朋友聚会的内向女生,家里的酒却多到吓人,还有随处可见的止痛片。

"我现在在想,是不是前两个受害人和她有类似情况。"宋言风用手指推了一下眼镜。

"什么情况,职场霸凌吗?"

"不。"宋言风抬起头,"都是心理疾病患者。"

"黄颖的银行卡去哪儿了?"宋言风忽然没头没脑地问了一句。

"死者父亲前来收拾遗物时拿走了,他和队里说过。"郑野答道。

"奇怪。"宋言风用拇指轻抵住下嘴唇,"一个父亲,女儿钱包里的全家福不拿,房间里女儿的照片不拿,偏偏只拿了银行卡。"

郑野也意识到了什么,飞快拿出手机:"何东,查一下黄颖的银行流水,还有她的家庭情况。"

挂电话前,郑野又急急吼了一嗓子补充道:"尤其是她弟弟!"

13

过了一会儿,郑野的手机响了一声。

宋言风自然地挪到郑野旁边,把头探到手机屏幕前。

宋言风紧盯着那份银行流水单,只见黄颖几乎每隔两三个月就会给一个账号打一万左右。最近一笔流水记录是在八月二号,她去世的三天后,转出了卡里全部的十五万。

"果然。不用想也知道,这账号肯定是她父亲的。"宋言风坐直了身体。

"还有,"郑野向下滑动着屏幕,随后点开一张合照,"她的无业游民弟弟快结婚了。"

宋言风靠在椅背上,眼睛看向天花板。

"逼着姐姐扶助弟弟,啧,吸血鬼家庭。"

郑野又点了一支烟,如愤怒的公牛般,白色烟气从他口鼻中喷出。

"哼,所以那晚根本不是什么普通的不愉快的聊天,八成是她终于鼓起勇气拒绝打钱,所以她父亲第二天才会一大早就急匆匆赶来。"

"而第一个女生……应该和她那个前任有关系吧。"宋言风食指轻轻在桌面上敲着。

"凶手为什么只挑这类女生下手?心理脆弱的更符合他的癖好?"

郑野想得头疼,又猛抽了一口烟。

宋言风伸出手,把烟抢了过来,面无表情地放到烟灰缸里捻了捻。

郑野愣愣地瞅了眼宋言风。

"抽一根得了,没完没了还。一会儿开会别迟到。"

宋言风说完便轻飘飘地开门走了出去，徒留下屋里没反应过来的郑野。足足半晌后，郑野龇着牙花子一吸气："不是……"

专案会议上。

郑野指着大屏幕道："现在案子有了个突破，三名受害者可能均有不同程度的心理问题。"

他点了一下手机，投屏的画面依次切换着三名受害者的遗体。

"第一个，情感伤害。第二个，原生家庭伤害。第三个，职场霸凌伤害。"郑野切换到下一张，"我们现在……"

"等一下。"宋言风突然打断郑野，"切回去。"

郑野往回滑动屏幕。

屋里的队员们见状忽然惊讶地交头接耳："咱们队长不是最讨厌被打断吗？什么时候这么听话了？"

"这宋言风有点东西啊，才来了多久，就把咱郑队给改成这样了。"

宋言风全神贯注盯着照片，没注意到众人齐刷刷投来的钦佩目光。

"于曼曼有咬甲癖？"宋言风指着照片上受害人被卸掉甲油后露出来的残缺指甲说道。

"对，法医刚发过来的。啃指甲正好符合她焦虑的表现。"

"不，问题出在指甲油上。"宋言风双手十指交叉，轻抵在下巴上，"这瓶指甲油是凶手带过来给受害人涂的。"

"为什么不能是她自己的？我们在清查现场时，指甲油就在梳妆台上放着。"有人质疑道。

"一个喜欢啃自己指甲的人，怎么会涂指甲油？不怕慢性中毒吗？"宋言风反问。

郑野扯开椅子坐了下来，凝神听着宋言风的发言。

"凶手不仅知道被害人的心理问题，此前一定与她们近距离接触过，熟悉她们微小的细节。比如一个指甲不完美的人，是不可以当作作品的，所以凶手才会带来指甲油掩盖。"

宋言风缓缓闭上眼，梳理着这些天的线索，在脑海里勾勒着凶手的形象。

"男性凶手，身高一米七五到一米八，年纪四十五到五十岁之间，外表儒雅正派，极具亲和力。皮肤偏白，室内工作者，善于取得人们信任，行事果断。女性凶手，年纪与男性相仿，身高一米七五左右，喜爱化妆，胆子小。

"行凶过程……男性先出现，进入受害者家中。杀害成功后，女性再进来，为受害人装扮，随后由男性将其吊起来。

"两人关系不像夫妻，更似兄妹姐弟，联系紧密，心意相通。男性虽然看起来是主导，但处于核心地位的是女方。"

"女方？"郑野有些疑惑。

宋言风睁开眼看向郑野，点了点头："对。因为在这几起案子中，位于中心目的，或者说他们犯案的最主要诉求，是杀人后要做的事，即女方比重更大的那一部分。男性更像是为了满足女性，在随从作案。"

"那女方的动机是什么？"

"这个我还没想明白……但男方的工作基本可以锁定了。"

此言一出，全会议室的人都坐直了，耳朵支棱起来。

宋言风掷地有声道："心理医生。"

众人议论开来："难怪从社交重叠方面没有突破口，因为都是各自单线联系。"

"喔！所以这些受害者深更半夜还会开门！"

郑野跟随着宋言风的分析，眼前似乎出现了嫌疑人的形象。

他穿着白大褂，斯文有礼地迎接受害人走进诊疗室，合情合理地询问她们生活的方方面面，了解她们的各种习惯，倾听她们最隐晦的痛苦，安慰她们。

他成为她们最信任的人，随后再来到她们家中，杀掉她们。

郑野想到这些，忽然感觉一阵恶心。

这些受害人本就生活在黑暗里了，谁又能想到，"光"，会杀人呢？

"立刻筛查全市医院心理科，看有无三名受害人问诊记录！安何东，你去查一下她们的医保卡，看有没有买过氟西汀或是其他三环类抗抑郁药。"

郑野分派下去任务，随后拍了两下手，示意散会。

"等下，不止医院，还有心理诊所。"宋言风补充道。

而与此同时，和他齐声补充的还有一个人，老张。

"老张，你整得像是我们专案组编外人员似的。"郑野歪着嘴吐槽，"你都跟我们熬了好几天了，总把豆豆扔到邻居那儿也不是个事。"

老张摆摆手："你们就让我在这儿吧，我是真的想抓到凶手。"

"对了郑队。"安何东走了过来，"上头批下来了，当年发现的那两份足迹可以送到省里检验。正好他们那儿引进了个新仪器，据说特牛，这次指定能发现点新线索。"

"好消息啊！你看看电子档案库有没有备份，让他们直接下载就行。"

"我看了郑队，当初那个案子没入库，具体资料都在咱们档案室存着。张哥，还得麻烦您一趟。"安何东回身对老张说道。

老张似乎在愣神，没听到，安何东又招呼了一声："张哥？"

老张回过神来："欸，好好好。"

郑野听着安何东刚才的话，感觉哪里有点奇怪，但他一时又想不起来。

他看向宋言风，只见他正拿着笔，在纸上入神地勾画些什么。

傍晚。郑野洗了个澡，一边用浴巾擦着头发上的水，一边单手打开了电脑，浏览起案子的细节。

他看着拆下来的绳结照片，眉头微皱："他那时候说什么来着……"

"等等！"郑野猛然意识到了什么。他看了看今天的日期，又飞快地在键盘上点了几下，随后拿起手机打给队员。

"喂？帮我查个人。"

14

第二天，郑野没上班，一大早就开车去了南郊陵园。

他拿着一束花，顺着小路向山腰走去，远远地便瞧见一个身形清瘦、同样手捧鲜花的人站在一座墓碑前。

"宋言风。"郑野喊了一声，向他走去。

宋言风听见郑野的声音，身体动了一下，但并未转过来，似乎意外又不意外。他把花放到碑前，直到郑野走到身侧，才转过头来笑着说："你还挺聪明。什么时候发现的？"

"渔人结。"郑野推了下墨镜，俯身把花放到宋言风的那束旁边。

"网络资料库里没有屠夫夫妇案的资料，你却能在去市局档案室前，精准说出当年第六案里，凶手延长绳子时用的是什么结。

"你表现一直很冷静，唯一一次失控，是问老张有没有看见罪犯的脸。

"你就是当年报警的那个小孩吧？"

听完郑野的话，宋言风垂下眼，凌乱的发丝随风飘动。

宋言风伸手拂去碑上的一片白桦树叶，边说边回忆道："那年我十岁，是个孤儿。

"孤儿院里不好待,我总跑到公园的长椅上坐着。就是在那里,我遇见了吴姐姐。

"她很温柔,不会像其他人那样,知道我没有父母后,故作怜悯地说几句真可怜,再细细询问他们去哪儿了,为什么不要我了,反复用我的痛苦来满足自己的好奇心。她只是静静陪我坐着,有时候会给我带她自己做的小玩具,有时候我们一起看树上的松鼠,或是去公园西门的面馆吃面。还有过两次,她带我去她家玩,还片了歪歪扭扭的鱼生。我有时候觉得,有妈妈的话,应该也就是这种感觉吧。后来我才知道她也是孤儿,一直过得很痛苦。

"有一天我们约好了一起看松鼠,可她却没有来,她从来不会迟到的。我跑去她家敲了很久的门,没人开,里面却有动静。她家是在二楼,我踩着一楼窗外的防盗铁栏爬了上去,透过窗帘掀起的一角,我看到了被绑起来的吴姐姐,还有她手上的结。

"我连忙去报警,可回来的路上因为着急,掉进了楼前的下水井。我很大声地呼救,想赶紧爬出来,但没有人。直到二十多分钟后,有一张脸出现在井口。"

"一张脸?"郑野问道。

宋言风点点头,表情有些痛苦:"我后来回忆,那应该就是凶手。他笑着跟我打了招呼,手上全是血。"

郑野紧张起来:"凶手长什么样?"

宋言风看向郑野苦笑了一下:"这也是我这么多年一直问自己的问题。我能想起来的,只有一张小丑的脸。"

"小丑?"

宋言风的头深深垂了下去:"当时所有人听了我的证词后,都以为是小孩子在胡言乱语。我也不知道这是怎么回事……一切都像一场古怪的梦一样,除了停尸房里吴姐姐冰冷的遗体。后来很长一段时间我都生活在抑郁里,也不敢去看医生。直到我后来修了心理学，才明白这是因为孩童在受到巨大冲击后，大脑会自我保护，把画面想象成可以接受的东西。可即使知道了原因，我依旧想不起来凶手的长相。所以我怕小丑，也怕人偶娃娃。"

"难怪你这么想并案，原来是想顺势翻出当年的案子，为吴静找出凶手……"郑野顿了顿，忽而又一皱眉，"可既然你害怕，怎么会如此熟练偶戏？"

宋言风自嘲般轻呵了一声："算是一种脱敏疗法吧。我一直在强迫自己面对，甚至操控人偶，上台表演，在国外也参与了大大小小很多演出。我觉得只要我从心底战胜了恐惧，就能想起凶手的脸。不过事实证明这并没有用，我很久之前就意识到了，可惜这已经成了我的习惯和执念。"

郑野的表情有些复杂。他才明白过来，原来那天宋言风不是为了他专门弄的演出，只是顺便考一下他而已。

郑野点了根烟，默默抽着，这次宋言风没有拦。

"你真的觉得都是同一组凶手吗？"郑野斜叼着烟，眼睛微微眯起。

宋言风点点头。

两人都不再说话了，宋言风手插兜，默默看着吴静的墓碑。

过了好半天，他忽然拿过郑野的烟盒，拿出一根点上，吸了一口。

郑野一愣。可惜宋言风不会抽，呛得直咳嗽，眼角的泪光也不知道是不是咳出来的。

宋言风不甘心，拿起来又要抽，郑野一把抢了过来，扔到地上踩了踩。

"行了，抽一口得了，没完没了了还。"说完，郑野又意识到了什么，补了一句，"得，以后谁也别说谁心眼小。"

宋言风挑眉看看郑野，半晌后忽然笑出了声。

这是郑野头一次看见宋言风露出这样的笑,不带冰碴儿的。

又是一阵风吹过来,白桦树叶哗啦啦地响。

郑野拍拍宋言风肩膀:"走吧,回局。咱俩一定能查出来,还你吴姐姐,还有所有受害者一个公道。"

"好。"

两人并没有注意到,他们身后有一道尾随的目光,直直射来。

15

警局。

"郑队!找到了!"安何东几乎是狂奔进来的,"宁北区心理诊所!三个受害人都去过!接诊医生叫凌健!"

"一队跟我去心理诊所,另一队去凌健家!行动!"

警车一路狂飙。

这家心理诊所的面积不大,看门口的布局图,分上下两层。一楼是大厅和诊疗室1,二楼是老板办公室和诊疗室2。

郑野破门而入,可惜只有老板在,他正举起手坐在办公椅上瑟瑟发抖。

"凌健呢?"

"他……他请假了,请好几天了。"

郑野看了看桌子上的名片:"冯超是吧?"

老板点点头:"我啥也不知道啊……"他挂着两个大眼袋,满脸委屈。

郑野扫了一眼冯超,他看起来五十岁左右,有点驼背,戴着眼镜。气质倒没有普通老板那种精明劲儿,像个老实人。

"说说凌健。"

郑野坐了下来，宋言风背着手东看看西看看。

"他今年才来我们诊所……我一开始觉得他自己一个人带孩子，而且年纪有点大了，倒班也不方便，不想要他来着。结果我老婆说这是她远房亲戚，我就同意了。谁能想到他身上背事儿了？"说到这儿，冯超像突然想起救命稻草似的，连忙道，"对了，你们是刑侦支队的是吧，我还认识张强民哪！"

"你认识老张？"

"对啊，他当年来我这儿看过病，后来出任务还救过我老婆，虽然当时我和我老婆还没结婚……总之我俩很熟！前阵子他来诊所，我们还一起吃过饭呢，他肯定知道我是什么人！"

"行了别扯了，说正事。凌健从什么时候开始请假的，请假前有异常吗？"

"哎哟，他都请了五天了，最近一直都是另一个小大夫顶班。异常的话……好像前阵子是有点魂不守舍，我问他怎么了也不说。平时他下了班都火急火燎去接孩子，最近倒是没那么急了。"

"他除了在派出所登记的住址，你知道他还有其他住所吗？"

冯超蹙眉想了想，头摇得像拨浪鼓。

"对了警官……"冯超突然小声开口，"我老婆一宿没回家了，她会不会出什么事了啊……"

"你老婆？她昨天什么时候离开家的？"

"我老婆是幼师，5点下班后就没回家。我们也没吵架，她不可能离家出走，之前从来没夜不归宿过。我打了几十通电话都打不通，娘家那边也说没消息。"冯超语气迫切。

一直没说话的宋言风突然开口了，他拿起桌子上的相框道："这就是你老婆吗？"

"对。"

宋言风看着照片上的妇人，四十岁出头的样子，化着淡妆，

修长的脖子上戴着串小白玉珠项链，一身淡红旗袍衬得身材纤长优雅。

"这是我们周年纪念日拍的，她昨天穿的就是我们结婚时那一套。"冯超眼神真切地看着相框。

宋言风放下相框，捻了捻虎口，随后问道："你们感情好吗？"

"特别好，几乎没红过脸，我都不舍得跟她吵架的。我主要就是怕凌健要真是那个杀人犯，他会不会对我老婆下手啊？不是说屠夫夫妇专挑好看的杀……"冯超忽然激动起来，猛地握住郑野的手，"警官，我老婆不会真出事了吧！"

"你先别激动，这两件事有没有联系我们还需要调查，不要担心。你老婆失踪超过 24 小时，我们会立案侦查。另外关于凌健，你如果想起什么细节,随时打我电话。"郑野在纸上写了一串数字，"对了，凌健办公室是哪间？"

"一楼，诊疗室1。"

郑野和宋言风走下楼，推开诊疗室1的门。屋里陈设很简单，一张办公桌，午睡用的折叠床，患者坐的沙发，门旁边的衣架上挂着白大褂和一件有些破旧的外套。

宋言风扯了一下外套的领口，随后又走到办公桌前翻了翻抽屉。

"你说会不会是冯超他老婆和凌健？"郑野疑惑。

"还不好说。"宋言风摇摇头，而后从抽屉拿出一沓资料，"凌健接诊过的病人都在这儿了。"

安何东凑过来看看，皱了皱眉道："郑队，这符合性别和年纪的少说有二十号人。如果真是凌健，怎么确定他下一个动手的目标啊。"

宋言风飞快地拿出手机："不用确定目标，挨个打电话通知绝不要开门就行。"

安何东也跟着拿出手机,边拨号边赞叹:"对啊!这办法真是又土又牛!"

"郑队,这个没接,打三个电话了。"一个队员指着名单上的一个名字——陈婷雨,21岁,津华大学大四生,患有抑郁症,与室友关系不合。

"大四了……与室友不合,极有可能会搬出寝室自己租房子住。"宋言风眉头紧锁,看向郑野。

"立刻去查一下陈婷雨的登记地址。"郑野心中升起一股不好的预感。

五分钟不到,公安系统的登记资料发了过来。郑野飞快扫了一眼地址,拿出对讲机对全部队员喊道:"全体行动!安南区长锦胡同!"

16

到了胡同口,车甚至都还没停稳,宋言风就冲了出去。

两人前后脚冲到陈婷雨家门口,只见房门大敞,里面传来搏斗声。

宋言风长腿一迈便往里闯,郑野一把把他拉了回来,"你站后边去!"说罢抢在他前面跑了进去。

郑野冲到客厅,愣在了原地。屋里一片狼藉,眼前竟然是凌健与老张。老张喘着粗气,肩膀被划伤,皮肉翻卷。凌健正趴在老张身上,鲜血顺着凌健胸口的刀把儿滴滴答答淌着。陈婷雨手脚被绑着,脖颈血流如注,已然死亡。

医院。

郑野和宋安文拿着一束鲜花走进了病房,老张肩膀缠着绷带,

笑着单手接过花："过来看我干吗？案子结了，还要写案情总结报告，多忙啊。"

郑野神色远没有老张轻松，嘴唇抿得很紧。

"张哥，当时究竟发生了什么？你为什么会在那儿？"

老张表情严肃了起来，道："我不是说过了吗，我那天碰巧经过长锦胡同，正好看到一个男的背影十分眼熟，就跟他上去了，没想到刚好是凶手。"

"张哥，世界上有这么巧合的事吗？你说过当年没看清凶手，现在这番解释，说出来你自己信吗？"郑野厉声道。

"不管怎样，结果是好的。案子破了，我抓住了凶手，过程是什么重要吗？"

"重要！凌健死了！"

面对郑野激烈的态度，老张沉默了半晌，而后施施然笑了："他死有余辜。"

"他没有认罪！张哥，他死在你的刀下，他没有认罪！"

"你还要他认什么罪？！"老张忽然激动，目眦欲裂，"你们找到了凌健家，在他家发现了作案工具和一墙的受害者照片，他就是凶手！他就是杀害了十条人命的凶手！"

老张胸口猛烈起伏着，双眼通红。

"小野，你知道我多想抓住凶手。"老张紧攥着拳头，"当时门没锁，我站在门口，听到里面传来一声短暂的惊呼声。我闯了进去，那个凶手已经杀了那女孩，正拿着刀等我。是的，他立正站在那里，在等我。"

老张抬头看向郑野："他那么聪明，一定是在楼下就发现我了，还特意给我留了门。"老张盯着郑野，右眼睑剧烈跳动着，"我们相对站立，我虽然不认识他，但他肯定认出我了。他拿着刀向我扑过来，就像十九年前一样。我们扭打在一起，他压在我身上，刀尖冲我，不过这一次我赢了，我把他的手掰了回去。也许是僵持太久，他突然泄了力，刀一不小心插了进去。"

"小野，我从来没想过杀他，我只想抓住他，只是后面事情的发展超出了我的控制。"老张别过头，伸手去拿保温杯，不再看郑野。

"张哥，给你消息的，是冯超对吧？"郑野问。

"你们已经知道我俩认识了？"老张似乎有些吃惊，他的手指按在保温杯盖的两端，微微捏紧。

"对，我们知道你年轻时去他那儿看过病，你们俩关系还不错。而且我们去问询冯超的时候，并没有具体说凌健牵扯进了哪一案，他却已经知道了，只能证明有人和他提前说过了。"

老张一边听，手指逐渐靠拢，握住杯盖叹了一口气。

"哎……既然你们都知道了，我就照实说了。

"那天我听到你们说了宁北区心理诊所，所以我给冯超打了个电话，让他私下把凌健的患者名单发给我了一份。陈婷雨的信息有问题，我怀疑她就是下一个他要动手的，所以拨了电话，但没有人接，我就赶了过去，没想到正好堵住凶手。

"我一开始不想说，是因为不想把冯超牵扯进来。"

"张哥，你当年去他那儿看什么病啊？"一直在旁边听的宋言风突然开口。

"那时候工作压力大，有点喘不过气，朋友就推荐让我去看看心理医生，不是什么大事。"老张缓缓摩挲着杯盖，说完后，手指重新滑回杯盖两端，把杯子放回到床头柜上。

"你和冯超老婆熟吗？"

"赵思甜？挺熟的。她以前是银行柜员，有天值班遇到了抢银行的劫匪，那是……去年的七月，是我救的她。再后来她就和冯超结婚了，我还参加了婚礼。"

"她失踪了。"

"什么？怎么回事？"老张表情很吃惊。

"我们去抓捕凌健的前一天晚上失踪的。"郑野补充道。

"你觉得她有可能是屠夫夫妇里的女嫌犯吗？"宋言风注视着老张的眼睛。

"绝不可能！思甜怎么可能杀人？"老张几乎没有犹豫就否认了。

郑野正要开口，豆豆忽然背着书包跑进病房，坐到了老张身边。

老张表情和缓，笑着捏了捏豆豆的脸。

"今天上学乖不乖？"

"可乖了。郑叔叔，你们在说思甜阿姨吗？"豆豆看向郑野。

宋言风蹲到豆豆面前，柔声问："你认识思甜阿姨？"

"认识啊，她就是给爸爸写信的那个人。"豆豆古灵精怪道，"每年一封，爸爸盒子里攒了厚厚一叠呢，整整十九封。"

宋言风站起身来，与郑野并排站在一起，姿态像是在无声等待老张的回答。

"你们别多想，那些信只有'谢谢，望安好'五个字而已。当年银行抢劫案认识她后，我……的确对她有一些好感，但很快我就知道了冯超也喜欢她，而且还是很喜欢的那种。所以我就退出了，后来她选了冯超，次年九月初他们就结婚了。为了避嫌，这么多年我们也没再见过面，她只是每年七月都会给我寄一封这样的信……可是她怎么会失踪呢？"

郑野看了看豆豆，而后开口："张哥，我们先走了，有情况再沟通。"

说罢，郑野拉着宋言风走出病房。

"你觉得赵思甜和凌健是屠夫夫妇吗？一个留下伏法，一个跑路？"两人在笔直的走廊上行走，身前，灯一盏盏亮起。

"不是。"宋言风斩钉截铁。

"赵思甜和凌健,都不是。"

17

警局。

郑野是后回来的。宋言风已经买好了两杯美式咖啡,正坐着等他。

两人面色凝重,一口一口闷着咖啡。

"其实那天赶去陈婷雨家之前,我就觉得有问题。你记得凌健挂在办公室的衣服吗?"宋言风问。

郑野点头。

"我看了领子,尺码不对。后来见到凌健本人,就更不对了。他身高有一米八五左右,根本不符合凶手的侧写。而且最显而易见的是,陈婷雨死于脖颈处那一刀,不是窒息。刀口也不干净,有反复下刀的痕迹,和之前不一样。至于赵思甜,她即便在银行匪徒那件事里受到精神冲击,采取的也不会是装扮人偶这种行径。她的失踪,更像一个障眼法,让我们顺水推舟对凌健下定论。"

宋言风用手指在杯口滑动:"一切都太顺利了,从心理医生到锁定诊所,锁定犯罪嫌疑人,顺利找到行凶目标,凶手死亡,然后在家中发现确凿证据,这桩跨越十九年的凶杀案,就这么草草结案了。作案动机呢?他当年为什么犯案,又为什么时隔这么多年再次犯案?还有,凌健家里缺了最重要的一样,他的孩子呢?"宋言风眼前浮现出豆豆的脸,"一个父亲怎么可能当着孩子的面,在家里肆无忌惮放那些东西?比起嫌犯,他更像替罪羊。"

"凌健的电脑和手机都被格式化过,我已经让技术科去尽量复原了,希望能查出来点东西。"郑野说完揉了揉太阳穴,"这案

子真让人头疼,直接死亡的'男凶手',行踪成谜的女凶手,还有一大一小两个失踪的。"

说罢,两人同时拿起咖啡,仰头喝了最后一口,动作宛若照镜子。

宋言风忽然意识到什么,侧头看向郑野:"等等,你说有没有可能,屠夫夫妇从头到尾都不是两个人,而是一个人?"

"一个人?"郑野挑了挑眉,这个假设着实大胆,但也不无道理。

郑野眯眼回忆:"根据多位目击证人的证词,两位凶手的确没有同时出现过,身高也都差不多。先进入受害人家的是男性,而老张直面凶手的两起案子里,也是只有男性凶手露面。"郑野说到这儿又微微摇头,"可是现场痕迹证明确实是出自两个人之手。"

"如果是这样呢?"宋言风将两个喝完的咖啡杯套到了一起,"的确有一男一女,只不过他们都在同一个身体里。"

郑野倒吸一口凉气:"你是说……双重人格?"

宋言风在桌面推着两个杯子,直至两摞书中间,模拟凶手进入受害者家中的情形。

"男性取得信任,进入房门,成功杀害受害人,随后……"宋言风将两个杯子上下调换,"女性出场。不,确切说是女性人格出场。"

他拿出马克笔在杯子上涂抹:"他装扮的不仅是受害人,还有自己。他拿出包里的衣服,为自己换上女装,化好妆容,因此第二案的目击者看到的离开的凶手,是个戴着大檐帽的长发女人。也因此……"

宋言风忽然停住了,他眼神失焦,手指猛然颤抖起来。他想起来了什么,随后抓住了郑野的胳膊,像在确保自己不溺亡一样。

"因此我……我只记得一张小丑的脸。"

"我终于想明白了……那应该是个涂了口红的男人。"冷汗从宋言风额角滑落,他惊惧地看向郑野。

而此时郑野的手机响了,安何东的声音传来:"喂?郑队,省里关于脚印的鉴定报告出来了,发你邮箱了。"

郑野打开邮箱,只见那封鉴定报告上清楚无比地写着:两份脚印样品受力分析,压力源相似度 99.9%。

这也就是意味着……

郑野抬头看向面色苍白的宋言风,点了点头。

"你是对的。"

"屠夫夫妇……"

"是一个人。"

18

郑野没想到宋言风第二天会准点出现在警局,他给他放了一天的假。

"目前还失踪了两个人,我们先去查赵思甜。"

"别把自己逼得太紧,回家休息吧,我和何东去就行。"郑野拍了拍宋言风的肩,要推他离开。

"不,我感觉我们已经要触碰到真相了。"宋言风一动不动。

郑野看着宋言风笃定的眸子,笑了一声:"行。走吧,查案疯子。"

9:00,冯超家。

"快请坐快请坐,是我老婆有消息了吗?"冯超端来两杯水,期待地看向郑野和宋言风。

"是这样的冯先生,我们此行的目的就是想多了解一下您夫

人的情况，也好对我们后续的寻找有帮助。"

冯超的眼神以肉眼可见的速度暗淡下去，随后他重重叹了一口气："好吧，你们问，我知无不言。"

郑野拿出笔记本照例询问，宋言风倒是一如既往坐不住，在屋里溜达起来。郑野也习惯了，没再管他。

这间房子不算大，格局规规整整，摆设也条理分明，有很多复古装饰物。窗台上摆着绿植，长得旺盛，土上散落了一点黑灰的肥料。玄关旁的鞋架上放着七双鞋，五双都是女式鞋，男鞋只有一双运动鞋和一双皮鞋，穿得很旧，有点脏了。一旁的衣架上挂着两人常穿的外套，墙上有许多照片，都是两人的合照。每一张里，赵思甜都戴着那条白玉项链，穿着不同颜色的旗袍，挽着冯超温柔笑着。

冯超见宋言风在研究相片，于是主动解释道："我老婆特别喜欢旗袍，还有老上海那些物件。那条项链是我当年送她的定情信物，仿照民国时期的款式，她很喜欢，一直都戴着。"

冯超说着，眼神又忧郁起来，应该是在担心赵思甜。

"冯先生，这间屋子是干吗的？"宋言风指了指一扇紧闭的房门。

"噢，那个是我老婆的画室。上班时孩子闹腾，她喜静，总喜欢自己待在里面画画，也不让我进去。我怕她生气，所以从来不进那屋。"

"我能进去瞧瞧吗？"宋言风把手搭在了门把上。

"可以可以，您请。"

宋言风推开门，里面一股扑鼻的丙烯味道。正中间的画架上是一幅水墨画，四周有很多几乎贴到天花板的架子，上边错落放着已经完成的山水画作，还有颜料、报纸什么的。宋言风凝眸看着叠放着的一摞画，抽出了其中一张。这是幅还没完成的作品，漆黑的底色，中间是浓重的彩色色块堆叠。

宋言风将画放回去，他看着架子想了想，搬来旁边的简易梯子，爬了上去。

架子顶放着一个细长的铁盒子，上面有把锁，已经生锈，看起来有些年头了。

宋言风伸手把盒子拉了出来，盒盖与柜顶满是累年的灰尘。拿出盒子后，柜顶有一层被盒底扫出的线状拖痕。宋言风探头看了看盒子后的墙，随后抱着盒子走下梯子，将盒子放在桌子上。

"郑野。"宋言风朝门外喊了一声。

"怎么了？"郑野听到声音快步走了进来。

"帮我打开。"宋言风指了指盒子。

郑野在屋里扫了一圈，拿起一块大理石镇纸。随着巨大的撞击声，冯超也跑了过来。

锁被敲掉，盒子被打开了，三个人看到里面的东西都倒吸了一口凉气，冯超更是后退几步撞到了墙上："这这这……"

盒子里是一把布满黑褐色痕迹的鱼生刀。至于那些黑褐色，郑野再熟悉不过，是氧化后的血痕。

"十九年前的凶器，找到了。"

19

"屠夫夫妇不是只有一个人吗？那把刀怎么会在赵思甜那里？所以凶手是个女的？是她？"安何东一脸疑惑，来了个四连问。

"别废话了，把这把刀送到检验科，查一下血迹来源和指纹。"郑野说完这句话，和宋言风马不停蹄又离开了。

"郑队，你们推到哪儿了？和我说说啊！"安何东在身后喊道。

"失踪的第二个人，凌健的孩子，看看我们这回能发现些什么。"

"小学周五上半天课。这个点，差不多能赶在学生中午放学前到。"

宋言风坐上副驾驶座，郑野一脚油门就轰了出去。

11：00，实验小学。

两人赶到时，放学铃刚打完。郑野抬头看了看正楷字体金粉色的校牌，旁边正好有一个摄像头。

两人逆着学生流走了进去。

"三年一班……到了。"郑野敲了敲门，班主任还在整理教案。

"您好，我们是市刑侦支队的，想问一下凌小岳是从哪天起没有来学校的？"郑野亮了一下证件。

"刑侦支队？凌小岳怎么了？"

"他失踪了，所以需要您配合一下调查。"

班主任想了想："是……三天前，周二那天。因为周一晚上他爸爸给我打电话，说小岳生病了，要请一周假。"

"凌健打电话请的假？"

"对。"

郑野和宋言风对视一眼，随后对班主任说："麻烦您随我们来安保室一趟。"

"调一下周一晚校门口的监控。"

监控画面上，一群学生拥挤嬉闹着涌出校园。

"这个就是凌小岳。"班主任用手指了指一个背蓝色书包的小孩。

只见凌小岳原地站定了，很快，一个头戴鸭舌帽的黑衣男子弯下腰和他说话,随后两人快步离开了,并且上了一辆黑色桑塔纳。

郑野眉头紧锁:"这个男的不像凌健,身高没他高,也就不到一米八的样子。"

"这个的确不是凌小岳爸爸,之前他来开家长会的时候我见过他,比这个男的要瘦要高。"班主任笃定道。

13:00,警局。

"车牌查到了吗?"郑野双手叉腰,看着大屏幕上暂停的监控画面。

队员摇摇头:"套牌车辆。"

郑野气得朝空气挥了下拳头:"很明确了,这个就是真正凶手。利用凌健的孩子,威胁他到现场演一出戏,当替罪羊。"

"可是凌健为什么不报警啊?"队员不解。

宋言风沉声道:"对于一个家长来说,孩子就是把柄。只要你胁迫得当,他们完全可能丧失判断能力,被匪徒带着走。"

何安东急急忙忙走了进来,道:"郑队,那把刀的检验报告出来了。"说罢把几张纸铺在了桌面上。

"上面有泥土成分,血迹DNA化验结果是张哥的,刀柄上的指纹是刀具所有者吴静的,的确没有凶手指纹。"何安东一边说,一边觉得头顶又要冒烟了,"宋哥不是说这把刀是揭露凶手的关键,这啥也没有啊。"

宋言风一言不发,默默看着监控画面与痕检报告。随后他走到控制台前,播放起嫌犯上车的画面。

"宋哥,车是套牌的,这视频没用了。"队员好心提醒。

宋言风却将画面暂停在那男子上车的瞬间:"看到他是怎么上车的了吗?"

画面中,男子坐在座位上,两条腿正依次放进车。

"欸？对啊，好像我们正常情况都是先迈右腿，身体跟着进去，再是左腿。"队员回忆道。

宋言风又把进度条往前拨了点："他全程走得很慢，看不出有什么问题，可上车时候却露了马脚。他无法用正常人的方式上车，因为他的左腿吃不住力。"

郑野的眸色猛然收紧，他意识到了什么，拿起那把鱼生刀的指纹报告。刀把处的指纹鉴定结果为吴静，刀柄左半边，可见食指到小拇指四枚指纹，没有拇指纹，右半边为掌心纹。

宋言风看着郑野的动作，抬眼开口："你也发现了吧，没有拇指，她的手势是握住这把刀的。可没有人用这种姿势切鱼……"

"当时拿这把刀的不是凶手，而是吴静。"

郑野只觉头顶有一道闪电劈过，轰得他大脑一片空白，"不可能，不可能是他……动机呢，他有什么理由这么做？"郑野无意识喃喃着。随后，他在一片白色的混乱中，听见了宋言风的声音。

"我们去医院看他那天，提到他当年看病的时候，他握杯盖的手收紧了，这是他紧张的表现。而当他将话圆过去后，手指又放松了。"

"所以答案……应该就在尘封的医疗档案里吧。"

20

19：00，宁北区心理诊所。

冯超的电脑屏幕上，闪烁着一段二十几年前的对话。

"冯大夫，我感觉我要控制不住她了。"

"张先生，她从哪儿来？"

"她一直都在，从我小时候就在。她爱美，喜欢漂亮，也喜欢娃娃，爱好给她们打扮化妆，操控她们。只是我父母不同意。

每次她出来玩的时候，我家长都会用棍子打她，直至她跑回去。周围邻居都讨厌我们，骂我们是怪胎。所以我一直让她别出来，但我能感觉到她充满了怨恨……她似乎在等待时机……她好可怕……"

"你才是主人格，你要学会压制她。"

"大夫，我的力量不够强。"

"你父母知道她还在吗？"

"不知道。他们以为她走了，而她也害怕他们。可我知道，一旦我父母这道防线消失，她就会脱离我的控制。"

……

宋言风和郑野看完了所有的对话记录。

郑野把手指插进头发里，低下头，肩膀不住耸动。

一瞬间，过去的所有细节宛如幻灯片般在他脑海中闪现……

"上个月省里下令清查陈案，尤其是特大命案要案。"

……

"李局，我支持并案调查！"

……

"别忘了，不止医院，还有心理诊所。"

……

"省里引进了个新仪器，据说特牛，这次指定能发现新线索！张哥，还得麻烦您一趟。张哥？想什么呢？"

……

"凶手身高一米七五到一米八，体力不太好。"

……

"我已经抓住了凶手！就是他害了这十条人命！过程是什么重要吗？"

……

"老张当年是从小县城考出来的,结果三十岁那年父母就意外去世了,守丧期都没过就碰上了屠夫夫妇案。"
……
"妈妈!"
"教你几遍了,我是爸爸。"
……

21

"你说过,父母为了孩子,什么事都做得出来。他那么爱女儿,怎么能忍心女儿再次成为孤儿。

"案件重查,谁都不敢保证会不会查出凶手。所以他不得不继续犯案,因为他急需一只羊,来替他十九年前的罪。而为了让这只羊再不能张口,羊必须死。"

郑野呆坐在电脑桌前,口中自言自语:"八月十九日那晚,他不是去救她的,而是去杀她的。那把刀之所以能证明谁是凶手,是因为那是受害者用来和凶手搏斗的。上面是谁的血,谁就是凶手。

"赵思甜发现了,或许那天她一直在跟踪他。他救过她,所以赵思甜选择捡走那把刀,替他隐瞒罪行,也因此选择嫁给冯超。而赵思甜现在失踪,大概率和那把刀有关吧。往坏的方向假设,她很可能已经被灭口了。

"能让每一个受害者不设防就开门的人,不,准确来说是职业,就只有……"

"什么?我老婆被灭口了?"冯超的声音突然从门口传来,他不知道什么时候回到了诊所,跌跌撞撞跑进来,冲到了两人面前。

"怎么回事?老张是那个杀人魔?他杀了甜甜?"

郑野没说话，把手机举到了冯超面前。那是一段技术科发来的消息，凌健的手机数据复原了，里面有凶手胁迫凌健的详细信息，让他用自己的命换孩子的命。号码是一次性的，无法追查所属者，但万幸可以追踪到信息发出的位置，是警局。

冯超眼睛顿时红了："我一直知道我老婆和他之间有秘密，我也从没过问过……可没想到竟然是……他，他怎么下得去手的啊！"

宋言风站起身，拍了拍冯超的肩膀："你老婆未必已经不在了，不要太难过。"

豆大的泪珠从冯超脸上掉落，也许因为一直担心妻子，他脸色很不好。

"郑警官，什么时候能逮捕他？"冯超声音颤抖。

"很快。我们……"宋言风还没说完，郑野就已经拿起了手机。

"何东，通知队员，逮捕张强民。"

宋言风有些惊讶："郑野？"

"犯罪了，就要接受惩罚！哪怕……

"哪怕他是我们的一员。"

22

22：00，南郊陵园后山。

一个男子正手插兜站着，似乎正在对着空气说些什么。

忽然身后传来一声大喝："你被捕了！"

郑野带着六名干警包围了男子，旁边还站着负着手的宋言风。

男子惊讶万分："你…你们？"

一束强光射到男子脸上。

男子是冯超。

23

六个小时前，警局。

"什么？冯超有问题？"安何东瞪圆了眼睛，"现在所有线索不是都表明，应该是老张……"

郑野摆了摆手："这些线索是凶手故意抛给我们的。上车时的动作，威胁短信的发送地址，全都是可以伪造的。"

"可就算这些是伪造的，那当年刀上的指纹作不了假啊！还有赵思甜每年写的信、藏的刀，还有他的双重人格，甚至包括间隔十九年，两次作案的动机……"安何东指着白板上密密麻麻的记录。

宋言风十指交叉，声音冷静："线索的确很重要，可线索的排列顺序同样重要。冯超就是利用这些，给我们弄了一出障眼法。相同的线索，经过不同的组合，就会变成全新的故事。"宋言风站起身来，缓缓开口："当年，一个心理医生疯狂喜欢上了一个女生，可他发现那个女生似乎对自己的救命恩人有好感。那个救命恩人正义英勇，仿佛会发光一样。他觉得自己相形见绌，全无胜算。他碰巧知道这位勇士的秘密，于是他想了一个办法毁掉勇士。他利用自己的专业优势，伪造了多起变态杀人案，为的就是日后栽赃给勇士，让他永远被唾骂。巧的是，在他犯到第六案时，这位勇士闯进了凶杀现场。在勇士晕倒后，他顺便用死者的手握住鱼生刀，做了伪证，留着作为日后告发勇士的证据之一。可他没想到的是，那个女生突然同意他的求婚了，两人也很快举办了婚礼，而勇士也完全淡出了他们的生活。在这种情况下，他停止了继续杀人。

"可他没想到的是，十九年后，他发现原来妻子每年都会给那位勇士写信。他怒火攻心，觉得妻子骗了自己，对勇士余情未了，于是他重新燃起了复仇计划。他要让妻子亲眼看着，那个发光的勇士是怎么变成杀人犯的。所以他策划了整场戏,甚至胁迫无辜的人,让我们一步一步怀疑到勇士身上。可他和妻子针对信的事爆发了争吵,几天前他失控了,失手杀了妻子。于是他烧了那封信,把妻子拖到南郊陵园后山埋了,又把刀藏到妻子的画室。"

"等等,宋哥,你是怎么知道这些的?就跟你亲眼看见了似的。"安何东一脸不相信。

"我第一次觉得他不对劲,是我们去诊所那天。他桌子上的相框,顶边干干净净,灰尘全在侧边,还沾了我一虎口。所以这个相框以前不是摆在桌子上的,而是侧放着收在箱子里的。为什么他要在我们去之前,特意摆这样一个相框呢?"宋言风看向安何东。

"为了……给他所说的他们相爱增加真实性?"

郑野笑着点点头:"加十分。"

宋言风继续道:"豆豆上次说,在她家里发现了整整十九封信,每年一封,可这样看来就少了一封信。今年的信哪儿去了?七月份早过了,为什么还没寄出?联系上前面冯超一直极力渲染他们感情生活有多好,答案自然呼之欲出。因为信被冯超发现并拦下了。他应该本打算等老张被捕后,拿着那封信去和赵思甜谈的,可没想到赵思甜发现他私自拦截了信,也知道了他怀疑自己。

"赵思甜画室里几乎都是山水画,恬淡平静,包括画架那幅'刚完成'的作品。可屋子里却不是墨香,而是丙烯味。目之所及的地方,却没有任何用丙烯绘画的作品。我找到了那幅画,她生前未完成的作品。画作中间用色大胆,可周围漆黑一片,象征着被黑暗束缚的自由。冯超是心理医生出身,他怎么会不懂这幅画的潜台词。只不过他八成忘了扔,所以情急之下藏了起来。而这也足以见得赵思甜那段时间过得有多压抑。至于我说他是刚烧的信,是因为他的花盆里,还有没被水溶化的灰烬。

"而那个装刀的盒子……冯超已经把灰尘伪造得几近完美了，可盒子后面的墙却是同一个颜色。要知道，盒子上的灰尘累积到那种程度，墙上一定会有一块与盒子同样大小的、白于其他地方的色块。也许是屠夫老了，又或许是其他什么原因，十九年过去，他的破绽也变多了。"

"宋哥牛啊。"安何东下巴差点掉下来，"等会儿，那冯超意外杀了她，埋到南郊陵园后山，你怎么知道的？"

宋言风拿出一片已经枯萎的树叶。

"这是……白桦树叶？"

宋言风点点头。

"南郊陵园，津华市唯一长有白桦林的地方，这是在冯超外套口袋发现的。"

安何东忽然不说话了，半晌后才闷闷开口："我情愿相信这片树叶的掉落不是偶然，是老天爷对他犯罪的惩治。"

郑野笑了，晃了晃他肩膀："行了傻小子，别感慨了，通知队里随时待命，今晚可能要对冯超实施抓捕。"

"我们有证据吗？"

宋言风讳莫如深。

"马上就有了。"

24

南郊陵园。

"你不是去抓张强民了吗？抓我干吗？"

郑野笑着走过去："我们不说抓他，你会放松警惕吗？会带着我们找到赵思甜的尸体吗？"

冯超闻声忽然笑了，他晃了晃脖子，挺起了之前一直微驼的后背，透过镜片，他眼神里闪烁着狡黠的光："郑警官，我是来这儿散步的，你在说什么我听不懂。"

安何东大声道："大半夜来陵园散步？"

冯超脖子后缩，大笑起来，整张脸诡异地扭曲着："哪条法律规定不能半夜在陵园散步？至于我妻子的尸体，我们夫妻伉俪情深，我悲苦多日，她冥冥之中引领我找到了尸首。有问题吗？"

"你！"

安何东被噎住，而冯超笑得更甚了："来抓我，证据呢？你以为她的尸体上会有线索吗？你们抓了屠夫那么多年，不还是一无所获。"冯超语气懒洋洋的，"我这番话，不过是随口说说，你们也就随耳听听。我懂法，知道这话上不了法庭的。"

宋言风抬起头，直直盯住冯超的眼睛道："证据在她的脖子上。"

"什么？"

"我说，证据在你妻子的脖子上，就是你送给她的那条项链。"

宋言风一步步向他靠近，道："我的确不能证明你杀了你妻子，可我能证明你杀了吴静。

"如果我没猜错，那项链上的珠子就来自吴静。"

冯超眼神闪过一丝慌乱。

"你用它代表那六条人命，把你的'付出'，送给你的妻子做了定情信物。"

冯超后退着："根本没那么回事，别瞎编了。"他突然被什么绊了一跤，摔倒在地。月光洒下来，众人看得清楚，那是一只没埋进去的戴着婚戒的手。

宋言风自上而下地看着冯超，他想了想，忽然开口："你知道吗，赵思甜从来就没爱过你。

"而你，不过是个被嫉妒与占有欲控制的人偶。"

冯超听到这句话，脑子里那根弦好像突然绷断了。他挥着拳头，双目赤红地大喊："你懂什么！她爱我！要不是张强民那小子，我们会走到这一步吗？！"

"我告诉你，我今天来这儿，就为了告诉她张强民进监狱的这个好消息，然后我就要去陪她了。"冯超把手伸进口袋，"不过我下去之前，再拉一个垫背的也没什么不好！"他猛地站起来，把手从口袋中拿出来。此时他的手上已经多了一把寒光闪闪的刀，那把刀直直向宋言风逼去。

"小心！"郑野猛地扑过来，闪身挡住宋言风。刀锋划破他后背的警服，鲜血渗了出来。

冯超疯了一般拿起刀继续挥砍，郑野果断推开宋言风，将他推往安全的地方，自己挡在了中间。

趁着这个空当，冯超挥起刀，大力向郑野心脏位置刺去。

"郑野！"宋言风惊喊一声。

郑野转过身去，眼疾手快，右手抓住冯超手腕迅速转体背起冯超摔出，整套过肩摔一气呵成。

"杀你野哥？再练二十年吧！"郑野死死将冯超制服在地。

安何东和其他队员连忙跟上，铐住了冯超。

宋言风连忙抓住郑野胳膊，将他后背对向自己："我看看严不严重！"

郑野转了回来，无所谓地一摆手："这点小伤，不碍事儿。"

25

押送冯超的警车警笛声渐远，在这寂静的山间格外响亮。

宋言风开着车，带郑野走另一条路去医院看伤。

"好好，太好了。"郑野挂断电话，喜笑颜开地对宋言风说，"凌健的孩子找到了,技术部通过道路监控系统,找到了囚禁他的地方。"

郑野长舒一口气,随后拿出一支烟,正要点火,宋言风一把抢了过来,反手扔到了后座。

"你干吗?我抽根烟止止疼。"

"你不是说小伤吗?"宋言风斜眼看了一眼郑野。

"那个……喀喀,今晚月亮还挺圆。"郑野开始往窗外瞟。

"你是从什么时候知道不是老张的。"宋言风问。

"这个嘛,很早之前就知道了,比你早。"

"哦?说说。"

"首先啊,你记不记得咱们最先推出来了嫌犯的身高。老张如果要找替罪羊,为什么要找一只比自己高这么多的羊?这不等着被戳穿吗?太拙劣了。

"其次,我最怀疑的点就是,为什么当初凶手不杀了老张。他都背了六条人命了,还怕杀一个警察吗?要么现场那个凶手是老张杜撰的,要么,凶手留着老张有用。"

"那你为什么没想过是第一种?"

"因为……"窗外霓虹灯闪过,郑野的思绪飘回了昨天的病房。

宋言风上车后,郑野又回到了病房。

"张哥,你老实和我说,你为什么一定要并案调查,一定要参与,你当年究竟去看的什么病?"

张强民眼圈有些红:"小野,你张哥我,从来就没想过给自己报仇。我从当警察那天起,生死都无所谓了,还在乎前途吗?"

"这案子是我心头的病,一直未抓住凶手。我一闭上眼,就能想起来那个叫吴静的女孩,她就死在我旁边。小野,她就死在我旁边啊……"

老张声音颤抖着,"所以我发誓,如果有机会,我一定要抓住

凶手，给那些死去的女孩报仇。我真的没有故意杀凌健，我想制服他，可他忽然一副要赴死的表情，然后刀就插了进去。"

说完，老张看了眼豆豆，道："我小时候的病，冯超电脑里应该有资料，你去看了就知道了，我也不怕你笑话。只是人总有过去的。一些我曾经以为降服控制不了的，当你开始有了信仰，自然就降服住了，我的病再也没犯过。"

"你是指……"

豆豆在一旁画着画，她忽然举起画稿——上面是一身警服的老张。

小孩子的声音清脆洪亮："我的爸爸是警察呀。"

26

"问你呢，为什么没想过是第一种？"宋言风见郑野迟迟不回答，又问了一遍。

郑野收回目光，看向宋言风。

"很简单。"郑野拍了拍胸口，自豪地笑了，"因为我们是警察。"

窗外凉爽的山风吹进来，带着白桦树的清新。这时郑野才注意到，宋言风竟然没戴眼镜："欸？你眼镜呢？"宋言风顿了顿："来南郊陵园前换成隐形的了。"

"怎么改戴隐形眼镜了？"

"出任务比框架方便。"

面对郑野的刨根问底，宋言风说道。

"再废话下次不跟你搭档了。"

郑野愉悦地扯起嘴角："宋言风，今晚的月亮真圆啊。"

图书在版编目（CIP）数据

深渊饲养员/李科棠主编.--武汉：长江出版社，
2024.11.--ISBN 978-7-5492-9769-6

Ⅰ.I247.7

中国国家版本馆CIP数据核字第2024EV5323号

本书经天津漫娱图书有限公司正式授权长江出版社，在中国大陆地区独家出版中文简体版本。未经书面同意，不得以任何形式转载和使用。

深渊饲养员 / 李科棠 主编
SHENYUANSIYANGYUAN

出　　版	长江出版社			
	（武汉市解放大道1863号　邮政编码：430010）			
选题策划	嗑学家工作室			
市场发行	长江出版社发行部			
网　　址	http://www.cjpress.cn			
责任编辑	李剑月			
执行策划	许斐然			
特约编辑	胡丽云	开　本	889mm×1230mm　1/32
装帧设计	吴　彦	印　张	7.75
印　　刷	武汉鸿印社科技有限公司	字　数	194千
版　　次	2024年11月第1版	书　号	ISBN 978-7-5492-9769-6
印　　次	2024年12月第3次印刷	定　价	39.80元

版权所有，翻版必究。如有质量问题，请联系本社退换。
电话：027-82926557(总编室)　027-82926806（市场营销部）